FRAUKE SCHEUNEMANN

Dackelblick

GOLDMANN
Lesen erleben

Frauke
Scheunemann

Dackelblick

Roman

GOLDMANN

MIX
Papier aus verantwortungsvollen Quellen
FSC® C014496

Verlagsgruppe Random House FSC-DEU-0100
Das FSC®-zertifizierte Papier *München Super* für dieses Buch
liefert Arctic Paper Mochenwangen GmbH.

Einmalige Sonderausgabe Mai 2012

Umschlaggestaltung: UNO Werbeagentur, München
Umschlagmotiv: John Madere/CORBIS; FinePic®, München
Gestaltung der Umschlaginnenseiten: UNO Werbeagentur, München
Motiv der Umschlaginnenseiten: John Madere / Corbis
Umschlagherstellung: Klaus Voigt, München
Umschlagdruck und Veredelung: RMO Druck, München
Druck und Einband: GGP Media GmbH, Pößneck
Printed in Germany
ISBN 978-3-442-47806-4

www.goldmann-verlag.de

Wer nie einen Hund gehabt hat, weiß nicht,
was Lieben und Geliebtwerden heißt.

Arthur Schopenhauer

Die genauste Vorstellung
von der Machtlosigkeit des Menschen
haben zweifellos Gott und der Dackel.

George Mikes

Ich würde eher auf einen Mann verzichten
als auf meinen Dackel Felix.

Ingrid Steeger

EINS

Was für eine Absteige! Gut, ich hatte gewusst, dass es nicht das Grand Elysee sein würde. Aber diese Unterkunft ist wirklich das Letzte. Eine Zumutung. Muffig und dunkel. Und dreckig. Ich gebe mir Mühe, mich nicht genauer umzuschauen, aber der Schmutz meiner Vorgänger ist unübersehbar. Es ist offensichtlich, dass hier schon ziemlich lange nicht mehr saubergemacht wurde. Mir ist zum Heulen zumute – wie konnte ich nur in eine solche Lage geraten? Heute Morgen noch im Salon von Schloss Eschersbach, und jetzt das. Nun fange ich wirklich an zu heulen.

»Schnauze, du nervst!«, kommt es keine zwei Sekunden später von links.

Richtig: Das Schlimmste hatte ich noch nicht erwähnt: meine Zimmernachbarn. Fünf an der Zahl, die meisten von ihnen unglaublich verwahrlost. Und das nicht nur optisch. Ungebildeter Pöbel, der in einem Adligen wie mir natürlich gleich ein willkommenes Opfer ausgemacht hat. Mein Stammbaum reicht bis 1723, diese Ignoranten neben mir kennen vermutlich nicht einmal den Unterschied zwischen Markgraf und Markklößchen.

Vor meinem inneren Auge taucht mein Großvater auf. *»Wo ein von Eschersbach ist, ist oben. Vergiss das nie!«*, pflegte er zu sagen. Ach Opili, wenn du mich jetzt sehen könntest – ich bin definitiv ganz unten angelangt. Bei diesem Gedanken heule ich noch lauter. Irgendjemand muss mich hier einfach rausholen!

»Komm, Süßer, beruhige dich.« Eine Hand greift durch das Gitter und krault mich hinter den Ohren. »Gleich gibt es ein leckeres Fresschen, und dann sieht die Welt ganz anders aus. Der erste Tag ist für alle schlimm.«

Hm, eine nette Stimme. Interessiert gucke ich zur Seite, um festzustellen, zu wem sie gehört: Neben dem Zwinger steht eine junge Frau in einer Latzhose und lächelt mich aufmunternd an. Ihre Hand riecht nach gewöhnlichem Dosenfutter, trotzdem hat die Berührung etwas Tröstliches. Ich schlecke ihre Finger ab, sie beginnt zu kichern.

»Ja, ja, das schmeckt dir, nicht wahr?«, flüstert sie mir zu.

O je, wenn die wüsste – an meinen verwöhnten Dackelgaumen habe ich bisher eigentlich nur frisches Herz und Pansen gelassen. Fertigfutter war die absolute Ausnahme, das gab es wirklich nur, wenn Emilia, unsere Köchin, krank war oder Urlaub hatte. Bei dem Gedanken an Emilia krampft sich mein kleines Herz zusammen, und ich muss ein bisschen winseln. Als ich mich heute Morgen von ihr verabschiedet habe, hat sie geweint. Weiß der Teufel, wie Menschen das immer hinbekommen. Aber zum ersten Mal in meinem Leben hätte ich viel dafür gegeben, auch ein paar Tränen vergießen zu können.

»Du Armer, noch so schlimm?«, erkundigt sich die Pflegerin mitfühlend. »Mach dir keine Sorgen, du bist so süß, wir finden bestimmt bald ein neues Frauchen oder Herrchen für dich. Versprochen!« Dann streicht sie mir noch einmal über den Kopf und zieht ihre Hand wieder durch das Gitter.

Ich drehe mich um und trotte in die andere Ecke des Zwingers. Dort wirft ein Sonnenstrahl noch ein einladend helles Fleckchen auf den Boden, und ich beschließe, es mir ein bisschen gemütlich zu machen.

Offenbar bin ich nicht der Einzige, der auf diese Idee

gekommen ist: Bevor ich mich hinlegen kann, tritt mir ein riesiges schwarzes Irgendwas direkt auf die Pfoten.

»Kleiner, ich glaube, du verziehst dich besser auf die andere Seite. Hier ist mein Platz.« Um seinem Wunsch Nachdruck zu verleihen, kommen die letzten Worte nur als heiseres Knurren.

Was für eine lächerliche Töle! Meint die ernsthaft, sie könne mich in die Flucht schlagen? Mich, dessen Ahnen noch mit dem letzten Kaiser zur Jagd gegangen sind? Ich schüttle den Kopf.

»Ich glaube nicht«, entgegne ich so würdevoll, wie es mir unter diesen widrigen Umständen möglich ist, »dass in diesem Etablissement mit Reservierungen gearbeitet wird. Ich war vor Ihnen da, also werde ich mich auch auf diesen Platz legen. Sie gestatten?« Mit diesen Worten schiebe ich Mr. Irgendwas zur Seite und lege mich schnell hin. Er starrt mich völlig fassungslos an. So viel zivilen Widerstand hat er wohl noch nie erlebt. Zufrieden räkle ich mich. Opili hatte doch Recht – ein von Eschersbach ist eben auch oben, wenn er unten ist.

Während ich noch darüber sinniere, wann hier wohl mit der zweifelsohne eher bescheidenen Mahlzeit zu rechnen ist, verfinstert sich mein sonniges Fleckchen. Nanu, eine Wolke? Ich blicke nach oben, um festzustellen, was in aller Welt hier auf einmal diesen unerfreulichen Schatten wirft – und schaue direkt in das Gesicht eines ziemlich ungemütlich aussehenden Boxers. Er schiebt seine Nase ganz dicht an meine und verströmt dabei einen Geruch, dass es mir regelrecht den Atem verschlägt.

»Pass auf, du aufgeblasener Zwerg: Wenn du nicht neu wärst, wärst du jetzt ein toter Hund. Hier gelten unsere Regeln, besser du hältst dich daran. Also wenn mein Freund Bozo sagt, dass du dich verpissen sollst, dann …«, er kommt noch ein bisschen näher und schnappt blitzschnell nach mir.

Aua! Ein stechender Schmerz fährt durch mein rechtes Ohr. Hilfe! Der ist ja gemeingefährlich! Ich belle aufgeregt – offensichtlich bin ich unter militante und gewaltbereite Straßenköter geraten. Aber sosehr ich auch belle – niemand kommt. Nicht einmal die junge Frau in der Latzhose. Boxer und Bozo grinsen selbstzufrieden.

»Spar dir die Mühe. Die hört dich momentan nicht – ist zu den Katzen rübergegangen. Wir könnten dich jetzt richtig plattmachen, und niemand würde dir helfen. Ein toter Hund mehr in der Statistik dieser Bude. Wen interessiert das schon?«

Ich merke, wie sich meine Nackenhaare sträuben und es mir eiskalt den Rücken herunterläuft. Bozo, die schwarze Töle, baut sich wieder vor mir auf.

»Also, was ist jetzt? Wenn ich sage *verpiss dich*?«

»Dann verpisse ich mich?«, ergänze ich seinen Satz.

»Richtig. Hundert Punkte. Braves Hundchen.«

Bozo verpasst meiner empfindlichen Nase noch einen kräftigen Stüber mit seiner ungepflegten Pfote. Erschreckt springe ich zur Seite und laufe auf zittrigen Beinen in die andere Ecke des Zwingers. Dort sitzen noch zwei andere Hunde, die das Geschehen gelangweilt beobachtet haben. Mord und Totschlag scheinen hier an der Tagesordnung zu sein, jedenfalls interessiert sich niemand dafür, dass ich gerade Opfer eines Verbrechens geworden bin. Ein älterer Münsterländer rückt ein Stück zur Seite, als ich mich neben ihn setze. Immerhin nicht gleich der Nächste, der mich bedroht. Eine Weile hocken wir schweigend nebeneinander. Dann rückt er wieder ein Stück näher an mich heran und flüstert in mein Ohr: »Leg dich besser nicht mit den beiden an. Die sind echt gefährlich. Aber wenn du ihnen aus dem Weg gehst, lassen sie dich meistens in Ruhe.«

Aus dem Weg gehen? Das ist doch wohl ein Scherz. Dieser Zwinger ist ziemlich klein, und wir sind immerhin sechs Hunde. Offenbar ist dem Münsterländer auch gerade aufgefallen, dass das ein Ding der Unmöglichkeit ist. Jedenfalls grinst er mich jetzt verschmitzt an und murmelt: »So gut es eben geht, haha. Ich heiße übrigens Fritz.«

Ich sage erst einmal nichts. Unter den gegebenen Umständen habe ich wirklich keine Lust, mich zu unterhalten. Stattdessen lege ich den Kopf auf meine Pfoten und sehe Bozo und dem Boxer zu, wie sie sich auf *meinem* Sonnenfleckchen fläzen. Wahrscheinlich machen sie sich gerade über mich lustig. Eigentlich bin ich sehr gerne ein Dackel, aber in diesem Moment wäre ich viel lieber ein Kampfhund. Staffordshire, Pitbull oder irgendetwas anderes in Richtung *Lizenz zum Töten*.

»He«, Fritz knufft mich in die Seite, »sei nicht traurig. Die Pflegerin hat´s doch gerade gesagt: Du bist so ein richtiger Menschentyp, dich holt bald einer hier raus. Und dann zeigst du den beiden Idioten da drüben den Stinkefinger, denn die will garantiert keiner haben.«

Ich schaue Fritz nachdenklich an. Hoffentlich hat er Recht.

Am nächsten Morgen fühle ich mich wie gerädert. Ich habe kaum geschlafen – und wenn mir doch mal für fünf Minuten die Augen zugefallen sind, hatte ich furchtbare Alpträume. Von Boxern und Pitbulls, die mich durch den Zwinger jagen, und riesigen Mengen Dosenfutter, das ganz abscheulich schmeckt. Müde trotte ich zu Fritz, der schwanzwedelnd an der Käfigtür steht.

»Morgen. Was bist du denn schon so wach und gut gelaunt?«, will ich von ihm wissen.

»Na, heute ist Besuchstag. Und falls tatsächlich ein Mensch

auf der Suche nach einem Hund vorbeikommt, will ich gleich einen guten Eindruck machen. Bin ja nicht mehr der Jüngste, da ist es umso wichtiger, dynamisch und gut gelaunt zu wirken. Wirst schon sehen, Menschen mögen so was.«

Ob er damit richtigliegt? Eigentlich habe ich gar keine Lust, den dressierten Dackel zu geben. Aber der Gedanke, mich auf einen längeren Aufenthalt hier einzurichten, ist zugegebenermaßen furchtbar. Ich stelle mich also neben Fritz und wedele auch ein bisschen unmotiviert mit dem Schwanz hin und her. Und auf so eine billige Masche fallen Menschen herein? Unglaublich.

»Sag mal, wie heißt du eigentlich?«, will Fritz wissen.

»Carl-Leopold«, antworte ich knapp.

»Carl-Leopold? Komischer Name für einen Hund.«

»Finde ich nicht. Kommt eben ganz darauf an, aus welchem Stall man kommt.« Banause! Was weiß der schon von schönen Namen? »Ich bin ein von Eschersbach«, füge ich stolz hinzu.

»Von Eschersbach? Sagt mir nichts«, brummt Fritz nur und wedelt weiter.

Ich seufze. Wirklich ein Banause. Ein netter zwar, aber eben doch ein Banause. Gerade will ich anfangen, Fritz in die Grundzüge meiner Familiengeschichte einzuweihen, da klappt im Haus neben unserem Zwinger eine Tür. Augenblicklich bin ich wie elektrisiert. Nicht wegen des Geräuschs – schließlich herrscht in dieser Einrichtung ein Lärmpegel, dass einem Dackel eigentlich die zarten Öhrchen abfallen müssten. Nein, es ist vielmehr ein ganz unbeschreiblicher Geruch, der geradewegs auf meine Nase zuströmt. Auch Fritz scheint Witterung aufgenommen zu haben, denn er stellt sein blödsinniges Gewedel ein und presst stattdessen seine Schnauze durch die Gitterstäbe.

»Riechst du das auch?«, will ich von ihm wissen.

Er nickt.

»Toll, oder?«

»Ja, Wahnsinn!«, gibt er mir Recht.

»Das ist der schönste Geruch, den ich an einem Menschen je wahrgenommen habe«, stelle ich fest.

Dass dieser Geruch zu einem Menschen gehört, ist klar. Das riecht jeder Hund sofort. Aber was für ein Mensch ist das wohl, der so gut riecht? Nicht etwa profan gut wie Fleischwurst oder Schokokeks. Nein, eher wie ... ich grüble nach ... genau – wie ein schöner Sommertag. Ein glücklicher Sommertag. Ganz viel nach Blumen, ein bisschen nach Erdbeeren und ein Hauch Pfefferminz. Fantastisch.

»Wahrscheinlich sind wir gleich enttäuscht, wenn wir den Menschen sehen. Die blödesten Menschen riechen immer am besten«, meint Fritz fachmännisch.

»Echt?«, will ich wissen. »Da habe ich ehrlicherweise noch keinen Zusammenhang festgestellt. Das kann ich nicht beurteilen.«

»Doch, doch. Jede Wette.«

Gespannt blicken wir Richtung Tür. Und da kommt sie auch schon zu den Zwingern, gefolgt von der Latzhose. Fritz lag völlig daneben. Denn für einen Menschen ist sie wunderschön, wie ein Engel. Sie unterhält sich mit der anderen Frau und lacht dabei. Ihre Augen lachen mit – was besonders schön aussieht und bei den Menschen ziemlich selten ist. Meistens verziehen die beim Lachen nur den Mund. Was schade ist. Also, wenn ich lachen könnte, ich würde die Augen mitmachen lassen. Sieht eindeutig besser aus.

»Hm, also ein etwas kleinerer Hund soll es sein? Und gerne ein jüngerer?« Der Engel nickt.

Fritz lässt sofort die Ohren hängen. Er weiß, was das bedeutet: wieder kein Frauchen für ihn. Denn Münsterländer sind alles andere als klein – und ein junger Hund ist Fritz schon lange nicht mehr. Er senkt den Kopf. »Viel Glück!«, flüstert er mir noch zu, dann trottet er an mir vorbei. Natürlich tut er mir leid – aber vielleicht ist das wirklich meine Chance? Ich versuche es noch mal mit der Fritz'schen Taktik, wedele also aufgeregt mit dem Schwanz und versuche, möglichst freundlich zu bellen. Tatsächlich steuern die beiden Frauen jetzt direkt auf mich zu.

»Das hier ist zum Beispiel unser Junior. Haben wir gerade erst bekommen. Ungefähr ein halbes Jahr alt.«

Sie streckt ihre Hand durch das Gitter, ich schlecke sie gleich ab. Na, wenn das jetzt keinen guten Eindruck macht, weiß ich auch nicht. Der Engel beugt sich zu mir herunter.

»Na, was bist du denn für ein Süßer? So ein niedlicher Kerl!« Begeistert springe ich auf und ab.

»Ja, echt ein Hübscher. Ein Dackelmix.«

Autsch. Mix. Verdammt. Das tat weh. Ich höre augenblicklich auf, den begeisterten Hund zu mimen. Nicht, dass es nicht stimmen würde. Im Gegenteil. Fräulein Latzhose hat Recht. Und damit bringt sie meine Schmach auf den Punkt: Ich bin ein Mischling. Das Ergebnis von Mamas Affäre mit einem sehr schneidigen Terrierrüden. Genau deswegen bin ich hier. Denn ich bin zwar Carl-Leopold von Eschersbach. Aber ein reinrassiger Dackel mit den besten Papieren – das bin ich nicht. Für die Jagd gänzlich ungeeignet. Und für die Zucht sowieso. So hat es der alte Schlossherr Eschersbach gesagt, bevor er mich in einen Karton setzte und mich hierherfuhr. Emilia hat geweint, aber sie hatte ja schon meine Schwester genommen, und zwei Hunde waren ihr natürlich zu viel.

Offenbar habe ich angefangen zu winseln, denn jetzt

streckt auch der Engel seine Hand durch den Käfig und streichelt mich.

»Och, du Armer, was hast du denn? Bist du traurig?«

Wie peinlich. Ein Eschersbach weint doch nicht. Und dann noch vor einer so schönen Frau. Himmel, wo soll das noch enden? Aber offensichtlich war das genau das Richtige – denn jetzt richtet sich der Engel auf, zeigt auf mich und sagt: »Den will ich haben. Auf alle Fälle. Kann ich ihn gleich mitnehmen?«

Die Latzhose nickt. »Kommen Sie mit rein, dann erledigen wir die Formalitäten. Alle Impfungen hat er schon, er kommt von einem sehr gewissenhaften Züchter. Kleiner Betriebsunfall gewissermaßen.«

Bei den letzten Worten kichert sie. Und dafür würde ich sie sehr gerne in die Hand zwicken. Lasse es aber. Sonst muss ich nachher doch hierbleiben.

Zwanzig Minuten später sitze ich sicher in der Box verstaut auf dem Rücksitz von Carolins Auto. Carolin – so heißt mein Engel. Habe ich bei der Verabschiedung mitgekriegt. Carolin. Ein schöner Name. Sehr edel. Wahrscheinlich – ach was – ganz sicher ist Carolin aus noblem Hause. So etwas merkt ein Hund wie ich einfach. Carolin jedenfalls ist gut gelaunt. Sie pfeift ein Lied und schaut ab und zu in den Rückspiegel, um nach mir zu sehen.

»So, mein Süßer, jetzt lernst du gleich dein neues Zuhause kennen. Ich bin sehr gespannt, wie es dir gefällt.«

Und ich erst! Ob es wohl so schön ist wie auf Schloss Eschersbach? Mit einem großen Park? Und vielen Kaninchenbauten? Das Auto wird langsamer, schließlich hält es an. Carolin öffnet die Tür und hebt die Box heraus. Jetzt habe ich den Geruch von Erdbeeren und Minze direkt vor der Nase und würde Carolin am liebsten von oben bis unten abschlecken. Aber noch muss ich mich gedulden, aus der schaukelnden Box herauszukommen.

Um mich herum wird es dunkler, und es schaukelt noch stärker: Carolin trägt mich eine Treppe hinauf. Ich versuche, mit meiner Nase durch das Gitter der Box einen ersten Eindruck von meinem neuen Domizil zu erschnüffeln. Auf alle Fälle scheint es ein Ort zu sein, an dem verschiedene Menschen leben. Und verschiedene Tiere. Auf Anhieb kann ich mindestens eine Katze ausmachen.

Jetzt stellt Carolin die Box ab, und ich höre, wie sie eine Tür aufschließt. Sie schiebt die Box mit dem Fuß ein Stück weiter. Dann nestelt sie am Deckel herum, öffnet ihn und hebt mich vorsichtig heraus.

»Et voilà! Hier wirst du von nun an wohnen. Schau dich ruhig um, kleiner Mann.«

Im ersten Moment sehe ich gar nichts – so hell ist es hier. Ich blinzele vorsichtig und versuche, mich an das Licht zu gewöhnen. Schemenhaft erkenne ich langsam, dass wir wohl in einem menschlichen Wohnzimmer stehen. Vor dem Fenster steht eine große Couch, die so aussieht, als könnte ein kleiner Dackel dort sehr bequem ein Nickerchen halten. Ob das bei Carolin wohl erlaubt ist? Im Schloss jedenfalls war es streng verboten. Was natürlich dazu führte, dass meine Schwester und ich nichts lieber taten, als auf das Sofa im Salon zu hopsen. Schon allein, weil es urkomisch war, wenn der alte Schlossherr trotz seines Gehstocks wie ein geölter Blitz auf uns zuschoss und wild mit ebenjenem Stock herumfuchtelte, um uns zu verscheuchen.

Ich trabe zum Sofa und schnuppere am Bezug. Hm, auch Erdbeeren und Minze. Aber noch irgendetwas anderes. Kein Tier. Eher noch ein Mensch. Tief tauche ich in den Geruch ein. Hm, habe ich nicht nur ein neues Frauchen, sondern auch noch ein Herrchen? Ein Frauengeruch ist das jedenfalls nicht. Während ich noch überlege, hebt mich Carolin hoch und setzt mich – ja! ja! ja! – auf das Sofa, sich selbst gleich daneben. Begeistert schlecke ich ihre Hände ab – diese Frau weiß ganz offensichtlich, was Dackel lieben. Sie lacht und zieht ihre Hände weg. Dann sieht sie mich nachdenklich an.

»So, mein Kleiner: Ich habe alles für dich besorgt: Körbchen, Leine, Fressnapf, Futter. Dann fehlt nur noch eins …« Ich schüttle den Kopf, für meinen Geschmack klang das ziemlich vollständig. »Du brauchst noch einen schönen Namen.«

Ich quieke überrascht – einen schönen Namen habe ich doch schon! Oder hat mich von Eschersbach einfach so im Tierheim abgestellt? Ohne noch ein paar Sachen über mich zu erzählen? So eine Herzlosigkeit!

Offenbar merkt Carolin meine Empörung, sie hebt mich auf ihren Schoß, dann gucken wir uns in die Augen.

»Hm, also, wie könnte so ein Kerlchen wie du wohl heißen? Wonach siehst du denn aus?«

Ich versuche, mich möglichst wirkungsvoll in die Brust zu werfen und sehr würdevoll auszusehen. Vielleicht kommt sie dann von allein auf Carl-Leopold? Zur Unterstreichung dieses Anblicks belle ich noch zweimal staatstragend. Los, Carolin, denk mal scharf nach!

»Auf alle Fälle bist du kein gewöhnlicher Hund – du scheinst mir wirklich Charakter zu haben. Innerlich bist du gewissermaßen viel größer, als du von außen aussiehst.«

Ja! Genau! Gleich hat sie´s! Majestätisch werfe ich den Kopf zurück.

»Ich hab´s! Ich nenne dich Herkules.«

Wie bitte? HERKULES? Alter Grieche statt alter Adel?

ZWEI

Herkules! Gut, Carolin mag keinen Geschmack haben, was die Namenswahl bei Dackeln anbelangt, und an diesen merkwürdigen neuen Namen muss ich mich auch erst mal gewöhnen. Ein Händchen für die richtige Wohngegend hat sie aber auf alle Fälle. Tatsächlich scheint das Haus, in dem ich jetzt wohne, fast so groß wie Schloss Eschersbach zu sein. Mein Gefühl, dass Carolin aus den besten Verhältnissen stammt, scheint also zu stimmen. Auch die Nachbarn residieren nicht gerade in bescheidenen Hütten. Direkt hinter unserem Haus beginnt ein Park. Ich bin mir allerdings nicht sicher, ob der Carolin allein gehört, denn er ist wirklich riesig. Als wir dort einen kurzen Spaziergang machen, kann ich überhaupt nicht erkennen, wo der Park endet – toll!

Und er ist nicht nur groß, es wartet auch das Abenteuer in ihm. Schon nach ein paar Schritten wittere ich die ersten Kaninchen und Eichhörnchen. Sofort will ich loslaufen, da erinnert mich ein unsanfter Ruck im Nacken daran, dass Carolin etwas für mich besorgt hat, was für mich völlig ungewohnt ist: eine Art Strick, den sie an meinem Halsband festgemacht hat. Aua! Was soll das denn? Ich drehe mich um, nehme das Ding in die Schnauze und zerre ein bisschen daran. Carolin kniet sich zu mir herunter.

»Na, Herkules? Magst du deine neue Leine nicht? Oder bist du noch nie so spazieren gegangen? Ich bin mir gar nicht sicher, ob so ein kleiner Hund wie du das gleich kann. An der

Leine gehen, meine ich. Aber leider herrscht hier Leinenzwang, und ich kann dich nicht einfach herumlaufen lassen.«

Bei dem Wort »Leinenzwang« muss ich noch ein bisschen wilder auf dem Strick herumbeißen. Ich weiß zwar nicht genau, was das bedeutet, aber es klingt definitiv wie etwas, was sich gegen Hunde richtet.

»Ts, ts!«, sagt Carolin und dann streichelt sie mir ganz zärtlich über den Kopf. Ich lasse die Leine los und schaue sie an.

»Ich muss mir wohl ein Buch über Hundeerziehung kaufen. Oder vielleicht ein paar Stunden beim Hundetrainer buchen? Du bist nämlich mein allererster Hund überhaupt. Aber gestern hatte ich auf einmal das Gefühl, es wäre nett, so ein freundliches, treues Wesen um mich zu haben.«

Okay, das mit der Erziehung ist natürlich überflüssiger Unsinn, und ich hoffe, Carolin kommt noch von allein drauf. Aber das mit dem freundlichen, treuen Wesen trifft hundertprozentig auf mich zu. Wie auf alle von Eschersbach'schen Dackel. Ich würde sogar so weit gehen, zu behaupten, dass wir dafür berühmt sind. *Ein von Eschersbach verlässt seinen Menschen nie. Nie! Merk dir das, Carl-Leopold!*, höre ich Opili sagen. Was aber ist, wenn der Mensch auf einmal den Dackel verlässt? Dazu wäre Opili bestimmt auch nichts eingefallen, füge ich in Gedanken finster hinzu. Einen Moment will sich schlechte Laune bei mir breitmachen, aber da raschelt Carolin mit irgendwas in ihrer Tasche. Hmh, nicht mit irgendetwas – den Geruch kenne ich doch! Es ist Fleischwurst. Sie hält mir tatsächlich ein Stück davon unter die Nase.

»Hier, mein Schatz. Beginnen wir doch unsere erste Trainingseinheit in Sachen Spaziergang mit etwas Erfreulichem. Ich hoffe, du magst das.«

Ich schnappe mir den Wurstzipfel und springe gleich mal

begeistert auf und ab. Carolin soll doch wissen, dass das auf alle Fälle die richtige Idee war.

»Das freut dich, nicht wahr? Vielleicht lassen wir das Leinentraining auch erst mal und besuchen stattdessen Daniel. Wird Zeit, dass du den kennenlernst. Um diese Uhrzeit ist er bestimmt gerade fleißig und vielleicht für ein bisschen Abwechslung dankbar.«

Schade, ich wäre gerne noch im Park geblieben. Auch mit Leine. Vielleicht hätten wir noch einen anderen Hund getroffen, den ich ein bisschen über die Nachbarschaft hätte ausquetschen können. Man will ja schließlich wissen, mit wem man es zu tun hat. Aber wenn dieser Daniel so wichtig ist – bitte, von mir aus!

Carolin geht genau den Weg zurück, den wir gerade gekommen sind, und ich gebe mir Mühe, brav an der Leine hinter ihr herzutrotten. Vielleicht kriege ich noch ein Stück Wurst, wenn ich ihr jetzt ein pädagogisches Erfolgserlebnis verschaffe. Tatsächlich dreht sie sich kurz zu mir um.

»Braver Herkules! Du lernst aber schnell!«, lobt sie mich. Leider ohne noch einmal in ihre Tasche zu greifen. Sei´s drum, Hunger habe ich ja eigentlich keinen.

Mittlerweile stehen wir wieder vor unserem Haus. Ob dieser Daniel auch hier wohnt? Carolin beugt sich zu mir und nimmt mich auf den Arm.

»So, ab in die Werkstatt!«

Werkstatt? Interessantes Wort. Was sich dahinter wohl verbirgt? Wir gehen tatsächlich ins Haus, aber anders als eben nicht die Treppe hoch, sondern vier Stufen hinunter. Dann öffnet Carolin die Tür – und wir stehen in einem Raum, der unglaublich nach Holz riecht. Ich schnaube erstaunt. Ob die Menschen auch Wälder haben, die sich *in* Häusern befinden? Und wohnen dann dort trotzdem Füchse und Kaninchen? Allerdings sehe ich überhaupt keine Bäume. Merkwürdig.

Aus einer Ecke des Werkstattdings höre ich jemanden pfeifen. Ob das Daniel ist? Carolin trägt mich in Richtung des Geräuschs. Wir kommen in einen Raum mit zwei großen Fenstern, in die gerade die warme Nachmittagssonne scheint. Direkt hinter den Fenstern beginnt eine Wiese, es sieht sehr hübsch aus. Vor den Fenstern steht ein großer Tisch, und hinter dem Tisch steht der Mensch, der so laut pfeifen kann. Er hält ein langes Dings in den Händen, das aussieht wie ein Ast mit langen Haaren. Als er uns sieht, legt er das Dings zur Seite und hört auf zu pfeifen.

»Oh, hallo! Hat sich da jemand zu uns verlaufen? Oder haben wir gerade Besuch?«

Carolin schüttelt den Kopf. »Weder noch: Wir haben einen neuen Mitbewohner. Darf ich vorstellen: Herkules – Daniel. Daniel – Herkules.« Mit diesen Worten setzt sie mich auf den Tisch neben das Dings.

»Bitte? Du hast einen Dackel gekauft?«

»Einen Dackelmix, ja.«

Ich kann nicht anders – ich muss an dieser Stelle einfach heftig den Kopf schütteln und empört knurren. Die beiden schauen mich erstaunt an.

»Hoppla, mag er vielleicht keine Männer?«, will Daniel wissen.

Carolin zuckt mit den Schultern und krault mich beschwichtigend hinter den Öhrchen. »Das will ich doch nicht hoffen. Im Tierheim haben sie jedenfalls nichts davon gesagt, und ich wollte ihn eigentlich tagsüber mit in die Werkstatt bringen.«

Daniel lächelt. »Na ja, vielleicht ist er ein stolzes Kerlchen und mag es nicht, wenn du seine Reinrassigkeit anzweifelst.«

Die beiden lachen, und Carolin nimmt mich wieder auf den Arm.

Was, bitte, ist daran so komisch? Auch wenn ich noch nicht so viele Menschen kenne, eines steht fest: Diese Zweibeiner sind deutlich unsensibler als wir Hunde. Ein Gefühl dafür, was uns gerade bedrückt, haben sie ganz offensichtlich nicht. Mich beschleicht auf einmal das mulmige Gefühl, dass das ständige Zusammenleben mit so einem Menschen, nicht immer die reine Freude sein könnte. Immerhin war dieser Daniel schon mal auf der richtigen Fährte. Den Rest üben wir noch!

»Darf ich ihn auch mal halten?«

»Klar!« Carolin reicht mich hinüber. Daniel hat einen festen, aber nicht unangenehmen Griff. Er ist nur ein bisschen größer als Carolin und von hier oben kann ich sehen, dass sich seine hellen Haare wild über den ganzen Kopf locken.

»Na, Kleiner? Magst du mich etwa nicht?« Um das Gegenteil gleich mal klarzustellen, schlecke ich Daniel mit meiner Zunge übers Gesicht.

»So viel zum Thema ›mag keine Männer‹«, freut sich Carolin. »Du kommst doch ziemlich gut bei ihm an.«

»Dann bin ich ja beruhigt! Denn wenn wir hier demnächst unsere Tage zu dritt verbringen, wäre alles andere ja auch schlecht. Ein Dackel, der mich ständig in die Waden zwickt, hätte unsere Harmonie doch empfindlich gestört.«

Ah, verstehe. Daniel ist also das Herrchen zu meinem Frauchen. Wahrscheinlich habe ich ihn auch oben in der Wohnung gerochen. Ich habe schon öfter gehört, dass sich Menschen gerne zu zweit zusammentun und dann auch ganz lange so ein Paar bleiben. Fand ich bisher immer einen komischen Gedanken. Aber wenn ich die beiden so sehe, dann kann ich´s glatt verstehen. Sie wirken so … so vertraut miteinander. Fast wie mein Opili mit dem alten Eschersbach. Und die beiden sind immerhin fünfzehn Jahre zusammen zur Jagd gegangen. Mehr Paar geht gar nicht. Ob Carolin und Daniel auch zusammen jagen? Oder machen Menschenpaare andere Sachen zu zweit?

»Kurz etwas Dienstliches: Hat Frau Brolin noch mal angerufen?«, will Carolin von Daniel wissen. »Sie wollte eigentlich heute mit einem Cello zum Schätzen vorbeikommen. Soll restauriert werden, wenn sich das lohnt.«

Cello. Was für ein schönes Wort. So weich und trotzdem irgendwie … feurig. Was mag das sein? Und ob es irgendwas mit dem Dings zu tun hat, was Daniel vorhin noch in der Hand hatte? Na, ich werde es herausfinden, ich bin ab heute ja öfter in der Gegend.

»Ja, sie war kurz da und hat das Instrument hiergelassen. Ich habe es dir auf deinen Platz gelegt. Es war ihr aber nicht besonders eilig. Reicht völlig, wenn du sie Montag anrufst.«

»Ach gut. Wenn ich ehrlich bin, würde ich mir gerne den Rest des Tages freinehmen und Herkules sein neues Zuhause und die neue Umgebung zeigen. Einen kleinen Spaziergang im Park haben wir eben schon versucht, aber Herkules mag seine neue Leine nicht. Vielleicht übe ich gleich noch mal ein bisschen mit ihm.«

»Mach nur, bei mir gibt es auch nichts Dringendes. Jedenfalls nichts, was ich nicht ohne dich schaffen würde.« Daniel lächelt wieder und reicht mich an Carolin zurück.

Es ist schon toll, was für unterschiedliche Gesichtsausdrücke Menschen so hinbekommen. Ist natürlich auch viel einfacher, wenn man nicht so viele Haare um Augen und Nase herum hat. Jetzt gerade hat dieser Daniel meine Carolin so angeschaut, als würde er ihr auch gerne übers Gesicht lecken.

Aber das machen Menschen anscheinend nicht. Habe ich jedenfalls noch nie bei ihnen gesehen. Auf und ab springen tun sie übrigens auch nicht. Komisch, oder? Dabei fühlt sich das so gut an, wenn man sich freut.

»Daniel?«

»Ja?«

»Das ist für dich okay mit dem Hund, oder?«

»Klar, mach dir keine Gedanken.«

»Ich meine nur – es war ja eine ziemlich spontane Idee, und eigentlich wollte ich dich vorher fragen. Aber dann war ich schon mal aus reiner Neugier im Tierheim und habe mich gleich in dieses kleine Kerlchen verliebt.«

»Der ist aber auch wirklich süß. Ich kann verstehen, dass du ihn gleich mitnehmen wolltest. Allein diese großen braunen Knopfaugen. Ich finde übrigens, man sieht kaum, dass er ein Mix ist. Schlappohren und relativ kurze Beine – ziemlich langen Rücken hat er auch. Also, wenn du mich fragst, der kommt bestimmt aus einer richtigen Dackelfamilie, viele andere Rassen sind da garantiert nicht mit drin.«

Daniel, du bist mein Mann! Am liebsten würde ich von Carolins Arm direkt zu Daniel springen und ihn noch einmal von oben bis unten abschlecken – so gut tut mir sein Kompliment. Ich habe das Gefühl, spontan um eine Pfotenbreite gewachsen zu sein. Stolz belle ich los.

»Das scheint dich ja richtig zu freuen! Carolin, ich glaube, du hast es hier mit einem sehr stolzen Exemplar zu tun. Wahrscheinlich müssen wir uns anstrengen, seinen Ansprüchen zu genügen.«

Wieder lachen beide, und Carolin krault mich noch einmal hinter den Ohren. »Tja, mein Süßer, dann will ich mir mal Mühe geben, damit du dich auch wohlfühlst bei uns.«

Als ich nachts in meinem neuen Körbchen liege, bin ich erschöpft, aber glücklich. Eine Stunde waren wir noch im Park spazieren und haben die Sache mit der Leine geübt. Um Carolin einen Gefallen zu tun, bin ich meistens brav hinter ihr her getrabt, nur ab und zu, wenn ich mir sicher war, an einem Kaninchenbau vorbeigekommen zu sein, habe ich mich auf den Hintern gesetzt und wild geknurrt. Schließlich habe ich auch einen Ruf als Jagdhund zu verteidigen. Aber mit gutem Zureden und einigen Scheiben Fleischwurst haben wir doch eine ziemlich große Leinenrunde im Park geschafft. Ein paar Hunde haben wir auch getroffen, aber mir war nicht nach reden. Morgen ist schließlich auch noch ein Tag.

Bevor ich einschlafe, kommt Carolin noch einmal vorbei und legt mir eine weiche Decke ins Körbchen. Sie schmust ein bisschen mit mir, dann flüstert sie mir ins Ohr: »Weißt du, mein Süßer, eigentlich ist es eine Schande, dass ich mir nicht längst einen Hund angeschafft habe. Hier ist es wirklich ideal für ein Kerlchen wie dich. Tagsüber kannst du mit mir in die Werkstatt kommen oder in unserem Garten herumstromern. Und immer, wenn ich eine Pause mache oder freihabe, dann gehen wir hier spazieren. Na, wie klingt das?«, will sie dann wissen, und endlich – endlich! – kann ich ihr auch einmal übers Gesicht schlecken. Carolin kichert, streichelt mich noch einmal und wünscht mir eine Gute Nacht.

Hach, ich habe es richtig gut getroffen: ein nettes Frauchen, ein nettes Herrchen – eigentlich wieder eine richtig schöne Familie, ganz wie auf Schloss Eschersbach. Gut, es gibt keine Emilia, und Carolin hatte nicht etwa frischen Pansen besorgt, sondern beim Abendessen zur Feier des Tages eine Dose aufgemacht. Aber egal. Wenn das das bürgerliche Leben ist, dann kann ich mich damit anfreunden. Wenigstens scheint es hier ehrlich zuzugehen, und jemanden, der so kaltherzig wie der alte Eschersbach ist, habe ich hier noch nicht getroffen. Ja, das Glück der kleinen Leute, es hat etwas rundherum Beruhigendes. Der Adel kann mir gestohlen bleiben. Noch einmal denke ich an die leckere Fleischwurst, dann fallen mir die Augen zu.

DREI

Am liebsten würde ich mir die Ohren zuhalten. Oder mich unter dem Sofa verkriechen. Denn was ich hier gerade erlebe, macht mir richtig Angst. Ein Mann, den ich noch nie zuvor gesehen habe, ist eben in unsere, also genauer gesagt, Carolins Wohnung gekommen und hat sofort begonnen herumzubrüllen. Ich bin fassungslos. Wer ist dieser furchtbare Kerl? Und wo steckt eigentlich Daniel? Will der sein Weibchen nicht beschützen? Vielleicht sollte ich ihn schnell suchen, damit er Carolin helfen kann. Dafür müsste ich allerdings an dem brüllenden Kerl vorbei, und das traue ich mich ehrlich gesagt nicht. Eine Unart, die ich an Menschen echt hasse? Dass sie so furchtbar laut sein können! Meine Ohren sind wirklich ausgezeichnet. Für meinen Geschmack müssten Menschen daher weder selbst so laut reden noch – was sie anscheinend auch sehr gerne machen – unglaublich laute Musik hören. Aber das nur nebenbei bemerkt.

In seiner aggressiven Art erinnert mich dieser Mann gerade sehr an Bozo und Boxer. Er ist riesig, ein ganzes Stück größer als Carolin. Und seine Haare sind genauso rabenschwarz wie Bozos Fell. Er macht die gleichen herrischen Bewegungen und hat den gleichen ungebildeten Tonfall. Anscheinend ein Proletarier reinsten Wassers, genau wie Bozo-Boxer.

Der Mann fuchtelt wild mit den Händen herum und zeigt – auf mich! Auweia!

»Du hast was?! Ich bin keine drei Tage auf einer Dienstreise, komme zurück, und du hast einen Hund gekauft?«

Der Kopf von Bozo-Boxer ist hochrot angelaufen. Irgendetwas sagt mir, dass ich bei ihm nicht ganz so gut ankomme wie bei Daniel. Aber das kann mir wohl egal sein. Hauptsache, mein Herrchen mag mich. Und hoffentlich kommt das bald. Auch mit den für gewöhnlich schlechten Menschenohren kann man diese Schreierei bestimmt in der Werkstatt hören. Jetzt stellt sich Carolin tapfer vor den Mann. Offensichtlich will sie mich verteidigen. Eine tolle Geste, aber so geht es nun wirklich nicht. Denn wenn hier jemand zu verteidigen ist, dann doch wohl mein Frauchen durch ihren tapferen Jagdhund. Es hilft nichts – ich muss mich in den Kampf stürzen.

Gerade will ich Anlauf nehmen, um mit einem gewagten Sprungmanöver eine möglichst gute Bissposition für eine empfindliche Stelle bei dem Kerl zu erreichen, da passiert das Unglaubliche: Carolin geht noch ein Stück näher an den fiesen Typen heran und streichelt ihm über den Arm.

»Aber, Schatz – wir waren uns doch einig, dass ein Tier eine gute Idee ist. Und da bin ich gestern spontan ins Tierheim gefahren. Bitte – sei nicht böse! Herkules ist doch so süß!«

Schatz? Da habe ich mich doch hoffentlich verhört. Denn *Schatz* sagen meines Wissens vor allem Menschenpaare zueinander. Wie zum Beispiel der Gärtner immer *Schatz* zu Emilia sagt, was in Ordnung ist, weil die beiden ja ein Paar sind. Sollte also Carolin zwei Männer haben? Und einer davon ist ausgerechnet dieser Prolet? Immerhin scheint Carolin ihn etwas beruhigt zu haben, er schreit nicht mehr ganz so laut.

»Du und deine spontanen Ideen. Kaufst ohne mich zu fragen einen Hund – was für ein Schwachsinn!«

»Na ja, ich dachte, wo du doch so häufig weg bist und weil

wir doch den großen Garten haben. Und Herkules kann tagsüber mit in die Werkstatt kommen. Daniel hatte damit überhaupt kein Problem.«

»Natürlich hat der damit kein Problem. Der ist doch das Weichei vor dem Herrn. Wenn du vorschlagen würdest, dass ihr ab morgen in Strapsen im Laden steht, würde er dazu auch Ja und Amen sagen.«

»Mensch, Thomas – jetzt hör doch auf, immer auf Daniel rumzuhacken. Er ist vielleicht nicht so ein Macher wie du, aber ich könnte mir keinen besseren Partner vorstellen als ihn.«

Aha, der Mensch heißt Thomas. Und offensichtlich kennt er Daniel. Was für eine interessante Konstellation. Ob Menschen manchmal auch zu dritt zusammenleben? Man erzählt sich unter Dackeln, dass die Hunde in grauer Vorzeit in Rudeln zusammenlebten. Allerdings kamen da auf einen Rüden mehrere Damen. Vielleicht ist das in einem Menschenrudel – falls es das denn überhaupt gibt, anders. Vielleicht braucht jede Frau mehrere Männer? Es gibt noch viel zu lernen für einen jungen Hund wie mich. Das steht schon mal fest.

»Ja natürlich findest du keinen besseren Partner«, höhnt Thomas jetzt. »Gibt ja auch kaum Geigenbauer. Aber nur weil sich dein Herr Kollege in der Werkstatt alles von dir bieten lässt, trifft das auf mich noch lange nicht zu.«

Thomas lacht verächtlich auf. Carolin fängt an zu weinen, und mir wird langsam klar, dass Daniel und Carolin anscheinend gar kein Paar sind. Jedenfalls kein Liebespaar. Stattdessen ist Carolin wohl unbegreiflicherweise die Frau von Thomas und mit Daniel arbeitet sie nur zusammen. So muss es wohl sein. Oh, wie grauenhaft.

Ich bin jetzt völlig verwirrt und höre gar nicht mehr zu,

was Thomas noch an Unverschämtheiten von sich gibt. Stattdessen muss ich fieberhaft nachdenken, wie es wohl kommt, dass Carolin und Thomas ein Paar sind. Den kann sich Carolin doch im Leben nicht freiwillig ausgesucht haben. Wie ist das bloß passiert? Ob es auch bei Menschen eine Instanz gibt, die Männer und Frauen zusammenwürfelt? Also quasi einen Züchter? Das hielt ich bisher für ausgeschlossen, Menschen waren für mich bisher die Wesen mit dem freien Willen. Aber wenn ich das hier so sehe, dann muss das bei Menschen noch irgendwie anders funktionieren. Und – das liegt auf der Hand – es funktioniert nicht gut.

»Carolin, du machst dir da etwas vor. Das mit Thomas und dir funktioniert einfach nicht. Hat es nie. Wird es nie.«

»Woher willst du das so genau wissen? Nur weil du Psychologin bist, kannst du noch lange nicht in die Zukunft sehen.«

»Ne, nicht weil ich Psychologin bin. Sondern weil ich deine beste Freundin Nina bin, die sich das ganze Elend jetzt schon vier Jahre anschaut.«

Wir sitzen, beziehungsweise Carolin und Nina sitzen, ich liege, in einem Café. Dorthin ist Carolin mit mir nach dem Streit mit Thomas gefahren. Kurze Zeit später ist diese Nina dazugekommen. Und seitdem ist es ziemlich interessant, denn Carolin und Nina unterhalten sich exakt über das, was mir heute auch schon sehr zu denken gegeben hat: Was will Carolin eigentlich mit Thomas? Nina mag Thomas offensichtlich auch nicht. Aber anders als ich macht sie es nicht an seinem unsympathischen Geruch und seiner lauten Stimme fest, sondern hat noch viele andere Gründe aufgezählt, von denen ich die meisten gar nicht so ganz verstanden habe. Aber egal – unterm Strich kommen Nina und ich zu dem gleichen Ergebnis: Der geht gar nicht. Carolin verteidigt ihn allerdings tapfer, aber Nina hält weiter dagegen.

»Ich meine, mal ganz ehrlich, Carolin: Jetzt hast du dir schon aus lauter Verzweiflung einen Hund gekauft. Was kommt als Nächstes?«

Hey! Geht das etwa gegen mich? Ich knurre vorsichtshalber ein bisschen. Carolin beugt sich zu mir runter.

»Ist schon gut, Herkules. Nina meint es nicht so.«

Nina rollt mit den Augen. Das kann ich von meinem Platz neben Carolins Stuhl genau sehen. »Doch, ich meine es genau so, wie ich es sage! Was dir fehlt, ist ein Mann, der dich genauso liebt wie du ihn. Dafür ist so ein doofer Dackel garantiert kein Ersatz.«

Doofer Dackel? Weiß die eigentlich, wen sie hier vor sich hat? Mit einem Knurren ist es eindeutig nicht mehr getan, ich springe von meinem Platz auf und belle Nina einmal energisch an. Sie zieht erstaunt die Augenbrauen hoch.

»Hoppla, scheint wirklich so, als ob er mich verstanden hätte. Okay, das Letzte nehme ich zurück. Du bist kein doofer Dackel. Aber bei Ersterem bleibe ich – den doofen Thomas kannst du nicht wettmachen. Auch wenn du zugegebenermaßen ganz niedlich bist.«

Na also, geht doch. Ich lege mich wieder hin.

»Herkules ist kein Liebesersatz. Mit Thomas hat das gar nichts zu tun. Ich wollte schon lange einen Hund.«

»Quatsch. Das war eine typische Sublimierung.«

»Ja, ja, die Psychologin weiß es genau.«

Ich weiß nicht genau, was *Psychologin* bedeutet, scheint aber irgendetwas Gefährliches zu sein. Jedenfalls hat Carolin es schon ein paar Mal zu Nina gesagt, und es klang, als hätte Nina eine ernste Krankheit. Mindestens Zwingerhusten. Die Arme, dabei sieht sie so gesund aus – rosige Hautfarbe, große klare Augen, ich wette, sie hat auch eine ganz kalte Nase. Und ihre braunen Haare glänzen. Aber falls es doch eine Krankheit ist, hoffe ich, Carolin steckt sich nicht an und wird dann auch psychologisch.

»Also, reden wir doch mal Klartext: Du bist nicht glücklich mit Thomas und wirst es auch niemals sein. Behalte den Hund – aber trenn dich von dem Kerl.«

Genau, so machen wir es! Ich stehe auf und wedele mit dem Schwanz. Leider ist Carolin nicht so begeistert von diesem Rat wie ich – sie fängt an zu weinen.

»Du verstehst mich nicht. Thomas und ich – wir gehören einfach zusammen. Ich weiß es ganz genau. Allein, wie wir zusammengekommen sind: Das war Schicksal!«

Aha – Schicksal! Ein mysteriöses Wort. Sollte das die Instanz sein, die Menschen zusammenbringt? Und wenn ja, wie konnte das Schicksal bei Carolin so danebenliegen? Ich versuche mir, das Schicksal in Person vorzustellen. Vielleicht sieht es so aus wie der alte von Eschersbach. Streng. Angsteinflößend. Ein bisschen rechthaberisch. Wenn Schicksal allerdings so ist wie von Eschersbach, dann könnte es sich tatsächlich auch mal irren. Immerhin ist dem Alten bei der Einschätzung meiner Wenigkeit doch auch ein schwerer Fehler unterlaufen. Hätte er mich sonst ins Tierheim gebracht?

Mit einem Mal interessiert mich das Gespräch zwischen Nina und Carolin nicht mehr so sehr. Meine Gedanken sind wieder auf dem Schloss: Bei Mama, meiner Schwester Charlotte und Emilia. Wie es ihnen wohl geht? Zum ersten Mal seit den letzten drei aufregenden Tagen fühle ich eine merkwürdige Sehnsucht. Vermisst mich meine Familie? Oder reden sie schon nicht mehr über mich? Ob Charlotte auch gut schlafen kann, wenn ich nicht neben ihr im Körbchen liege? Ach, Charlotte, werde ich dich jemals wiedersehen?

»Hey, Herkules, was ist denn los mit dir? Geht es dir nicht gut?«

Anscheinend habe ich angefangen zu jaulen. Jedenfalls haben Carolin und Nina aufgehört sich zu unterhalten, und Carolin hebt mich auf ihren Schoß. Erstaunt schaue ich direkt in ihr Gesicht. Ihre Augen sind ganz rot – Menschen weinen zwar leicht, aber offensichtlich bekommt es ihnen nicht. Ich schlecke schnell ihre Hände ab. *Alles in Ordnung* soll das bedeuten, aber trotzdem guckt Carolin ganz besorgt.

»Hm, was er wohl hat?«

Nina zuckt mit den Schultern. »Vielleicht ist er auch nicht so glücklich mit Thomas? Immerhin würde der ihn am liebsten rausschmeißen.«

WUFF! Wie bitte? Thomas will mich rausschmeißen? Lande ich also morgen wieder im Tierheim? Bei Bozo und Boxer?

Als wir wieder zu Hause sind, bin ich immer noch ganz beunruhigt. Ob mich Carolin tatsächlich wieder zurückbringt? Das wäre furchtbar. Vielleicht komme ich doch nicht darum herum, mich mit Thomas gutzustellen. Ich beschließe, mich von meiner besten Dackelseite zu zeigen, wenn ich ihn das nächste Mal sehe. Das geht mir zwar gegen den Strich, denn ein von Eschersbach kriecht grundsätzlich nicht zu Kreuze – aber andererseits war mein letzter Akt zivilen Ungehorsams auch nicht gerade ein voller Erfolg und endete bekanntermaßen mit einem schmerzhaften Biss in mein Öhrchen.

Momentan allerdings scheint Thomas gar nicht zu Hause zu sein. Carolin ruft jedenfalls nicht nach ihm, sie stellt nur kurz ihre Tasche ab und greift dann wieder nach dem Wohnungsschlüssel.

»Wir gehen nochmal kurz in die Werkstatt, Herkules.« Dann öffnet sie die Tür. »Komm, Süßer!«

Nichts lieber als das! Ich freue mich, Daniel wiederzusehen und laufe schwanzwedelnd hinter Carolin die Treppe hinunter.

Unten angekommen, muss ich allerdings feststellen, dass es immer noch sehr nach Holz, aber nicht unbedingt nach Daniel riecht. Komisch, wo steckt der nur? Während Carolin zu einem der Tische geht und dort ein wenig herumräumt, laufe ich los und suche Daniel. Ich stelle fest, dass die Räume hier in der Werkstatt ganz ähnlich wie in Carolins Wohnung angeordnet sind: Zwei in einander übergehende auf der einen Seite, ein dritter dahinter, dann ein langer Flur und hinten noch einmal ein Zimmer. Dort riecht es besonders stark nach Wald – und als ich hineinschnuppere, sehe ich, dass sich hier ganze Stapel von Holz türmen. Merkwürdig – was will Carolin bloß mit so viel Holz? Von Eschersbach sammelt Flaschen in seinem Keller, und der Mann von Emilia sammelt diese kleinen bunten, viereckigen Papierstücke mit den gezackten Rändern, aber Holz? Es gibt offensichtlich nichts, was Menschen nicht sammeln.

»Herkules, wo steckst du denn?«, ruft Carolin den Flur hinunter. Ich trabe aus dem Holzzimmer. »Na, was machst du denn im Holzlager? Riecht gut, oder?« Ich lege mich vor Carolins Füße, und sie streichelt mich kurz. »Oder suchst du Daniel?«

Als ich diesen Namen höre, wedele ich mit dem Schwanz. Carolin soll gleich mal wissen, was ich mir unter einem netten Herrchen vorstelle.

»Ah, daher weht der Wind. Daniel ist nett, nicht? Aber es ist Wochenende, und da arbeiten wir normalerweise nicht. Ich muss auch nur kurz ein paar Sachen erledigen, die seit deinem Einzug bei mir liegengeblieben sind. Dann gehen wir eine Runde spazieren, versprochen. Du kannst dich so lange ein bisschen im Garten umschauen, bis ich fertig bin, okay?«

Ein guter Plan, denn den Garten habe ich noch gar nicht inspiziert. Überhaupt – bis auf Wohnung und Werkstatt ist das Haus noch gänzlich unbekannt für mich, und ich freue mich schon darauf, es nach und nach zu erkunden. Carolin geht zu einem der Fenster im zweiten Raum und öffnet es. Erst jetzt sehe ich, dass von dort zwei Stufen hinauf in den Garten führen. Schnell springe ich sie hoch und sitze sofort im Gras. Herrlich – wie das am Bauch kitzelt! Die Sonne scheint mir auf die Nasenspitze, und ich muss niesen. Carolin lacht.

»So, dann viel Spaß – ich lasse die Tür auf, du kannst also reinkommen, wenn dir langweilig wird.«

Keine Sorge, Carolin, das wird garantiert nicht passieren! Ich trabe los und beschnuppere den riesigen Baum, der seitlich vorm Haus steht. Hm, interessant. Offensichtlich war hier schon längere Zeit kein Hund mehr, denn es ist absolut nichts markiert an diesem Stamm. Ich hole das sofort nach und hebe gleich mal mein Beinchen. Oft habe ich das noch nicht gemacht und an so einem breiten Stamm schon gleich gar nicht, deshalb sieht das Ganze bestimmt noch ein bisschen amateurhaft aus. Aber egal, das kann ich hier schließlich ausgiebig unter Ausschluss der Öffentlichkeit üben. So lange, bis ich es genauso gut hinkriege wie die erwachsenen Rüden, die ich dabei schon heimlich beobachtet habe. Total lässig sind die: laufen an einem Baum vorbei und heben – als wäre es keine große Sache – einfach ihr Bein.

Ich versuche es noch einmal auf der anderen Seite, ist schließlich wichtig, dass man es mit beiden Beinen hinkriegt. Gar nicht so leicht, das! Nur gut, dass mich keiner sieht.

»Na, Kleiner?«, tönt es in diesem Moment von direkt über mir. »Das schaut noch ganz schön wackelig aus. Machst du wohl noch nicht so lang, he he!«

Wer, zum Teufel, ist das? Ich gucke nach oben und sehe in der Baumkrone eine dicke, schwarze Katze. O nein, welch Schmach! Ein heimlicher Beobachter und dann ausgerechnet noch eine Katze!

»Im Übrigen sind das hier *mein* Garten und *mein* Baum – ich möchte dich also auffordern, dieses Rumgepinkel hier zu unterlassen. Es ist ekelhaft und stinkt.«

Mit diesen Worten klettert die Katze gemächlich den dicken Stamm hinunter und steht dann vor mir. Für eine Katze ist sie ziemlich groß. Vor allen Dingen ist sie auch fett. Ich knurre sie an.

»Was denn? Ist das etwa eine korrekte Begrüßung? Ihr Hunde habt einfach kein Benehmen. Kommst hier quasi ohne anzuklopfen in mein Wohnzimmer und stellst dich nicht mal vor. Aber na gut«, die Katze seufzt, »fangen wir eben anders herum an: Ich bin Herr Beck.«

Aha, ein Kater.

»Ich bin Carl-Leopold von Eschersbach. Erfreut, Ihre Bekanntschaft zu machen, Herr Beck.« Schließlich will ich mir von so einem nicht nachsagen lassen, ich wüsste nicht, was sich gehört.

Der Kater kichert. »Carl-Leopold? Komisch, meine eben gehört zu haben, dass Carolin dich Herkules nennt. Und ›von Eschersbach‹ klingt reichlich überkandidelt.«

Was für eine Frechheit! Am liebsten würde ich diesem fetten Viech gleich mal richtig in die Fersen beißen – aber vom Umgang mit den Schlosskatzen weiß ich, dass das für einen kleinen Hund wie mich ziemlich schmerzhaft ausgehen kann. Diese Biester sind echt schnell und haben richtig scharfe Krallen. Obwohl ich innerlich schäume, versuche ich also, mich ganz kühl zu geben.

»Eine tolle Frau wie Carolin kann mich nennen, wie sie will. Bei einer gewöhnlichen Katze wie Ihnen muss ich leider auf *Carl-Leopold* bestehen. Im Übrigen ist das hier mitnichten Ihr Wohnzimmer, sondern mein neuer Garten. Ich möchte Sie also bitten, in Zukunft nicht mehr auf meinen ebenfalls neuen Baum zu klettern. Sie beschädigen ihn mit Ihren Krallen.«

Der Schwanz des Katers beginnt zu zucken. Allerdings leider nicht, weil Beck vor Angst zittert, sondern weil er in geradezu hysterisches Gelächter ausbricht.

»Großartig – du hast hier gerade noch gefehlt! Gerade war mir ein bisschen langweilig geworden – aber mit einem Clown wie dir wird das bestimmt ein sehr unterhaltsamer Sommer.«

Beck fängt an, sich lachend auf dem Boden zu wälzen. Es ist offensichtlich, dass er sich blendend amüsiert. Ich hingegen könnte mir die Schwanzhaare ausreißen. Niemand nimmt mich für voll. Langsam beruhigt sich Herr Beck wieder, steht auf und schüttelt sich kurz.

»Jetzt mal im Ernst, Kleiner – was glaubst du eigentlich, wer du bist?«

Ich will darauf gerade etwas erwidern, da zischt Becks Tatze blitzschnell millimeterscharf an meiner Schnauze vorbei. »Halt – falsche Frage! Fang jetzt bloß nicht wieder mit diesem Adelsgequatsche an.«

Ich knurre. Beck soll nicht denken, dass ich mich hier ohne weiteres beleidigen lasse – Krallen hin, Krallen her. Beck ignoriert das leider völlig und fährt unbeeindruckt fort: »Ich lebe nun schon eine ganze Weile als einziges Tier in diesem Haus, wenn man mal von dem blöden Wellensittich im zweiten Stock absieht. Und nur, weil du von der zugegebenermaßen ganz reizenden Carolin hier angeschleppt wurdest, musst du nicht glauben, dass ich mein Revier räume. Das war *mein* Garten, das ist *mein* Garten, und das wird auch immer *mein* Garten bleiben! Also sei froh, wenn du dir hier ab und zu die Sonne auf die Nase scheinen lassen darfst und bleib weg von dem Baum. Verstanden?«

Mit diesen Worten dreht er sich um und will mich offensichtlich einfach so stehen lassen. Da platzt mir endgültig der Kragen. Ich mache einen Satz nach vorne und schnappe nach Becks Schwanz. Eigentlich mit dem Ziel, es ebenso knapp ausfallen zu lassen, wie Beck vorhin seinen Tatzenhieb. Leider senkt er in genau diesem Moment seine Schwanzspitze in Richtung meines Fangs – und ehe ich mich versehe, beiße ich genau hinein. Autsch. Das war bestimmt ein kleines bisschen schmerzhaft. Vielleicht auch ein großes bisschen. Aber keine Absicht, ehrlich!

Beck faucht laut auf und will sich rächen, ich gebe Fersengeld. An Tag zwei von einem Kater vermöbelt zu werden, gehört ganz sicher nicht zu meiner Vorstellung von einem gelungenen Einstand. Bevor er mich erwischt, springe ich mit einem beherzten Satz direkt durch das noch geöffnete Fenster der Werkstatt.

Ich lande fast auf Carolins Füßen, die schaut mich erstaunt an.

»Was machst du denn da, Herkules? Kunstfliegen?« Sie schaut aus dem Fenster und sieht Beck, der gerade noch eine Vollbremsung hinlegen kann. »Hast du dich etwa mit der Katze gestritten?«

Ich versuche, möglichst unschuldig zu gucken, und wedele mit dem Schwanz.

»Also wirklich, Herkules! Herr Beck ist ein ganz netter

älterer Herr. Außerdem gießt sein Frauchen immer meine Blumen, wenn ich mal nicht da bin. Du musst dich also ein bisschen benehmen.«

Wie peinlich! Sie kennt den Kater näher. Ich tue so, als würde ich irgendetwas sehr Interessantes auf dem Boden beobachten. Allerdings kann ich mir den Gedanken nicht verkneifen, dass Carolins Männergeschmack sowohl bei Menschen als auch bei Katzen alles andere als exquisit ist. Erst dieser unmögliche Thomas, dann Herr Beck – es ist eigentlich fast ein Wunder, dass sie mich und nicht Bozo aus dem Tierheim mitgenommen hat.

Bei dem Gedanken an Thomas fällt mir wieder ein, dass ich heute noch dringend einen guten Eindruck bei dem Blödmann hinterlassen muss. Er soll doch gar nicht erst auf die Idee kommen, dass man mich auch zurückbringen könnte. Außerdem reicht *ein* Feind in meiner näheren Umgebung, und Herrn Beck brauche ich meine Freundschaft momentan wohl nicht mehr anzudienen. Ich nehme mir fest vor, die erstbeste Gelegenheit zur Verbrüderung mit Thomas beim Schopf zu packen.

Ein von Eschersbach fackelt nicht lange – er handelt, wenn sich die Möglichkeit bietet, und zwar kühn und unerschrocken. Genauso werde ich es machen, Opili. Kühn und unerschrocken.

VIER

Tatsächlich kommt die Gelegenheit zur Verbrüderung mit Thomas schon früher als gedacht. Eine Nacht später liege ich in meinem Körbchen und kann nicht schlafen. Zu viel geht mir durch den Kopf. Thomas. Der kleine Zwischenfall mit Herrn Beck. Das Gespräch zwischen Carolin und Nina. Selbst an Fritz, den Münsterländer aus dem Tierheim, muss ich denken. Unruhig wälze ich mich hin und her.

Plötzlich höre ich ein Geräusch. Es ist ein Murmeln ... oder eher ein ... Wimmern? Ich rapple mich hoch, klettre aus dem Körbchen und trabe aus dem Wohnzimmer in Richtung Flur. Dort kann ich das Geräusch noch viel besser hören. Es ist tatsächlich ein Wimmern, und es kommt aus dem Schlafzimmer! O Schreck – geht es Carolin nicht gut? Die Tür ist nur angelehnt, deswegen kann ich leise hineinhuschen. Leider ist es ist völlig dunkel, ich kann nichts erkennen.

Und wieder das Geräusch. Das Wimmern ist mittlerweile zu einem Stöhnen geworden. Zu meiner großen Erleichterung ist es aber eindeutig Thomas, dem es nicht gut zu gehen scheint. Mein erster Gedanke: Mit Carolin ist wohl alles in Ordnung. Mein zweiter Gedanke: Hier ist sie, meine Chance! Nun heißt es, kühn und unerschrocken zu handeln. Denn ganz offensichtlich liegt Thomas im Bett und windet sich vor Schmerzen. Carolin schläft anscheinend – jedenfalls scheint sie ihn nicht zu hören, denn sonst würde sie ihm ja helfen. Ich werde also dafür sorgen, dass sie aufwacht und Thomas nicht länger leiden muss. Dann wird er erkennen, was für ein toller Hund ich bin und wie gut es ist, dass Carolin mich geholt hat.

Mit einem kühnen und unerschrockenen Satz springe ich ins Bett, genau neben den stöhnenden Thomas. Es ist wirklich erstaunlich, dass Carolin ihn nicht hört, denn sie liegt mehr oder weniger unter ihm. Ich erwähnte es bereits: Menschen haben wirklich grottenschlechte Ohren. Aber keine Sorge, Thomas, du hast ja jetzt einen neuen treuen Freund. In seinen Schmerzen windet er sich regelrecht, das Gesicht nach unten gedreht. Ich schlecke ihm schnell den Nacken ab, er soll wissen, dass Hilfe nah ist. Er zuckt zusammen. Dann beginne ich, möglichst laut zu bellen. Schließlich soll Carolin endlich aufwachen.

Das Nächste, an was ich mich noch erinnern kann, ist, dass ich quer durch den ganzen Raum fliege und sehr unsanft neben der Tür lande. Dann wird es plötzlich ganz hell. Thomas – wie durch ein Wunder spontan genesen – steht über mir und funkelt mich böse an.

»Du Scheißköter! Was fällt dir ein! Dich mach ich platt!«

Er holt aus – will er mich etwa schlagen? Ich versuche, mich wegzuducken. Nur wohin? In Panik jaule ich auf. Zur Hilfe – was ist hier bloß los?

In diesem Moment steht auf einmal Carolin hinter Thomas. Von dem ganzen Lärm ist sie nun doch aufgewacht. Sie packt Thomas von hinten an der Schulter und zerrt ihn zurück.

»Unterstehe dich, Herkules ein Haar zu krümmen! Er hat uns schließlich nicht absichtlich gestört.«

Thomas fährt zu ihr herum. »Bitte? Die Töle springt in unser Bett, als ich gerade richtig in Fahrt bin, und du verteidigst sie? Dem dummen Vieh werde ich gleich mal zeigen, was ich von seiner kleinen Einlage halte.«

»Thomas!«, kommt es jetzt ganz scharf von Carolin. »Du lässt sofort die Finger von Herkules. Sofort!«

Sie bückt sich zu mir herunter und nimmt mich auf den Arm. Mittlerweile zittere ich wie Espenlaub. Das ist einfach zu viel für mein empfindliches Nervenkostüm. Und überhaupt verstehe ich nur noch Bahnhof: Was heißt hier *stören*? Und *in Fahrt*? Thomas soll doch froh sein, dass wenigstens ich seinen kritischen Zustand erkannt habe. Stattdessen hatte er ernsthaft vor, mich zu vermöbeln. Und mein Dackelpo tut auch noch weh von dem Tritt, den er mir im Bett verpasst hat. Ich fange an zu winseln. Noch nie bin ich so ungerecht behandelt worden. Gegen diesen Psychopathen ist der alte von Eschersbach ja die Mildtätigkeit in Person!

»Du Armer, du zitterst ja ganz doll!« Carolin drückt mich an sich und presst ihr Gesicht in meinen Nacken. »Keine Angst, ich bin bei dir. Ich passe schon auf dich auf.«

Thomas schnauft verächtlich. »Also echt, Carolin. Hast du jetzt etwa ein erotisches Verhältnis zu einem Hund? Dir scheint die Unterbrechung ja überhaupt nichts auszumachen. Wahrscheinlich war sie dir ganz recht. Musst du wenigstens nicht wieder sagen, dass du Kopfschmerzen hast.«

Halt mal: Thomas stöhnt, und Carolin hat Kopfschmerzen? Unterbrechung wovon? So sehr ich mir auch Mühe gebe, ich kann mir überhaupt keinen Reim darauf machen. Nur eins ist völlig klar: Mein Versuch, bei Thomas gut Wetter respektive Dackel zu machen, ist gründlich danebengegangen. Und ich weiß nicht mal, warum. Ob ich meinen neuen Kauknochen wohl mit ins Tierheim nehmen darf? Wobei es auch egal ist, wahrscheinlich nehmen mir Bozo und Boxer den als Erstes weg.

Die restliche Nacht verbringe ich in meinem Körbchen. Obwohl ich todmüde bin, kann ich nach diesem ganzen Desaster natürlich erst recht nicht schlafen. Ab und zu hebe ich ein Öhrchen an und lausche in die Dunkelheit. Völlige Stille. Aber selbst wenn ich wieder ein Geräusch hören würde – keine zehn Pferde brächten mich noch einmal in einen Raum, in dem sich auch dieser Thomas aufhält.

Die Sonne scheint durch die Werkstattfenster, mehrere einladende Fleckchen bilden sich auf dem alten Dielenboden und rufen *»Komm, Carl-Leopold, leg dich auf mich und ruh dich ein bisschen aus!«* Diese Aufforderung kommt mir sehr gelegen, die letzte Nacht steckt mir noch ziemlich in den Knochen. Ich schwanke nur, ob ich mir ein Fleckchen in Carolins Raum aussuchen soll, oder ob ich mich neben den Tisch lege, an dem Daniel gerade arbeitet.

Schließlich lege ich mich neben Daniel. Ich fühle mich ziemlich mickrig und habe Angst, dass Carolin mir die ganze Geschichte auch übelnehmen könnte. Hat sie zwar mit keinem Wort gesagt, aber es ist mir doch noch ein bisschen unangenehm. Denn irgendetwas habe ich wohl komplett falsch gemacht. Auch wenn ich nach gründlichem Nachdenken immer noch nicht weiß, was eigentlich. Aber dass mich Carolin nun schon wieder vor Thomas verteidigen musste, das ist mir wirklich peinlich.

»Na, wie war dein Wochenende? Wie lebt es sich mit deinem neuen Hund?«, will Daniel von Carolin wissen.

Ich klappe die Ohren an und senke die Nase zwischen meine Vorderläufe. Die Geschichte, die jetzt unweigerlich kommen wird, will ich gar nicht hören.

»Du – super! Thomas ist auch ganz begeistert von dem kleinen Kerlchen. Na ja, du weißt ja, wie tierlieb er ist.«

Hä? War heute Morgen was im Futter? Offensichtlich halluziniere ich.

»Echt? Ne, wusste ich gar nicht, dass er Tiere so gerne

mag. Aber umso besser, dann werden die beiden sich sicher blendend verstehen. Können sie ja mal allein wandern gehen oder ein Überlebenstraining machen oder was man sonst so als richtig harter Kerl mit seinem Hund unternimmt.«

Täusche ich mich, oder höre ich da eine feine Ironie in Daniels Worten? Das ist übrigens für mich als Hund gar nicht so leicht zu unterscheiden – Menschen benutzen oft die gleichen Worte und meinen dann etwas völlig anderes. Erinnere mich noch gut, wie von Eschersbach erst sagte *»Feiner Hund, gute Idee!«*, als ich mit nassen Pfoten auf das Sofa im Salon gesprungen war, dann aber anschließend mit seinem Gehstock ausholte und mir damit auf die Hinterläufe schlug. Ich konnte mich zwei Stunden überhaupt nicht beruhigen, bis mir Mama erklärte, dass Menschen oft das Gegenteil von dem sagen, was sie meinen, um damit klarzumachen, dass sie das auf keinen Fall meinen. Verrückt, oder? Im Kopf eines Menschen muss es ein paar sehr unpraktische und überflüssige Windungen geben. Wahrscheinlich, weil sie ihn durch ihren aufrechten Gang viel zu hoch über der Erde tragen. Das ist ganz offensichtlich nicht gut für´s Gehirn.

Interessant ist in diesem Zusammenhang allerdings auch die Frage, wie Carolin dazu kommt, so etwas zu erzählen? Warum will sie nicht zugeben, dass unser Start in die gemeinsame Zukunft eine totale Pleite war? Ist Tierliebe vielleicht etwas, was den Wert des Menschenmännchens erhöht? So wie etwa Raubwildschärfe, Wachtrieb und Schussfestigkeit den herausragenden Jagdhund auszeichnen? Mit herausragenden Jagdhunden kenne ich mich nämlich bestens aus: Mama war dreimal im Finale des Bundeschampionats, die Regale auf Schloss Eschersbach biegen sich unter ihren Pokalen, und nie bekam sie eine schlechtere Note als »Vorzüglich 1«, kurz V 1. Also wenn Tierliebe quasi in den Katalog gehört, und Carolin demonstrieren möchte, dass Thomas ein Kandidat für V 1 ist, dann macht ihre Geschichte natürlich Sinn. Aber andererseits sieht sogar ein kleiner Hund wie ich auf den ersten Blick, dass Thomas höchstens ein »Genügend« bekommen würde, selbst mit Tierliebe. Wenn sie denn tatsächlich vorhanden wäre.

Aber zurück zum Thema Ironie: Ehrlicherweise hoffe ich, dass Daniel das gerade nicht so gemeint hat. Denn die Kombination der Worte *Thomas* mit *allein* und *Überlebenstraining* wecken bei mir ganz andere Assoziationen als die von großartiger Freundschaft zwischen Mensch und Hund. Vielmehr sehe ich vor meinem inneren Auge Thomas, wie er mich über einen Felsvorsprung in einen sehr tiefen Abgrund befördert oder mich in einem einsamen Wald an einen Baum bindet und einfach geht. Dann lieber wieder Tierheim. Vielleicht kann ich dort mit Fritz, der leider bestimmt noch da ist, eine Hunde-WG gründen, und wir bekommen einen eigenen kleinen Zwinger? Meinetwegen auch neben dem Katzengehege – rückblickend stelle ich nämlich fest, dass es eigentlich ganz lustig war, Beck in den Schwanz zu beißen.

»Also Daniel, du musst dich gar nicht darüber lustig machen. Ich glaube wirklich, dass Herkules und Thomas gute Freunde werden.«

Ah – Gott sei Dank! Also wirklich Ironie. Keine gefährlichen Alleingänge mit Thomas.

»Ich mache mich nicht lustig. Ich bezweifele nur, dass dein lieber Thomas demnächst mit einem süßen Kerlchen wie Herkules durch den Park joggt. Das geht doch zu sehr gegen sein gern gepflegtes Image als harter Kerl.«

»Was hast du bloß immer gegen Thomas?«

»Gar nichts. Ich frage mich nur manchmal, was er gegen mich hat.«

Carolin lacht laut auf. Klingt ziemlich unecht.

»Ich bitte dich – Thomas hat überhaupt nichts gegen dich. Im Gegenteil, er findet dich sehr nett.«

Carolins sonst so warme Stimme hat einen ganz blechernen Unterton. Ob Daniel das auch hört? Er seufzt.

»Sicher, sicher.«

»Ihr seid nur eben ziemlich verschieden. Aber deswegen könnt ihr doch trotzdem Freunde sein.«

Daraufhin sagt Daniel nichts mehr, sondern atmet nur deutlich hörbar aus. Offenbar will er über dieses Thema nicht mit Carolin reden. Schade, ich hätte gerne mehr von seiner Meinung über Thomas erfahren. Vielleicht habe ich in ihm einen Verbündeten? Das wäre schön, denn mittlerweile könnte ich in diesem Haus noch einen Freund brauchen.

Mittags geht Carolin kurz mit mir in die Wohnung, um mir mein Fresschen zu geben. Sie hat sich tatsächlich ein Buch über Hunde gekauft – ich habe es auf dem Sofa im Wohnzimmer liegen sehen – und möglicherweise als Erstes das Kapitel über gesunde Ernährung gelesen. Jedenfalls ist sie nun vom Dosenfutter ab, sondern hat auf unserem Spaziergang heute früh ein bisschen frisches Herz für mich besorgt. Als sie es kocht, breitet sich ein verführerischer Duft in der Wohnung aus. Lecker! Eine sehr erfreuliche Entwicklung.

»So, mein Kleiner, das muss noch etwas abkühlen, dann kriegst du es. Lass uns noch fünf Minuten warten, ich muss sowieso mal kurz telefonieren, dann gebe ich es dir.«

Sie stellt meinen Napf mit den Herzstücken in den Kühlschrank und geht in das Zimmer neben dem Wohnzimmer. Ich stehe noch ein wenig unschlüssig herum, dann trotte ich in den Flur. Während ich noch überlege, womit ich mich jetzt bis zum Mittagessen beschäftigen könnte, sehe ich, dass die Schlafzimmertüre wieder offen steht. Seit zwei Tagen habe ich einen großen Bogen um diesen Raum gemacht, aber jetzt siegt meine Neugier. Vielleicht finde ich dort irgendetwas, was erklären würde, was in der Schreckensnacht von neulich eigentlich passiert ist? Ich wüsste zwar nicht, was das sein könnte, aber zumindest möchte ich mich dort noch einmal im Hellen umsehen. Aus der anderen Ecke der Wohnung höre ich Carolin mit diesem schwarzen Plastikteil sprechen. Nach allem, was ich mittlerweile über Menschen im Allgemeinen und Frauen im Besonderen weiß, ist das ein sicheres Zeichen dafür, dass sie momentan komplett abgelenkt ist. War bei Emilia auch immer so. Man konnte die tollsten Sachen aus der Küche klauen, wenn sie *telefonierte*.

Vorsichtig schiebe ich meine Schnauze durch den Türspalt. Tatsache, die Luft ist rein. Schwupps, bin ich auch schon drin. Sieht auf den ersten Blick komplett unspektakulär aus. Aber es ist bekanntlich der zweite Blick, der Sachen interessant macht. Besser gesagt, der Moment, in dem man als Hund genau hinschnüffelt. Und deswegen beschließe ich, hier mal alles einer gründlichen Geruchsinspektion zu unterziehen.

Beim Bett fange ich an: Alles wie gehabt. Rechts riecht es nach Carolin, links mehr nach Thomas. Na gut, was hatte ich erwartet? So schlafen die beiden nun mal. Ich will schon fast wieder herunterhüpfen, da fällt mir noch der Hauch eines anderen Geruchs auf. Nicht direkt auf den Laken, sondern eher darunter, auf der Matratze. Ich schiebe die Laken auseinander und schnüffele noch einmal genauer. Seltsam. Denn während Carolins Seite genau diesen fantastischen Carolin-Geruch an sich hat und bei Thomas selbst seine Bettseite unsympathisch riecht, schwebt noch ein dritter Geruch über diesem Bett. Es ist … hm … ich bin mir nicht sicher … irgendwie … nein, oder vielleicht doch … Wirklich schwer zu sagen! Deshalb robbe ich noch einmal gründlich mit meiner Nase über das gesamte Bett.

In diesem Moment wird die Tür zum Schlafzimmer weit aufgestoßen. »Herkules, pfui! Was machst du schon wieder in unserem Bett?«

Carolin steht vor mir und wedelt tadelnd mit dem Zeigefinger. Beschämt gucke ich zu Boden. Wie soll ich ihr auch erklären, was genau ich suche? Ich weiß es schließlich selbst nicht. Ich weiß nur, dass ich eben etwas sehr Seltsames entdeckt habe.

»Hunde gehören nicht ins Bett, Herkules. Du hast ein sehr komfortables Körbchen, und da bleibst du bitte, wenn du schlafen möchtest. Auf dem Sofa kannst du ruhig mit mir sitzen, aber ins Bett darfst du nicht. Thomas war neulich schon echt sauer auf dich, und ich habe ihm versprochen, dich ein bisschen besser zu erziehen. Ich will doch, dass ihr Freunde werdet. Und so klappt das nicht!«

Jetzt sieht Carolin richtig traurig aus. Mist. Ich klappe die Ohren an und hüpfe vom Bett. War eine blöde Idee mit dem Schlafzimmer. Und schlauer bin ich jetzt auch nicht.

»Nun guck nicht so traurig. Ab und zu muss eben auch ein so süßer Hund wie du noch etwas lernen. Und jetzt komm – dein Fresschen ist bestimmt schon fertig.«

Das lasse ich mir natürlich nicht zweimal sagen und sause gleich los in die Küche. Carolin nimmt den Napf aus dem Kühlschrank, rührt einmal um und setzt ihn mir dann vor die Nase. Hm, lecker. So eine ordentliche Portion Herz, und der größte Kummer ist schnell vergessen.

Zurück in der Werkstatt schlafe ich erst einmal ein Stündchen. Daniel hat mir aus einer alten Kiste und einem Kissen ein Zweitkörbchen gebastelt – sehr umsichtig, der Mann. Ich werde wach, weil ich das Gefühl habe, dass irgendjemand Herrn Beck foltert. Jedenfalls dringen ganz grauenhafte Töne an mein Ohr. Sehr hoch und schrill, ein elendes Gejaule. Ich springe aus der Kiste und laufe in Richtung des Geräuschs. Dort, in einem der vorderen Räume, steht Carolin und hält etwas auf dem Arm. Allerdings nicht Herrn Beck, sondern einen der kleinen Holzkästen, die überall in der Werkstatt herumzuliegen scheinen. Komisch sehen die aus. Es gibt sie in verschiedenen Größen, sie sind nicht eckig, sondern rund, und zwar so, als ob man zwei Kreise aneinandergeklebt hätte. Außerdem haben sie einen langen Hals. Und auf diesem Hals haut Carolin gerade mit dem Stock mit den Haaren herum. Besser gesagt, sie streicht darauf herum. Was dem Kästchen anscheinend wehtut, denn aus ihm kommt daraufhin das furchtbare Geräusch.

Brrr, da gefriert einem ja das Blut in den Adern! Ich kann nicht anders, ich fange an zu heulen. Erst zaghaft, dann richtig laut. Carolin lässt das Kästchen sinken, Daniel kommt ins Zimmer gelaufen. Er sieht mich, wie ich noch ein letztes Mal kräftig losheule, dann bricht er in schallendes Gelächter aus.

»Ach herrje, sag bloß, Herkules mag keine Musik! Na, da bist du ja bei uns genau an der richtigen Adresse!«

Musik? Das, bitte, soll Musik sein? Das ist doch wohl nicht euer Ernst! Ich kenne Musik schon von Schloss Eschersbach. Im Salon stand nicht nur mein Lieblingssofa, sondern auch ein sogenanntes Klavier. Von Eschersbach spielte dort manchmal, und das war auch nichts, was ich mir persönlich ausgesucht hätte, aber längst nicht so schlimm wie das eben Gehörte. Und wenn ich mit Emilia zum Einkaufen fahren durfte, dann spielte das Auto Musik, natürlich auch viel zu laut, aber ansonsten eigentlich ganz schön – mit einem klaren Rhythmus und ganz schnell. Aber das hier gerade war doch einfach nur furchtbar. Und so schrill. Im Leben war das keine Musik. Ich schüttle energisch den Kopf.

Carolin und Daniel schauen sich etwas ratlos an.

»Vielleicht sind ihm die Töne zu hoch? Hol doch mal das Cello, passt ihm vielleicht besser als die Violine?«

Daniel trabt los und kommt mit einem der größeren Kästchen wieder. Aha, dieses Ding trägt also den schönen Namen. Na, hoffentlich klingt es auch ein bisschen danach. Daniel setzt sich auf einen Stuhl und klemmt sich das Cello zwischen die Beine. Auch er nimmt den Stock zur Hand. Dann bewegt er ihn langsam hin und her. Tatsächlich, auch hier kommen Töne heraus. Und sie klingen wirklich deutlich besser. Ich grunze zufrieden und lege mich vor Daniel, den Kopf auf meine Vorderläufe.

»Okay, Herkules ist nicht der Typ für Geige. Aber generell scheint er nichts gegen Musik zu haben«, stellt Carolin fest. »Dann muss er wohl immer einen kleinen Spaziergang im Garten machen, wenn wir hier die Geigen stimmen. Schade, dabei ist Violine so ein tolles Instrument.«

»Wer weiß, wie das für Hundeohren klingt. Wahrscheinlich hört er noch irgendwelche Schwingungen, die wir gar nicht mitbekommen. Es gibt doch auch diese lautlosen Hundepfeifen, die können wir schon nicht mehr hören, Hunde aber sehr wohl.«

»Hey, hast du dir heimlich mein Hundebuch geklaut?«

»Nein, aber wir hatten zu Hause immer einen Hund. Ziemlich viele Terrier, aber einmal sogar auch einen Dackel. Du kannst mich also Fachmann nennen.«

»Gut zu wissen. Ich werde dich bestimmt bald mit einer Fachfrage behelligen. Jetzt muss ich aber weiterarbeiten. Also, Herkules, wenn dir deine Ohren lieb sind, dann gehst du wohl besser in den Garten.«

Auch gut, kann ich noch ein bisschen Pinkeln üben.

FÜNF

Im Garten ist es friedlich und ruhig. Ich schaue mich um, ob ich diesmal auch wirklich keine ungebetenen Zuschauer habe, dann steuere ich den großen Baum an und hebe mein Beinchen. Wer sagt's denn? Klappt doch schon besser. Der blöde Beck kann mich mal. Außerdem ist das natürlich nicht sein Garten, sondern meiner. Schließlich geht er von Carolins Werkstatt ab. Beck ist also nur Besucher. Dagegen ist nichts zu sagen, ein von Eschersbach ist schließlich Freund gepflegter Gastlichkeit. Aber wenn dieser blöde Kater meint, dass ich nun nach seiner Pfeife tanzen werde, nur weil er länger hier lebt, dann irrt er gewaltig. Ich werde nicht klein beigeben. Ein von Eschersbach gibt niemals klein bei!

Ich probiere es noch ein paar Mal wechselseitig mit dem linken und mit dem rechten Bein, dann wird es mir irgendwann langweilig. Zeit, sich die anderen Eckchen des Gartens anzuschauen. Hinter dem Baum beginnt eine große Rasenfläche, auf die gerade einladend die Sonne scheint. Ansonsten ist es dort für meinen Geschmack recht langweilig. Keine Spur von Kaninchen oder Maulwürfen. Das ein oder andere Eichhörnchen scheint ab und zu über die Wiese zu laufen, jedenfalls riecht es ein bisschen danach. Eichhörnchen sind aber keine lohnende Beute, dafür springen sie auf der Flucht viel zu schnell auf Bäume. Selbst so ein toller Hecht wie Opili hätte da keine Chance.

Die Wiese wird links und rechts von einem Blumenbeet eingerahmt. Hier riecht es süßlich-sommerlich, und ein paar Bienen schwirren schwerbeladen mit Pollen von Blüte zu Blüte. Ich schnüffele ein bisschen am Rand herum, kann aber nichts Interessantes entdecken. Gerade will ich umdrehen, um in Richtung Vorgarten zu traben, da höre ich jemanden rufen.

»Herkules! Hey, komm mal rüber!«

Sollte das Herr Beck sein? Der Revanche fordert? Ich beschließe, nicht zu reagieren.

»Mann, Herkules, komm schon.«

Ich drehe mich langsam herum, rühre mich aber immer noch nicht vom Fleck.

»Also gut, wenn´s dir so wichtig ist: Carl-Leopold, würdest du bitte mal kommen?«

Oh, ganz neue Töne. Beck scheint irgendetwas Wichtiges von mir zu wollen. Aber wo, zum Teufel, steckt er? Ich kann ihn nirgends sehen. Auf der Wiese nicht, auf dem Baum nicht, nirgends.

»Beck, wo bist du? Ich sehe dich nicht.«

»Ich bin hier oben.«

»Auf dem Baum?«

»Nein, auf dem Tisch.«

Auf dem Tisch? Einen Tisch kann ich nicht entdecken, ratlos blicke ich umher.

»Auf dem Tisch auf dem Rasen. Lauf hinter das Beet, dann siehst du ihn!«

Ich trabe also hinter das linke Blumenbeet und sehe dort tatsächlich einen großen Gartentisch, beziehungsweise die Tischbeine eines solchen. Aus Dackelsicht gar nicht so leicht hinter diesen hohen Stauden zu entdecken, aber das muss er wohl sein.

»Genau, jetzt bist du richtig. Spring mal auf den Stuhl, dann siehst du mich.«

Welche Art Ratespiel soll das eigentlich werden? Ich sehe mich nach einem Stuhl um und finde ihn gleich neben dem Tisch. Hoppla, der ist aber hoch! Hoffentlich komme ich da überhaupt mit einem Satz drauf.

»Hör mal, Beck, ich weiß nicht, ob ich da raufspringen kann. Das ist ziemlich hoch für mich. Warum sagst du mir nicht einfach, was du willst, oder noch besser, kommst einfach zu mir runter?«

»Das geht nicht. Wirst gleich sehen, warum. Also bitte, gib dir Mühe und spring!«

Ich seufze und mache drei Schritte zurück, um ein bisschen Anlauf zu nehmen. Dann sause ich los und hechte auf den Stuhl. Geschafft! Knapp zwar, aber immerhin. Ein bisschen stolz auf diese Leistung sehe ich mich mit hocherhobenem Kopf um – und entdecke Herrn Beck mitten auf dem Gartentisch. Genauer gesagt: in einem Vogelbauer, der mitten auf dem Gartentisch steht.

»Na, siehst du jetzt, warum ich nicht kommen kann?«

Beck schaut mich unglücklich an. Ich hingegen muss sehr an mich halten, um nicht vor Lachen gleich wieder vom Stuhl zu fallen.

»Was machst du denn da? Das sieht ja saukomisch aus! Ein fetter Kater wie du in so einem kleinen Käfig!«

»Ja, danke auch für dein Mitgefühl. Was werde ich hier wohl machen? Ich hatte die historische Chance, mir diesen nervigen, altklugen Wellensittich zu schnappen. Leider habe ich nicht bedacht, dass die Käfigtür nach innen aufgeht und ich sie jetzt nicht aufkriege, weil ich sie mit meiner Größe selbst blockiere.«

»Ich sage doch: Du bist fett!«

Beck ignoriert diesen Einwand und schaut mich stattdessen so eindringlich an, wie man es als Katze durch Gitterstäbe hindurch eben kann.

»Du musst mir helfen, Carl-Leopold. Wenn die alte Meyer sieht, dass ich mir ihren Vogel geschnappt habe, gibt es richtig Ärger.«

»Kann sie sich doch auch so denken, selbst wenn du nicht im Käfig sitzt.«

»Ja, denken vielleicht. Aber nicht beweisen. Mein erstes Herrchen war Anwalt, und ich sage dir – zwischen Glauben und Wissen machen die Menschen einen Riesenunterschied.«

»Wie dem auch sei – warum sollte gerade ich dir helfen? Ich kann doch froh sein, wenn du ins Tierheim oder sonst wohin wanderst. Habe ich endlich meine Ruhe vor dir.«

»Hey, Kumpel? Ist das etwa Solidarität unter Haustieren?«

»Solidarität unter Haustieren? Weiß nicht, dazu würde ich jetzt gerne mal den Wellensittich befragen.«

Ich will mich schon umdrehen, da unternimmt Herr Beck noch einen letzten Versuch: »Gut, dann nenn es eben, wie du willst. Aber wenn du jemals mit dem Gedanken gespielt hast, das Kriegsbeil zwischen uns zu begraben, dann wäre jetzt ein extrem günstiger Zeitpunkt dafür. Denk mal drüber nach, ob es nicht nützlich wäre, einen Freund in diesem Haus zu haben – und zwar einen, der sich verdammt gut mit Menschen auskennt!«

Okay, damit hat er mich. Ich seufze. »Also gut, was soll ich tun?«

»Komm neben den Käfig. Man kann ihn auch von oben öffnen, aber dafür muss man erst einmal die Knoten in der Kordel durchkauen, und das kann ich mit meinem Gebiss nicht allein.«

Ich schaue mir an, was er meint. Tatsächlich, der Käfig hat noch eine obere Klappe, die mit einer Art Band befestigt ist. Die Knoten dieses Bandes liegen außerhalb des Käfigs und sehen aus wie eine lösbare Aufgabe.

»Ich denke, das könnte ich schaffen. Dafür müssen wir den Käfig allerdings umkippen, sonst komme ich nicht an die Knoten ran.«

»Ja, kein Problem. Kipp den Käfig vom Tisch – lieber ein paar Schrammen als weiter hier drin zu sitzen.«

»Na gut, dann pass mal auf!«

Mit einem kräftigen Schups schiebe ich den Käfig über den Rand des Tisches. Er fällt mit einem kräftigen Rumpeln herunter und landet tatsächlich auf der Seite.

»Autsch!«, ruft Beck aus und schüttelt sich kräftig. »Na ja, so solltest du wohl rankommen.«

Ich hüpfe vom Tisch über den Stuhl nach unten. Dann stehe ich neben dem Käfig und betrachte mir die Sache noch einmal genauer. Ja, so könnte es klappen. Die Knoten liegen genau auf Höhe meiner Schnauze. Und für meine Fähigkeiten als Sachen-Zerkauer bin ich geradezu berühmt. Legende, möchte ich sagen. Sehr zum Leidwesen Emilias, hat sie diese Tatsache doch schon das ein oder andere Paar Schuhe gekostet. Aber irgendwie will diese Fähigkeit ja auch trainiert werden.

Ich brauche keine drei Minuten, dann fällt das Band zur Erde, und die Klappe öffnet sich – zum Glück nach außen. Die Öffnung ist zwar ziemlich klein, aber Herr Beck zwängt sich mit aller Gewalt hindurch. Erstaunlich, wie biegsam Katzen sind. Eigentlich wären sie auch gute Baustöberer – aber wahrscheinlich sind sie zu feige, einem Dachs von Angesicht zu Angesicht entgegenzutreten. Da ist so ein Wellensittich natürlich leichtere Beute.

Schnaufend sitzt Beck schließlich neben mir.

»Danke, mein Freund.«

»Gerne. Aber sag mal, du hast wirklich diesem bedauernswerten Sittich den Garaus gemacht? Pfui.«

Ich betrachte den Käfig. Komisch, man sieht kaum Federn. Nur ein kleiner grüner Plastikvogel liegt schwer zerkratzt auf dem Boden. Hat Beck den Wellensittich tatsächlich mit Haut und Federn verschlungen? Brrr, bei dem Gedanken schüttelt es mich. Erlegen ist ja die eine Sache – aber das Beutetier komplett zu fressen? Na ja. Jeder, wie er meint. Beck ist allerdings merkwürdig still.

»He, ist dir der Sittich auf den Magen geschlagen?«

»Tja, also, wie soll ich sagen – der Sittich lebt noch. Ich habe ihn nicht gefressen.«

»Er lebt noch? Du meinst, du warst in seinem Käfig, und er lebt noch? Aber wo ist er denn?«

»Es ist mir zwar peinlich, es zuzugeben, aber er war gar nicht in dem Käfig, als ich ihn gejagt habe.«

Ich schaue Beck mit großen Augen an.

»Ja, ich weiß, was du denkst. Aber es ist so: Der blöde Vogel war nicht in dem Käfig. Ich bin heute Morgen in den Garten spaziert. Als ich den Käfig auf dem Tisch stehen sah, dachte ich, das ist meine Chance. Also ich rauf und gleich rein in den Bauer. Schnappe mir den Kameraden, beiße zu – und habe das blöde Plastikteil da unten im Maul. Verstehst du? Die alte Meyer hat nur den Käfig draußen saubermachen wollen und ihn deswegen rausgestellt. Der Vogel war gar nicht drin, sondern nur sein Plastikfreund.«

»Bitte? Du hast was? Du hast allen Ernstes den Plastikkameraden da unten erlegt?« Ich pruste laut los. »Das kann doch nicht wahr sein! Wie kann man das Teil denn mit einem echten Vogel verwechseln? Dafür muss man doch komplett blind sein, ha ha!« Ich rolle mich vor Vergnügen auf dem Rasen hin und her.

»Na, das Plastikteil sieht schon aus wie ein echter Vogel«, wendet Beck eingeschnappt ein.

»Ja, es sieht vielleicht entfernt so aus. Aber es *riecht* doch ganz anders!«

Beck schweigt. Offensichtlich ist mein neuer Freund schwer getroffen von meiner Schadenfreude. Gut, vielleicht sollte ich es nicht übertreiben.

»Hey, tut mir leid. Ich wollte mich nicht über dich lustig machen. Ich konnte mir nur nicht vorstellen, wie das passiert ist.«

Betrübt schaut mich Beck an. »Ich kann dir genau sagen, wie das passiert ist: Ich bin eben mittlerweile ein verdammt alter Kater, der nicht mehr die besten Augen und schon gar nicht mehr die beste Nase hat. So ist das passiert. Dass ein Jungspund wie du sich das nicht vorstellen kann, ist völlig klar.«

O je, da ist jemand gerade ziemlich geknickt. Ist aber auch eine blöde Geschichte: einen Käfig ohne Beute entern und dann nicht mehr allein rauskommen. Ich versuche, ihn ein bisschen aufzumuntern.

»Ach komm, dafür kannst du viele Sachen, von denen ich keine Ahnung habe.«

»Ja, was denn zum Beispiel?«

Trübsinnig starrt Beck vor sich hin. Ich überlege kurz. Aber wirklich nur kurz, denn sofort fällt mir etwas ein, um das ich ihn wirklich beneide.

»Na, du hast es doch eben selbst schon gesagt. Du kennst die Menschen gut. Du verstehst sie, auch wenn sie gerade völlig seltsame Dinge tun. Ich glaube, ich werde sie nie begreifen.«

Offensichtlich war das genau das richtige Beispiel, denn jetzt lächelt Herr Beck wieder und gibt mir einen Stups in die Seite.

»Kleiner, da hast du Recht. Ich kenne die Menschen wirklich gut. Aber ich mache dir einen Vorschlag: Jetzt, wo wir Freunde sind, werde ich dir auch helfen. Ich werde dir helfen, die Menschen zu verstehen.«

SECHS

Irgendetwas hinter meinem rechten Ohr juckt ganz furchtbar. Vor ungefähr drei Tagen fing es an, seitdem ist es jeden Tag ein bisschen schlimmer geworden. Leider erreiche ich diese Stelle nicht mit meiner Zunge, und jedes Mal, wenn ich mit meiner Pfote kratze, kommt zu dem Jucken noch ein ziehender Schmerz hinzu. Mist. Ich will nicht wehleidig erscheinen, aber das ist langsam mehr als unangenehm. Mir kommt die Idee, mich am Türrahmen zu scheuern. Der ist leicht abgerundet, vielleicht funktioniert das besser als mit meinen Krallen.

»Herkules, was machst du denn da?«

Carolin biegt um die Ecke und geht vor mir in die Hocke. Ich scheure weiter und gebe ein kurzes Jaulen von mir. Sie zieht mich vom Rahmen weg und nimmt mich auf den Schoß.

»Irgendetwas stimmt doch da nicht, mein Kleiner. Tut dir dein Öhrchen weh?« Sie streichelt mir über den Kopf. Dann fährt sie über mein rechtes Ohr, und ich zucke zusammen. »Tatsächlich, da hast du einen kleinen Knubbel.« Sie fasst nun genau an die schmerzende Stelle, ich jaule laut auf.

»Daniel, kannst du mal kommen? Ich brauche deinen fachmännischen Rat. Herkules hat hier so einen Knoten am Ohr, und der scheint ihm auch wehzutun.«

Daniel steckt den Kopf aus seinem Zimmer. »Ich komme gleich, muss hier nur noch kurz was zu Ende machen.«

Hoffentlich kann Daniel mir helfen, denn je länger ich darüber nachdenke, umso mehr schmerzt das Ohr. Mittlerweile ist das Jucken auch fast völlig einem durchgehenden Pochen gewichen. Ich lege die Schnauze auf meine Vorderläufe und fiepe ein bisschen vor mich hin. Kann ja nicht schaden, wenn die Menschen wissen, wie schlecht es mir geht.

»So, Herkules, dann lass mich mal sehen.«

Daniel beugt sich über mich und schiebt ganz sachte mein rechtes Ohr nach vorne. Ich fiepe noch etwas lauter. Als Daniel den Knoten ertastet hat, streicht er behutsam mein Fell auseinander.

»Aha. Habe ich mir schon gedacht.«

Carolin schaut ihn ganz beunruhigt an. »Was Schlimmes?«

Brrr, jetzt bin ich auch beunruhigt. Fällt mir vielleicht gleich mein Öhrchen ab? Abgesehen davon, dass ein gutes Gehör für jeden Jagdhund wichtig ist, wäre ich dann auch mit Sicherheit der hässlichste Dackel der Welt.

Daniel schüttelt den Kopf. »Nein, nein, keine Sorge. Das ist bloß eine Zecke.«

Puh, ich bin erleichtert. Von Zecken habe ich schon mal gehört, die sind zu überleben. Ich selbst hatte zwar nie eine, aber Emilia hat uns nach unseren Tobestunden im Schlosspark immer gewissenhaft danach abgesucht.

»Allerdings«, fährt Daniel dann fort und gibt seiner Stimme einen Klang, die die Sache mit dem abfallenden Öhrchen doch nicht so weit hergeholt erscheinen lässt, »allerdings scheint sich das Ganze entzündet zu haben. Die Bissstelle ist ziemlich warm und eitert schon ein bisschen. Natürlich können wir die Zecke jetzt mit einer Pinzette rausziehen, aber ich würde mit Herkules sicherheitshalber mal zum Tierarzt fahren.«

O nein, bitte nicht zum Tierarzt! Es schaudert mich, und

ich merke, wie sich mir buchstäblich die Nackenhaare aufstellen.

»Mensch, Herkules, du kannst ja richtig böse gucken«, stellt Daniel belustigt fest.

Wüsste nicht, was daran so komisch ist.

»Offensichtlich versteht uns dein neuer Mitbewohner ganz genau, und zum Tierarzt will er wohl auf keinen Fall. Schau mal, er macht sich ganz steif.«

Er reicht mich zu Carolin, die mich auf den Arm nimmt und mir beruhigend über den Kopf streichelt. »Och, Herkules, musst doch keine Angst haben. So ein Besuch beim Tierarzt ist gar nicht schlimm.«

Also, mit Verlaub, das weiß ich ja wohl besser. Von den Anwesenden bin ich doch der Einzige, der diese Erfahrung schon mal als Patient gemacht hat. Sogar schon zweimal. Beim ersten Mal habe ich mich von dem freundlichen Gesäusel noch täuschen lassen, bis diese Gestalt namens Tierarzt plötzlich eine Hautfalte von mir hochzog und mit einer Nadel zustach. Das muss man sich mal vorstellen – mit einer Nadel! In meine empfindliche Haut! Tierarzt nicht schlimm? Es ist immer wieder erstaunlich, was für einen Blödsinn Menschen mit dem Brustton der Überzeugung von sich geben. Wie gerne würde ich in solchen Momenten mit ihnen sprechen können!

Während ich noch damit hadere, dass aus all meinen zweifelsohne wichtigen und zutreffenden Gedanken nichts weiter als ein lautes Bellen werden kann, klingelt es an der Tür. Carolin setzt mich wieder ab und öffnet.

»Hallo, ihr alle!«

»Hallo, Nina! Mensch, dich hätte ich jetzt fast vergessen. Ich fürchte, unser Plan für heute Mittag ändert sich etwas.«

Nina guckt enttäuscht. »Och, wieso? Was ist denn passiert?«

»Herkules hat sich eine Zecke eingefangen, und das Ganze hat sich entzündet. Ich muss mit ihm mal eben zum Tierarzt. Später schaffe ich es nicht mehr, da habe ich zu viele Kundentermine.«

»Schade! Aber vielleicht dauert die Aktion nicht so lange, und wir gehen hinterher etwas essen? Dann komme ich jetzt einfach mit. Wo soll´s denn hingehen?«

»Tja, darüber habe ich mir noch gar keine Gedanken gemacht. Ich habe nicht damit gerechnet, dass ich so schnell schon einen Tierarzt brauchen würde. Hast du vielleicht einen Tipp, Daniel?«

Daniel denkt nach, jedenfalls legt er seine Stirn in Falten, und das ist meist ein untrügliches Zeichen dafür. Überhaupt muss ich mir mal angewöhnen, Menschen mehr ins Gesicht zu schauen. Da erfährt man doch sehr viel über die momentane Stimmung. Mittlerweile habe ich zwar schon einiges in Sachen »Versteh einer die Menschen« gelernt, aber vielleicht könnte mir Beck noch ein paar Nachhilfestunden geben.

»Also, unser alter Tierarzt war spitze, aber ich bin mir nicht sicher, ob er überhaupt noch praktiziert. Der war eigentlich der Beste und dafür stadtbekannt. Wagner hieß er, die Praxis war hier gleich um die Ecke, in der Hellmannstraße. Ruf doch mal die Auskunft an.«

Keine halbe Stunde später sitzen wir schon zu dritt in Dr. Wagners Praxis. Der von Eschersbach'sche Tierarzt kam immer auf das Schloss, insofern ist mein Tierarztbesuch heute doch eine Premiere. Und ich muss zugeben: Hätte ich nicht solche Ohrenschmerzen, wäre es hier eigentlich recht interessant. Von meinem Platz auf Carolins Schoß kann ich genau sehen, dass in der Transportbox unter dem Stuhl neben uns zwei Kaninchen hocken. Wahnsinn – so nah war ich denen noch nie. Ich spüre, wie sich ein warmes Kribbeln in meiner Nase breitmacht. Zu gerne würde ich auf den Boden hüpfen und mir die beiden einmal genauer ansehen. Vielleicht könnte ich sie ein bisschen durch das Wartezimmer jagen? Nur zum Spaß natürlich. Stichwort Solidarität unter Haustieren. So ein bisschen in die Hinterläufe zwacken würde die aber bestimmt nicht umbringen. Ich stelle fest, dass mein Ohr bei diesem Gedanken gleich viel weniger schmerzt.

Langsam rutsche ich mit meinen Vorderläufen von Carolins Schoß und schaue kurz hoch, ob sie mich gerade beobachtet. Nein, denn sie unterhält sich angeregt mit Nina über ihr Lieblingsthema – Thomas. Sachte lasse ich mich von ihrem Schoß gleiten und lande direkt vor der Kaninchenbox. Carolin streichelt mir nur kurz über den Kopf, dann dreht sie sich wieder zu Nina. Ich gucke mich um – die Luft ist rein, denn der zuständige Kaninchenmensch steht am Anmeldetresen und spricht mit einer jungen Frau. So, Freunde, dann wollen wir doch mal ein bisschen spielen, oder?

Ich presse meine Schnauze an die Box. Ein herrlicher Geruch, ich könnte laut bellen vor Freude! Aber das lasse ich lieber, denn dann fliege ich bestimmt auf, und der Spaß ist vorbei, bevor er richtig angefangen hat. Stattdessen versuche ich, den Riegel hochzuschieben, mit dem die kleine Gittertür an der einen Seite der Box verschlossen ist. Die Kaninchen starren mich an, begeistert sehen sie nicht aus. Aber das kümmert mich nicht, und so packe ich jetzt den Riegel mit meinen Zähnen und drehe ihn hoch. Mit einem leisen »Klack« schwingt das Gittertürchen nach vorne auf. Fantastisch! Es funktioniert! Sofort stecke ich meinen Kopf in die Box und versuche, das größere der beiden Kaninchen zu packen. Ängstlich quiekt es auf, offensichtlich versteht es überhaupt keinen Spaß. Bevor ich es allerdings richtig erwische, passiert etwas Unglaubliches: Sein Kollege schießt pfeilschnell nach vorne und beißt mich mitten in die Nase. Ich heule laut auf und ziehe meinen Kopf aus der Box. So eine Gemeinheit!

Die Kaninchen nutzen ihre Chance zur Flucht und springen sofort aus der Box. Ich belle wütend und will hinterher, denke allerdings nicht daran, dass ich angeleint bin. In besagter Leine verfängt sich Nina, die erschreckt aufspringt, als eines der beiden Kaninchen durch ihre Beine huscht. Sie stolpert, kommt ins Taumeln – und fällt direkt in die Arme eines Mannes im weißen Kittel, der in diesem Moment die Tür neben unserer Stuhlreihe öffnet und harmlos »Frau Neumann mit Herkules?« in die Runde ruft. Als ich ihn sehe, durchzuckt mich ein seltsames Gefühl. Aber ich komme nicht dazu, weiter darüber nachzudenken, denn mittlerweile ist der Kaninchenbesitzer vom Tresen zu uns gerannt, ruft »Bobo, Schneeweißchen! Meine armen Lieblinge!«, und versucht, mir einen gezielten Tritt zu verpassen. Ich weiche aus und ducke mich unter den nächsten Stuhl. Carolin zerrt jetzt hektisch an meiner Leine, und die Oma von schräg gegenüber, die mit einem älteren Cocker dasitzt, bekommt vor Aufregung einen Hustenanfall. Der Mann im Kittel – offensichtlich Dr. Wagner – hält immer noch Nina im Arm, und ich warte darauf, dass er sie jetzt fallen lässt und sich auch auf die Jagd nach mir macht.

Aber nichts dergleichen passiert, stattdessen fängt Dr. Wagner an, laut zu lachen. Ein sehr dunkles, fröhliches Lachen. Ein Lachen, das mir bekannt vorkommt. Auf einmal ist es, als wäre ich wieder auf Schloss Eschersbach und säße mit Charlotte auf den kalten Fliesen im Vorraum des Pferdestalls. Fast kann ich die Stimme des alten von Eschersbach hören, der sich mit dem Tierarzt unterhält. Dr. Wagner ist nicht irgendein Tierarzt, er ist mein Tierarzt! Aufgeregt fange ich an zu bellen – ob aus Angst oder vor Freude, weiß ich selbst nicht.

»Na, mein Kleiner! Da hast du ja ein schönes Chaos hier angerichtet.«

Dr. Wagner kniet sich vor den Stuhl, unter dem ich immer noch hocke und streichelt mir über den Kopf. Jetzt beugt sich Carolin daneben, löst meine völlig verknotete Leine und zieht mich unter dem Sitz hervor.

»O Gott, Herr Dr. Wagner, das ist mir so unglaublich peinlich. Entschuldigen Sie vielmals, ich hoffe, den Kaninchen ist nichts passiert.«

Pah! Verräterin! Was kümmern sie die Kaninchen? Sie sollte sich lieber mal um mich Sorgen machen – erst befällt mich die heimtückische Ohrenfäule und dann werde ich hier noch derart brutal mit meiner Vergangenheit konfrontiert. Aber wenigstens Dr. Wagner weiß Prioritäten zu setzen. Er schüttelt den Kopf, dann nimmt er mich auf den Arm.

»Keine Sorge, das muss Ihnen nicht peinlich sein. Dieses kleine Kerlchen kann eigentlich nichts dafür. Ein Dackelmix, oder? Sie müssen wissen, Dackel sind jahrhundertelang nur dafür gezüchtet worden, ebendiesen Kaninchen an den Kragen zu gehen. Und gegen dreihundert Jahre Zucht kann auch der wohlerzogenste Hund nicht an.« Er streichelt mich, ich schlecke seine Hände ab. »Dabei fällt mir auf: Irgendwie kommt mir Herkules bekannt vor. Waren Sie schon einmal mit ihm hier? Wir haben noch gar keine Patientenakte von ihm.«

Carolin schüttelt den Kopf. »Nein, ich bin Neu-Hundebesitzerin. Ein Freund hat mir Ihre Praxis empfohlen.«

»Tja, dann täusch ich mich wohl. Ich habe die Praxis allerdings auch erst vor einem guten Jahr von meinem Vater übernommen, und ich gebe zu, dass ich den ein oder andern

Patienten noch verwechsle.« Er dreht sich zu Nina. »Ich hoffe, ich bin Ihnen mit meinem kleinen Rettungsmanöver nicht zu nahe getreten?«

Nina gibt ein sehr seltsames Kichern von sich und sagt mit einer Stimme, die völlig anders klingt als sonst: »Aber nein, ganz im Gegenteil. Sie kamen gerade rechtzeitig, vielen Dank.«

»Na gut, dann wollen wir uns Herkules doch mal in Ruhe anschauen. Kommen Sie bitte mit?«

Er öffnet wieder die Tür, aus der er eben gekommen ist, und macht eine einladende Handbewegung. Carolin geht vor, und auch Nina will sich meine Untersuchung offenbar nicht nehmen lassen. Jedenfalls setzt sie sich nicht einfach wieder hin, sondern geht sofort hinter Carolin her.

Dr. Wagner nickt noch kurz der jungen Frau am Tresen zu. »Sinje, helfen Sie bitte kurz Herrn Riedler, Bobo und Schneeweißchen einzufangen? Nicht, dass sie hier dem nächsten Jagdhund zum Opfer fallen.«

Hinter der Tür befindet sich ein heller Raum mit einem Tisch in der Mitte. Dr. Wagner setzt mich darauf und mustert mich.

»So, Herkules, wo drückt denn der Schuh?«

»Er hat eine Zecke hinter dem rechten Ohr, und ich fürchte, der Biss hat sich entzündet«, erklärt Carolin.

Dr. Wagner fährt mit seiner Hand an meinem Ohr entlang, bis er zu dem Knoten kommt. Als er ihn berührt, zucke ich zusammen. In dem ganzen Tohuwabohu tat es eigentlich gar nicht mehr weh, aber jetzt ist das Pochen wieder fast unerträglich.

»Sie haben Recht, das hat sich entzündet. Ich werde die Zecke jetzt herausziehen und die Stelle desinfizieren. Dann werde ich Herkules ein Antibiotikum verschreiben. Es wäre ja möglich, dass das Biest ihn mit ein paar Keimen infiziert hat. Außerdem gebe ich Ihnen einen Plastikkragen mit, damit er sich an der Stelle erst mal nicht mehr kratzen kann.«

Na großartig! Das sind ja tolle Aussichten für die nächsten Tage. Wette, Beck bricht lachend zusammen, wenn er mich mit so einem Teil sieht.

»So, ich schlage vor, Sie halten Herkules jetzt die Vorderläufe fest, und ich lege ihm einen Maulkorb um. Nicht, dass er einen von uns beißt, wenn ich die Zecke entferne.«

»Kann ich mich auch irgendwie nützlich machen?«, will Nina wissen.

Täusche ich mich, oder möchte sie einen guten Eindruck bei Dr. Wagner hinterlassen? Sie ist doch sonst nicht so zuckersüß.

»Danke, Frau … äh …«

»Bogner. Nina Bogner.«

Mit dem Maulkorb um die Schnauze habe ich zwar nicht mehr die perfekte Sicht, aber immer noch gut genug, um zu erkennen, dass Nina Dr. Wagner regelrecht anstrahlt. Man kann alle ihre Zähne sehen. Für einen Menschen ein recht ordentliches Gebiss, muss ich schon sagen. Ihre Stimme klingt allerdings mittlerweile eher wie ein Flöten. Unangenehm.

»Danke, Frau Bogner, nett von Ihnen. Aber das schaffen wir hier schon.«

»Tja, ich bin so besorgt um unseren kleinen Freund hier. Ich liebe Hunde, müssen Sie wissen.«

Mann, das Gesäusel nervt. Hoffentlich ist Dr. Wagner bald fertig, und wir können wieder nach Hause. Aus den Augenwinkeln sehe ich, dass er nun eine Art Zange in der Hand hält. Er bückt sich über mich und – AUTSCH! Ich wusste doch, dass ein Besuch beim Tierarzt immer schmerzhaft endet. Und heute ist es keine Ausnahme. Zu gerne würde ich nach

Wagner schnappen, aber der blöde Maulkorb hindert mich daran.

»Ganz ruhig, Herkules! Wir haben es gleich geschafft«, behauptet Wagner. »Nur noch einen kleinen Augenblick, dann kannst du wieder vom Tisch.«

Er nimmt eine kleine Flasche mit Flüssigkeit und öffnet sie. Ein durchdringender, stechender Geruch strömt aus. Urks, das riecht ja widerlich! Wagner träufelt etwas von dem Zeug auf einen Tupfer. Dann bestreicht er die Stelle damit. Nochmal AUTSCH! Es brennt höllisch, und diesmal kann ich mich von Carolin losreißen und aufspringen. Empört knurre ich die beiden an.

»Herkules!«, schimpft Carolin, »Dr. Wagner will dir doch nur helfen. Jetzt sei brav und leg dich wieder hin!«

»Nicht nötig, Frau Neumann. Ich bin schon fertig. Die Zecke ist draußen, die Stelle habe ich desinfiziert. Meine Helferin gibt Ihnen noch den Kragen und das Antibiotikum mit. Das Medikament bekommt Herkules die nächsten sieben Tage ins Futter. Damit müsste eigentlich alles in Ordnung sein, und Ihr Herkules ist bald wieder auf dem Posten.«

Zehn Minuten später befinde ich mich auf Carolins Schoß, und gemeinsam sitzen wir wieder in Ninas Auto. Nina ist offensichtlich bester Stimmung, jedenfalls pfeift sie fröhlich vor sich hin.

»Mensch, so gute Laune?«, will Carolin von ihr wissen.

»Och ja, das war doch jetzt mal ganz interessant. Quasi eine Mittagspause der anderen Art. Ich war vorher noch nie beim Tierarzt.«

»Tja, warum auch. Ich hatte bisher immer den Eindruck, dass du nicht gerade ein großer Tierfreund bist. Deine neu entdeckte Hundeliebe überrascht mich ehrlich gesagt etwas.«

»Wieso? Herkules ist doch so ein süßes Kerlchen. Also, wenn ihr noch mal in die Praxis müsst, komme ich gerne mit.«

»Aha. Bist du sicher, dass das nicht mit einem anderen süßen Kerlchen zu tun hat?«

»Bitte? Ich weiß nicht, wovon du redest.«

Hier bin ich allerdings mit Nina auf dem gleichen Stand. Mir ist auch nicht klar, wovon Carolin redet. Welches andere süße Kerlchen? Ich habe außer mir niemanden entdecken können, der dieses Prädikat verdient.

»Ach komm, nun tu mal nicht so. Denkst du wirklich, ich habe nicht gesehen, wie du ihn angeschmachtet hast, den Herrn Doktor?«

Nina sagt nichts, sondern pfeift einfach weiter.

»Komm, gib zu, dass er dir gefallen hat. Verstehe ich. Er sieht wirklich ziemlich klasse aus – und wie er dich gleich aufgefangen hat: ganz alte Schule.«

Carolin kichert, Nina sagt immer noch nichts. Menschliche Kommunikation ist rätselhaft.

Zu Hause angekommen, möchte ich mich am liebsten sofort in mein Körbchen verziehen. Daraus wird aber nichts, denn noch bevor Carolin die Haustüre aufschließen kann, kommt Beck wie zufällig an uns vorbeigeschnürt und raunt mir ein »Wir müssen reden, sofort!« zu. Hat man denn hier niemals seine Ruhe? Andererseits macht Beck aber eine dermaßen wichtige Miene, dass meine Neugier siegt.

»Okay, gleich im Garten?«, seufze ich gottergeben.

Beck nickt und ist verschwunden. Ich schaue zu Carolin hoch, beginne zu fiepen und laufe scheinbar unruhig hin und her.

»Was ist los, Herkules? Musst du mal?«

Ich belle kurz und renne schon mal in Richtung Garten.

»He, nicht so schnell! Ich muss eigentlich gleich in die Werkstatt.«

Ich halte kurz inne und fiepe noch einmal.

»Na gut, wenn es so dringend ist …«

Im Garten angekommen, sehe ich Beck auch schon unter *unserem* Baum sitzen. Ich hocke mich neben ihn.

»Und, was gibt's?«, will ich wissen.

Beck holt theatralisch Luft. »Ich habe eine sensationelle Entdeckung gemacht.«

SIEBEN

Wo denn? Ich seh nichts!«

»Na, da drüben!«

Angestrengt starre ich zu einer Häuserzeile schräg über der Straße, aber die Sensation, die Beck dort erkannt haben will, kann ich beim besten Willen nicht ausmachen. Gut, liegt wahrscheinlich daran, dass ich mit dem völlig überdimensionierten Plastikteil um meinen Hals eine tendenziell eingeschränkte Sicht habe, aber das lässt sich jetzt eben nicht ändern. Beck schnauft ungeduldig.

»Na, denn müssen wir halt näher ran. Los, renn rüber!«

»Halt mal, ich will jetzt erst mal wissen, was wir hier überhaupt wollen«, weigere ich mich. Das fehlte noch. Laufen kann ich mit dem Kragen nämlich auch nicht wirklich gut, ständig bleibe ich an irgendwas hängen. Beck seufzt.

»Wir sind hier, um dein großes Problem zu lösen.«

»Hä?« Der Kater nervt langsam.

»Ach, was rede ich – kein großes Problem, es ist dein größtes Problem.«

»Mein größtes Problem? Sag bloß, da drüben finden wir den Beweis, dass ich doch komplett reinrassig bin und Eschersbach die ganze Zeit halluziniert hat.«

Vor meinem inneren Auge sehe ich eine Abstammungsurkunde, lang wie eine Rolle Küchenpapier, ausgestellt auf meinen Namen.

Beck grunzt. »Quatsch. Doch nicht dieser Abstammungskram. Der interessiert doch keinen. Dein größtes Problem ist Thomas.«

»Na ja.«

»Du hast doch gesagt, dass Thomas dich loswerden will.«

»Richtig.«

»Und was folgt daraus?«

»Dass ich mich besser benehmen muss?«

»Falsch. Daraus folgt, dass du ihm zuvorkommen musst. Du musst *ihn* loswerden. Und zwar, bevor er dich wieder in Richtung Tierheim bugsieren kann.«

»Ich muss Thomas loswerden?« Ungläubig starre ich Beck an. »Wie soll das denn gehen? Soll ich ihn anfallen und heimlich verscharren? Ich glaube, du überschätzt mich da etwas, ich bin schließlich ein Dackel, kein Kampfhund.«

Beck schüttelt den Kopf. »Mein Gott, bist du schwer von Begriff. Doch nicht so! Du hast jetzt die historische Chance, dir Thomas ein für alle Mal vom Hals zu schaffen. Allerdings nicht, wenn du hier weiter wie angewurzelt stehen bleibst. Also los, mir nach!«

Ich seufze. Wann endlich wird dieser Tag beginnen, etwas ruhiger zu werden?

Auf der anderen Straßenseite angekommen, kann ich den Grund für Becks Aufregung immer noch nicht verstehen.

»Entschuldige, offensichtlich verfüge ich heute einfach nicht über deinen Scharfsinn. Was gibt es hier so Weltbewegendes zu sehen?«

»Du stehst direkt davor.«

»Hä?«

»Vor Beweisstück A.«

»Beweisstück A? Langsam mache ich mir Sorgen um dich. Ich sehe hier lediglich zwei Autos und einen Stromkasten.

Also mach es nicht so spannend. Ich bin nach meinem heutigen Arztbesuch auch ziemlich schlapp. Wenn du mir jetzt endlich erläutern könntest, was ich hier soll, wäre ich dir sehr verbunden.«

»Natürlich. Du siehst hier nur zwei Autos. Ich hingegen sehe einen BMW, schwarz-metallic. Dieser ist das erste Teilchen einer brillanten, lückenlosen Beweisführung, an deren Ende Thomas vor der Türe und du auf seinem Sofa landen wirst. Kommen wir also als Nächstes zu Beweisstück B. Herr von Eschersbach, folgen Sie mir bitte. Wir haben einen Ortstermin.«

Erwähnte ich, dass Beck mal einem Anwalt gehörte? Eine sehr unangenehme Spätfolge aus dieser Zeit ist der willkürliche Einsatz von Juristengeschwafel. Tragisch, wie sehr Menschen auf ihre Tiere abfärben. Ich wünschte, es wäre umgekehrt genauso. Die Welt wäre ein freundlicherer Ort.

»Na los, Dackel! Rauf auf den Stromkasten!«

Mit einem Satz ist Beck oben.

»Spinnst du jetzt komplett? Wie soll ich da raufkommen? Da kann ich schon unter normalen Umständen nicht – und mit diesem Halsdings ist es völlig ausgeschlossen. Also entweder, du sagst mir jetzt sofort, was der ganze Zirkus soll, oder ich laufe wieder nach Hause.«

Beck schaut beleidigt. »Ich hätte ein bisschen mehr Engagement von dir erwartet. Schließlich tue ich das hier nur für dich. Mir könnte es eigentlich völlig egal sein, was euer Thomas so mit seiner Zeit anfängt. Aber weil du nun ein Freund von mir bist …«

»Halt mal, was meinst du denn damit? Was ist mit Thomas?«

Beck springt wieder von dem Kasten herunter und landet punktgenau neben mir. Das können sie einfach, die Katzen.

»So, jetzt mal zum Mitschreiben: Heute Morgen machte ich meinen üblichen kleinen Spaziergang. Ich bin immer ganz gerne auf der anderen Seite des Parks, irgendwie bessere Luft hier, mehr Mäuse, ruhiger – du wirst es schon noch merken, wenn du selbst erst mal länger …«

»Beck«, unterbreche ich ihn ungeduldig, »was ist mit Thomas?«

»Als ich hier entlangkomme, hält der besagte BMW direkt neben mir. Und wer steigt aus?« Beck gibt seiner Stimme einen wichtigen Unterton: »Thomas!« Er macht eine bedeutungsschwangere Pause.

»Ja und? Warum soll er nicht hierherfahren? Wahrscheinlich arbeitet er hier. Er fährt doch jeden Morgen ins Büro.«

»Mensch, Herkules! Sei doch nicht so naiv! Die Strecke von unserem Haus hierher schafft selbst ein fauler Mensch in maximal fünf Minuten zu Fuß. Hier ist nicht das Büro! Und es kommt noch viel besser!« Jetzt zuckt seine Schwanzspitze aufgeregt hin und her. »Thomas ist dann zu diesem Hauseingang, vor dem wir jetzt stehen. Er schließt die Tür auf und – wird von einer jungen Frau begrüßt! Sie fiel ihm sofort um den Hals! Im Hausflur, ich konnte es noch sehen!«

Ich schüttle den Kopf. »Ich verstehe nicht, was daran so aufregend sein soll. Diese Menschen fallen sich doch andauernd um den Hals. Wahrscheinlich steht man auf zwei Beinen doch nicht so doll, und sie müssen sich eben ab und zu mal bei anderen Menschen abstützen. Nina ist heute zum Beispiel auch diesem Tierarzt …«

»Ach Quatsch, du dämlicher Dackel!«, unterbricht mich Beck unwirsch. »Doch nicht so! Sie haben sich geküsst! Verstehst du? Thomas hat eine andere Frau geküsst!«

»Warum auch nicht? Habe ich jetzt schon häufiger gesehen. Carolin und Nina küssen sich auch ab und zu ins Gesicht, das ist doch einfach ein Ritual bei Menschen.«

»Mit Zunge?«

»Bitte?«

»Na, küssen sie sich mit Zunge?«

Ich bin verwirrt. Küssen mit Zunge?

»Also abschlecken? Das habe ich bei Menschen noch nie gesehen. Das machen die doch gar nicht. Was schade ist.«

»Siehst du!« Beck bricht in Triumphgeheul aus. »Sie machen es eben doch! Aber nicht immer. Sondern nur, wenn sie sich paaren wollen. Und genau das habe ich gesehen, ich bin nämlich extra mit in den Flur geschlichen, weil ich schon so etwas geahnt habe: Thomas hat diese Frau mit seiner Zunge abgeschleckt, und sie ihn auch. Also, erst küssten sie sich ganz normal, und dann steckten sie sich die Zunge in den Mund. Ein untrügliches Zeichen! Hier ist ein großer Betrug im Gange, und ich habe ihn aufgedeckt!«

Das ist nun eindeutig zu kompliziert für einen kleinen Dackel. Mir schwirren die Ohren, und zwar beide, und das liegt nicht an der Halskrause. Offenbar sieht man mir meine Verwirrtheit deutlich an, denn jetzt rückt Herr Beck noch ein Stück näher an mich heran und flüstert verschwörerisch.

»Carl-Leopold von Eschersbach, ich liefere dir Thomas direkt ans Messer. Er betrügt Carolin mit einer anderen Frau. Wie du bestimmt weißt, bilden Männer und Frauen gerne Paare miteinander. Und wenn sie das getan haben, dann bleiben sie zu zweit. Alles andere ist Betrug. Also sich mit einer Frau oder einem Mann paaren, die oder der einem nicht gehört, ist Betrug. Und sich so küssen, wie sich Thomas und diese andere Frau geküsst haben, ist meist der Anfang vom Betrug. Mein altes Herrchen, der Anwalt, der kannte sich da mächtig gut aus. Zu ihm kamen viele Männer und

Frauen, die sich von ihrem Partner trennen wollten, weil der sie betrogen hat. Wir hatten dann einen Spezialisten, der hat Fotos von solchen Betrügern gemacht, damit man es auch beweisen konnte. Da sah man ganz häufig Menschen drauf, die sich so abgeschleckt haben. Wenn unsere Mandanten die Fotos gesehen haben, haben sie meistens erst geweint – und dann hat mein Herrchen ihnen geholfen, den Betrüger loszuwerden. Daher mein Plan: Wir zeigen Carolin, dass Thomas ein Betrüger ist – und dann schmeißen wir ihn raus. Genial, oder?«

Jetzt bin ich auch ganz aufgeregt und wedele wild mit meiner Rute hin und her.

»Und du meinst, das funktioniert?«

»Hundert Prozent. Eine todsichere Sache. Wir brauchen nur noch einen Beweis.«

Ich höre auf zu wedeln.

»Mist.«

»Was denn?«

»Der Beweis. Wie sollen wir das beweisen? Wir können schließlich kein Foto davon machen und es Carolin vorlegen. Und so dumm, sich vor ihren Augen zu küssen, wird Thomas wohl kaum sein.«

Beck nickt. »Stimmt, das ist noch ein Problem. Darauf muss ich noch ein bisschen herumdenken. Aber da fällt mir bestimmt noch etwas ein. Bis es so weit ist, schlage ich vor, die Observation zu intensivieren. Zur gegebenen Zeit werden wir dann ins Beweissicherungsverfahren eintreten.«

Sagte ich doch: Juristengeschwafel.

»Aber du weißt doch gar nicht, in welcher Wohnung Thomas mit dieser Frau ist. Und selbst wenn du es wüsstest – wie sollen wir da reinkommen?«

»Du bist vielleicht ein Bedenkenträger. Und in beiden

Punkten liegst du falsch. Erstens: Die Wohnung ist im Erdgeschoss. Ich habe gesehen, wie die Frau ein Fenster geschlossen hat. Und das erleichtert uns auch schon zweitens: In eine Erdgeschosswohnung sollte doch selbst ein Hund mühelos reinkommen.«

Täusche ich mich, oder höre ich da einen spöttischen Unterton? Egal, ich beschließe, ihn zu ignorieren, denn auf keinen Fall werde ich mich dazu provozieren lassen, hier in ein fremdes Haus einzudringen, angeführt von einem Kater, der offensichtlich nicht mehr alle Tassen im Schrank hat.

»Los, beeil dich, ich kann dich nicht länger tragen!«

Beck ächzt und wankt. Ich zögere noch. Bis zum Fenstersims ist es bestimmt ein guter Meter, wenn ich herunterfalle, werde ich sehr hart landen. Aber wir sind schon so weit gekommen, jetzt aufzugeben und umzudrehen wäre eine Schande. Tatsächlich haben wir uns mit dem Postboten unauffällig ins Haus gemogelt und sind durch die Hintertür in den Hof gelangt. Nun muss ich »nur« noch vom Treppenabgang der Hintertür zum Fenster der besagten Wohnung. Also schließe ich die Augen, hole tief Luft – und springe.

Gut, vielleicht war es auch eher ein halber Meter. Jedenfalls lande ich fast mühelos direkt vor dem großen Fenster. Uff. Zwei Sekunden später landet Beck neben mir. Irgendwie beneide ich Katzen um ihre Mobilität. Selbst ohne den Kragen würde ich nicht halb so weit wie Beck kommen. Neugierig schauen wir beide durch das Fenster. Tatsächlich. Da ist Thomas. Und diese Frau. Und sie machen genau das, was Thomas neulich als »voll in Fahrt sein« betitelt hatte. Im dunklen Schlafzimmer war das etwas schwierig zu erkennen, aber hier ist die Sachlage völlig klar: Wir werden gerade Zeugen eines Deckaktes.

Beck jubelt. »Ja, ich wusste es! Sex! Nennt mich die Superspürnase! Nennt mich Sherlock Beck! Von wegen *zu alt* – ich hab's einfach drauf.«

Er springt so wild rauf und runter, dass ich schon Angst habe, wir könnten a) zusammen runterfallen oder b) entdeckt werden. Wobei Letzteres eher unwahrscheinlich ist, denn Thomas und Begleitung sind doch sehr mit sich selbst beschäftigt.

»So, und das ist also Sex«, stelle ich trocken fest, nachdem Beck sich wieder beruhigt hat.

»Genau. Und die Menschen machen einen Riesenwirbel darum. Also, um wer mit wem und wann und wieso. Kannste glauben.«

Gut, das ist unter Dackelzüchtern ja nicht anders. Das Decken des Weibchens ist immer eine Riesengeschichte: Der richtige Rüde muss her, vielleicht noch die Genehmigung des Bundeszuchtwartes eingeholt werden, dann heißt es Warten auf die Hitze des Weibchens, schließlich auf seine Paarungsbereitschaft, und, und, und ... eine komplizierte Angelegenheit also. Und dann muss der Züchter natürlich die ganze Zeit hinterher sein, dass kein fremder Rüde den Deckakt vollzieht – siehe meine Mutter. Sonst war die ganze Mühe umsonst und aus der Traum vom Prämiumnachwuchs. Aber ich schweife ab.

Festzuhalten bleibt: Während der Wirbel unter Dackelzüchtern eher den handfesten Grund hat, den Zucht- und Eintragungsbestimmungen des Deutschen Teckelklubs Genüge zu tun, geht es den Menschen doch anscheinend noch um etwas ganz anderes. Um etwas, was gravierender ist als Ärger mit dem Stammbuchamt. Denn sonst wäre die Angelegenheit doch wohl nicht dazu geeignet, Paare, respektive Carolin und Thomas, auseinanderzubringen.

»Träumst du?«, will Beck wissen.

»Nein, ich frage mich nur, warum das den Menschen so wichtig ist. Also, die Frage, wer warum mit wem.«

»Wegen der Liebe natürlich!«

»Wegen der Liebe? Was hat die denn damit zu tun?«

»Mann, Herkules, bei dir muss man ja wirklich ganz von vorne anfangen. Also, wie Sex und Liebe zusammengehören, das ist nun eine ganz elementare Frage bei Menschenpaaren. Aber das kann ich dir nicht eben nebenbei erklären. Dafür brauche ich viel Zeit. Und die haben wir gerade nicht. Denn wichtiger ist im Moment, wie wir Carolin beweisen können, dass Thomas sie betrügt. Alles andere kommt später.«

Na gut, wo der Kater Recht hat, hat er Recht. Da kommt mir eine Spitzenidee. »Okay, wenn wir kein Foto haben, dann müssen wir eben etwas anderes mitnehmen.«

Beck schaut mich überrascht an. »Etwas mitnehmen? Was denn?«

»Irgendetwas, was eindeutig ist. Woran Carolin gleich erkennt, was passiert ist. Etwas wie …«, ich schaue mir die Szenerie noch mal gründlich an, »… genau – ich hab's!«

»Du mieses, mieses Schwein!«

Carolin ist völlig außer sich. Ich bin begeistert. Unser Plan funktioniert tatsächlich!

»Aber, Schatz, jetzt lass mich doch mal erklären …«, stammelt Thomas. »Das ist ein ganz dummer Zufall, mehr nicht!«

»Ich finde in deiner Jackentasche einen schwarzen Spitzenslip, und das ist ein dummer Zufall? Für wie blöd hältst du mich eigentlich?«

Sie sollte sich lieber fragen, wie blöd Thomas ist. Es kam ihm nicht mal komisch vor, dass ich eben seine Jacke durch den Flur geschleppt habe. So ist das eben, wenn man Haustieren keine Beachtung schenkt. Es rächt sich bitterlich. Carolin hingegen hat sich sofort gewundert und nach mir geschaut. Tja, und dann den Zipfel des Höschens entdeckt.

»Glaub mir, Carolin, ich habe nicht die geringste Ahnung, wie der Slip da reinkommt. Nicht die geringste!«

Thomas klingt verzweifelt. Carolin erweicht er damit allerdings nicht.

»Ich habe deine Lügen satt, Thomas. Die ganze Zeit schon hatte ich das Gefühl, das irgendetwas nicht stimmt. Die seltsamen Anrufe, deine ganzen angeblichen Dienstreisen.«

Mit diesem Gefühl lag Carolin goldrichtig. Denn dass Thomas das Objekt seiner Begierde nicht erst seit gestern am Wickel hatte, wurde mir in dem Moment klar, als Herr Beck mit dem Höschen im Maul durch die auf Kipp stehende Terrassentür schlüpfte. Einmal kurz geschnuppert, und ich wusste, woher ich den Geruch kannte: aus dem Bett von Thomas und Carolin. Genau das war es, was ich damals nicht zuordnen konnte: der Geruch dieser Frau. Sie hatte ganz offensichtlich auch schon in Carolins Bett gelegen! Ist es zu fassen? Ohne mich schon länger mit der Materie befasst zu haben, bin ich mir ziemlich sicher, dass das eine weitere Steigerungsform der Kategorie »Betrug« ist. Ich hoffe sehr, dass sich Carolin nicht von Thomas erweichen lässt. Er hat es einfach verdient, hier im hohen Bogen rauszufliegen. Die Chancen dafür stehen exzellent. Carolins Stimme klingt nicht im Mindesten versöhnlich.

»Die Hotelbuchung damals auf Herrn *und Frau* Brodkamp – angeblich ein Versehen deiner Sekretärin. Der Geruch von einem fremden Parfum, den ich mir angeblich einbilde. Vergiss es, jetzt ist endgültig Schluss! Ich will, dass du gehst. Und zwar sofort! Ich fahre jetzt zu Nina. Wenn ich wiederkomme, bist du weg.«

Sie dreht sich um und geht Richtung Tür.

»Aber, aber – Carolin!« Thomas greift nach ihrem Arm. »Das kannst du doch nicht machen. Du kannst mich hier doch nicht einfach rausschmeißen. Ich dachte, wir lieben uns!«

Carolin blickt ihm direkt in die Augen und sagt dann mit sehr fester Stimme: »Ja, das dachte ich auch. Aber anscheinend habe ich mich getäuscht. Leb wohl, Thomas. Komm Herkules. Nina wartet schon auf uns.«

Carolin, ich bin so stolz auf dich. Klasse hat sie das gemacht. Ohne mit der Wimper zu zucken. Nahezu eiskalt. Von meinem Platz im Fußraum ihres Autos kann ich sie zwar nicht so gut sehen, aber bestimmt hat sie ein Strahlen auf dem Gesicht. Endlich ist sie den Betrüger los – wenn das kein Grund zum Feiern ist!

Ich jedenfalls bin glücklich. Vor meinem inneren Auge sehe ich Carolin und mich beim gemütlichen Fernsehabend auf dem Sofa rumlungern. Ob ich demnächst vielleicht auch im Bett schlafen darf? Immerhin ist es für einen Menschen doch viel zu groß. Ein kleines Kerlchen wie ich würde schon noch gut mit – hoppla! Der Wagen hält abrupt an, ich werde sehr unsanft tiefer in den Fußraum gedrückt. Aua, hatten wir einen Unfall? Ich hangle mich wieder nach oben. Dort wird mir schlagartig klar, warum Carolin so stark gebremst hat: Sie liegt mit dem Oberkörper auf dem Lenkrad, das Gesicht in den Armen vergraben und – weint. Nein, sie weint nicht nur, es schüttelt sie geradezu. Ihre Schultern beben, und ich höre ein Schluchzen, das mir richtig Angst macht. Was ist bloß los? Glücklich ist Carolin jedenfalls nicht. Stumm sitze ich neben ihr und überlege, was ich jetzt tun könnte. Wie tröstet man einen Menschen?

Langsam schiebe ich meine Schnauze unter ihren Armen durch und komme an ihr Gesicht. Es ist ganz warm und nass. Ich beginne, es abzuschlecken. Erst ganz vorsichtig, dann ein bisschen mehr. Hm, schön salzig. Erst reagiert Carolin gar nicht, was erstaunlich ist, denn normalerweise hat jeder Mensch eine genaue Meinung zu Hunden, die ihm das Gesicht abschlabbern, und oft ist es keine gute.

Schließlich richtet sich Carolin aber wieder auf, dreht sich zu mir und streicht mir über den Kopf. »Willst mich trösten, nicht? Das ist lieb. Ich bin wirklich froh, dass ich dich habe.«

Ich versuche, irgendeinen zustimmenden Laut von mir zu geben, was mir natürlich nicht gelingt. Also lecke ich ihr noch mal die Hände ab. Sie kichert ein bisschen. Wenigstens das!

»Schon gut, Süßer. Du wunderst dich wahrscheinlich, nicht wahr? Weißt gar nicht, was passiert ist, du Armer.«

Na ja, das würde ich so direkt nicht sagen, aber es ist vielleicht ganz gut, dass Carolin über die näheren Umstände der ganzen Angelegenheit nicht so genau informiert ist. Sie wischt sich die Tränen aus dem Gesicht.

»Alles gut, keine Sorge, wird alles wieder gut.«

Redet sie jetzt mit mir? Oder mit sich selbst. Auf alle Fälle hat sie aufgehört zu weinen und fährt wieder weiter.

Carl-Leopold von Eschersbach, hoffentlich war es wirklich eine gute Idee, sich in diesen Menschenkram einzumischen.

ACHT

»Herkules, alter Kumpel, ich wünschte, du könntest sprechen.« Daniel hebt mich auf seine Werkbank und schaut mich an. »Ich wüsste zu gerne, was da wirklich passiert ist zwischen Thomas und Carolin.« Er krault mich im Nacken. »Aber sie will es mir nicht sagen – und du *kannst* es mir nicht sagen.«

Wenn ich ehrlich bin: Selbst wenn ich reden könnte, würde ich Daniel nicht erzählen, was passiert ist. Denn mittlerweile wünschte ich, Beck und ich hätten nie die bescheuerte Idee mit dem Höschen gehabt. Als Carolin und ich von Nina kamen, war Thomas zwar schon weg. Aber ansonsten ist nichts von dem, was ich mir erhofft hatte, eingetreten. Wir sitzen nicht gemütlich auf dem Sofa und kuscheln zusammen. Ich schlafe auch nicht auf Thomas' Seite im Bett. Nein, seit Thomas weg ist, ist auch Carolin nicht wiederzuerkennen. Sie weint viel. Sie spricht nicht mehr mit mir. Sie spricht eigentlich mit niemandem. Und sie schläft kaum. Sie geht in der Wohnung hin und her und hört laut Musik. Manchmal so laut, dass es selbst den anderen Menschen zu viel wird – und das will bei denen schon etwas heißen. Aber wenn die Nachbarn klingeln und sich beschweren, guckt Carolin sie nur wortlos an und macht die Tür wieder zu. Zwar dreht sie die Musik dann etwas runter, sonst ändert sich aber nichts. Sie läuft weiter ziellos in der Wohnung umher.

Seit vier Tagen geht sie auch nicht mehr zur Arbeit in die Werkstatt. Hat mich morgens geschnappt und ist mit mir runter zu Daniel. Sie hat kaum etwas gesagt, nur gefragt, ob sich Daniel tagsüber um mich kümmern könne. Also verbringe ich momentan meine Tage mit ihm, abends bringt er mich dann wieder hoch. Dabei versucht er bei jeder Dackelübergabe, Carolin in ein Gespräch zu verstricken, doch das klappt leider nie.

»Echt, Herkules, ich mache mir Sorgen. Dass sie das mit Thomas so mitnimmt, ist doch furchtbar. Ich meine, du wirst mir sicher Recht geben: Der Typ war ein kompletter Idiot, dem man nicht hinterherweinen muss. Erst recht nicht, wenn man so eine Klassefrau wie Carolin ist.«

Wuff, genau! Beim Namen *Thomas* knurre ich ein bisschen, ansonsten wedele ich ob der Daniel'schen Analyse mit dem Schwanz.

Das einzig Nette in der momentanen Situation sind tatsächlich die Männergespräche zwischen Daniel und mir. Na ja, Gespräch ist vielleicht ein bisschen hoch gegriffen, aber immerhin redet Daniel ziemlich viel mit mir. Ist wahrscheinlich kein Wunder, schließlich sind wir jetzt meistens allein. Aber ich erfahre dadurch doch eine ganze Menge über die Menschen im Allgemeinen und Carolin im Speziellen. Und natürlich über Daniel. Er kannte Carolin schon, bevor Thomas um die Ecke kam. Die beiden haben nämlich zusammen gelernt, wie man diese Holzdinger, also Geigen und Celli und so, baut. Irgendwo ganz weit weg war das. In einem Ort mit einem wundervollen Namen: Mittenwald. *Mitten im Wald.* Das muss einfach eine ganz tolle Stadt gewesen sein, wenn sie schon so heißt.

In Daniels und Carolins Geigenbauklasse gab es ganz viele Mädchen, aber keines war so wie Carolin. Daniel hat das gleich erkannt, und bald waren sie die besten Freunde. Sie haben sogar zusammen gewohnt. Viele Sachen, die jeder von ihnen zum ersten Mal im Leben gemacht hat, haben sie zusammen erlebt: der erste große Hausputz, der erste selbst gekochte Sonntagsbraten, das erste Weihnachten ohne Eltern. Nur die erste große Liebe, die hatte jeder für sich. Was auch den Vorteil hatte, sich dann gegenseitig trösten zu können.

Wenn Daniel erzählt, habe ich fast das Gefühl, als sei ich selbst ein Mensch. Zumindest bilde ich mir ein, dass ich langsam begreife, wie die Zweibeiner ticken. Sicher, Herr Beck hat mir auch schon so manches erklärt. Aber aus dem Munde des Studienobjektes selbst klingt das doch irgendwie ... glaubwürdiger. Bei Beck bin ich mir jedenfalls nicht immer ganz sicher, ob er sich nicht einen Teil einfach ausdenkt, um die Geschichte interessanter zu machen.

Daniel tätschelt mich noch einmal, dann setzt er mich wieder auf den Boden. »So, jetzt muss ich mal einen Schlag reinhauen, sonst versinken wir hier langsam, aber sicher im Chaos. Gleich kommt eine besondere Kundin. Für dich als Dackel wahrscheinlich nicht so leicht zu erkennen – aber als Mann kann ich dir versichern: eine Augenweide! Eine exzellente Musikerin noch dazu. Und ein Temperament – o là là! Nicht von schlechten Eltern, die Dame. Manchmal muss man sie ein bisschen bremsen, aber es ist immer schön, sie zu sehen.«

Er fängt an, eine Melodie zu summen und seine Werkbank aufzuräumen.

Das ist nun wirklich langweilig. Und wohlmöglich spielt diese exzellente Musikerin auch gleich Geige, das ist dann erst recht nichts für mich. Ich trotte Richtung Terrassentür. Vielleicht treffe ich im Garten Herrn Beck. So ein nettes Gespräch unter Haustieren, das hätte jetzt was.

Aber leider von Beck keine Spur, weder hinter dem Haus noch im Vorgarten. Dafür mache ich eine andere interessante Entdeckung: Direkt auf dem Mäuerchen, das unseren

Vorgarten umgibt, hat eine junge Frau Platz genommen. Sie sitzt da und macht irgendetwas mit ihrem Gesicht. Ich trabe näher heran, um besser sehen zu können. Sie beachtet mich gar nicht, so beschäftigt ist sie mit … ja, mit was eigentlich? Oberflächlich betrachtet, würde ich sagen, sie malt sich an. Jedenfalls hält sie erst ein Schwämmchen in der Hand, auf dem helle Farbe aufgetragen ist, und dann schmiert sie sich diese Farbe auf die Nase. Einen Moment später nimmt sie einen Stift und streicht eine rote Paste auf ihren Mund. Hm, seltsam.

Die Frau packt ihre Malinstrumente wieder in ihre Tasche und steht auf. Dann beugt sie sich rasch nach vorne und schüttelt ihre Haare über den Kopf. Sieht ziemlich genau so aus, wie ein Hund, der aus dem Wasser kommt und sich trockenschüttelt. Dass Menschen das auch ohne Wasser machen: ein weiterer Beweis, dass Zweibeiner völlig irrational handelnde Wesen sind. Ohne Sinn und Verstand. Sie wirft die – völlig trockenen Haare – zurück über die Schultern. Sie sind sehr lang, sehr schwarz und sehr lockig. Erinnert entfernt an den ungarischen Hirtenhund, der mal bei uns auf Schloss Eschersbach zu Besuch war. Da habe ich mich spontan gefragt, wie der überhaupt die Schafe sieht, auf die er aufpassen soll.

Jetzt sehe ich, dass die Frau neben der Tasche noch einen Koffer dabei hat. Eindeutig ein Geigenkasten, wie ich mittlerweile weiß. Dann ist das wohl die Musikerin, von der eben die Rede war. Ob sie nun für das menschliche Auge besonders hübsch ist, kann ich nicht einschätzen. Ist ja auch schwer zu sagen, schließlich hat sie sich ihr Gesicht so bemalt, dass es in seiner ursprünglichen Form nicht mehr zu erkennen ist. Die schönste Frau auf der Welt ist außerdem Carolin, und der Rest interessiert mich nicht.

Die Angemalte geht auf den Eingang zu, ich laufe durch den Garten wieder zurück zur Terrassentür und stehe schon neben Daniel, als der die Werkstatttüre öffnet.

»Daniel, mein Bester!«

Sie fällt ihm um den Hals und küsst ihn. Ich gebe mir größte Mühe, zu erkennen, ob mit oder ohne Zunge. Habe schließlich dazugelernt. Leider kann ich es so recht nicht sehen, ihre bauschigen Locken verdecken beide Gesichter. Im eigenen Interesse hoffe ich aber, dass dies hier nur eine normale Begrüßung war, denn etwas anderes kann ich momentan nicht gebrauchen. Auch wenn ich an den jüngsten Entwicklungen nicht unschuldig bin. Bisher war die Werkstatt ein guter Rückzugsort vor menschlichen Gefühlswirrungen, und das soll doch bitte so bleiben.

»Wow, Aurora, du siehst wie immer fantastisch aus! Komm rein, ich habe schon auf dich gewartet. Carolin ist leider krank und diese Woche nicht in der Werkstatt.«

»Die Arme! Was hat sie denn?«

Täusche ich mich, oder klingt diese Anteilnahme irgendwie unecht? Ich würde einen größeren Fleischwurstzipfel darauf verwetten, dass diese Aurora froh ist, Carolin nicht zu sehen.

»Ach, sie ist ziemlich erkältet. Hat einen ganz dicken Kopf, und ich habe ihr geraten, sich mal richtig auszukurieren.«

»Ja, gute Idee.« Aurora hebt die Hand und macht eine drohende Geste mit dem Zeigefinger. »Nicht, dass sie dich noch ansteckt. Jetzt, wo ich dich so dringend brauche, mein Lieber.« Endlich bemerkt sich auch mich. »Seit wann hast du denn einen Hund?«

»Carolin hat ihn im letzten Monat aus dem Tierheim mitgebracht. Süßes Kerlchen, nicht? Ich betätige mich ein bisschen als Hundesitter, solange sie krank ist.«

»Nett von dir. Ich bin eigentlich kein Hundefreund, Katzen sind mir lieber. Aber der ist wirklich ganz niedlich.«

Grrr, Katzen sind ihr lieber? Vielleicht zwicke ich die Dame gleich mal in die Hacken, dann hat sie wenigstens einen guten Grund für ihre Katzenliebe.

»So, dann lass mich das Schmuckstück mal sehen, ich bin schon ganz gespannt.« Daniel hilft Aurora aus dem Mantel und führt sie in seinen Werkstattraum.

»Das kannst du auch sein, Daniel. Sie ist wirklich wunderschön.«

Sie reicht ihm den Geigenkasten, er legt ihn auf seine Werkbank und öffnet ihn vorsichtig, nimmt die Geige heraus und dreht sie hin und her. Dann pfeift er anerkennend.

»Alle Achtung! Cremoneser Schule, unverkennbar!«

»Ich war ganz aufgeregt, als der Vermittler bei mir anrief. Ich habe so lange nach einem solchen Instrument gesucht. Letzte Woche war das Gutachten fertig, und gestern ist sie per Express aus London gekommen. Meinst du, du bekommst sie wieder hin?«

»Na ja, in der Decke ist ein Riss, die Wölbungen sind verzogen – aber alles in allem scheint es nicht so dramatisch zu sein. Ich würde sagen: Es gibt Hoffnung.«

Aurora gibt einen Jauchzer von sich und fällt Daniel schon wieder um den Hals.

»Ich wusste es, du bist einfach der Beste! Danke, danke, danke!«

Mit einer gewissen Genugtuung bemerke ich, dass Daniel sie sanft von sich schiebt.

»Keine Ursache, ist schließlich mein Job.«

»Wann kannst du damit anfangen?«

Daniel schaut Richtung Kalender, der an der gegenüberliegenden Wand hängt.

»Hm, warte mal. Also diese Woche wird es nichts mehr, weil ich momentan ganz allein bin. Aber für nächste Woche hatte ich dich schon prophylaktisch eingeplant, da werde ich auf alle Fälle anfangen. Wie lange es dann dauert, kann ich noch nicht genau sagen. Kommt auch drauf an, was ich noch entdecke, wenn ich sie aufmache.«

Aurora nickt und legt eine Hand auf Daniels Arm. »Ruf mich einfach an, wenn du klarer siehst. Kommst du eigentlich zu meinem Konzert in der Musikhalle nächste Woche?«

»Ich weiß noch nicht, ob ich es hinbekomme. Hier ist so viel los …«, er hebt entschuldigend die Hände.

»Dann hoffe ich einfach mal, dass die arme Carolin bald wieder auf dem Damm ist. Du würdest echt etwas verpassen. Wir könnten danach essen gehen, ein bisschen feiern. Die neue Violine muss doch begossen werden. Wie klingt das?«

»Mensch, Aurora, das klingt unglaublich gut. Ich werde sehen, was ich machen kann. So, jetzt muss ich aber wieder.« Mit freundlicher, aber unmissverständlicher Geste führt er Aurora zum Ausgang und hilft ihr wieder in den Mantel.

»Also sehen wir uns nächste Woche, mein Lieber! Ich zähle auf dich, gib dir bitte Mühe!«

Daniel lächelt. »Mache ich. Und deswegen werde ich gleich mal wieder fleißig sein.«

Er öffnet ihr die Tür; bevor sie rausgeht, haucht sie ihm noch ein Küsschen auf die Wange. Ohne Zunge.

Carolin macht uns die Tür auf und sieht irgendwie seltsam aus. Sie riecht auch seltsam. Ein Geruch, den ich schon das ein oder andere Mal beim alten von Eschersbach geschnuppert habe.

»Nabend ihr beiden, kommt rein.«

»Alles in Ordnung bei dir?«, will Daniel wissen.

»Sicher, sicher, alles in Ordnung.«

Kaum zu glauben: Auch Carolins Stimme klingt seltsam. So schleppend und verwaschen. Ich fühle mich mit einem Schlag sehr unwohl.

Daniel geht hinter mir in die Wohnung, ich laufe zu meinem Körbchen, er setzt sich auf das Sofa im Wohnzimmer.

»Aurora Herwig war heute da«, berichtet er dann.

»Oooh – die schöne Geigerin! Wie geht es ihr denn?«

»Es geht ihr ausgezeichnet – sie hat in London einen alten italienischen Meister recht günstig bekommen. Cremona, glaube ich. Habe allerdings das Gutachten noch nicht gelesen. Aurora war jedenfalls total happy.«

Carolin fängt an, zu kichern. »Na, das ist doch toll, dass die Aurora so happy ist. Dann ist ja alles bestens.«

»Sag mal, Carolin, ist wirklich alles in Ordnung? Du wirkst etwas angeschlagen. Ich mache mir echt Sorgen um dich, davon abgesehen, vermisse ich dich natürlich sehr in der Werkstatt.«

Carolin setzt sich neben Daniel und legt ihm eine Hand auf die Schulter. »Brauchste nicht, ehrlich. Kommt alles wieder hin. Nächste Woche bin ich bestimmt wieder die Alte, ich muss mich nur ein bisschen erholen.«

Daniel zögert, dann steht er auf. »Na gut, dann fahre ich nach Hause. Aber versprich mir, mich anzurufen, wenn es dir nicht gutgeht.«

»Ja, ja, machich machich. Nu fahr mal. Bin auch müde und gehe gleich ins Bett.«

»Also, gute Nacht!«

Daniel will sich zu Carolin herunterbeugen, aber sie weicht ihm aus.

»Jaja, gute Nacht.«

Daniel geht, ich bleibe allein mit Carolin zurück. Ich kann nicht genau sagen, warum, aber aus dem Unwohlsein wird langsam Angst. Irgendetwas stimmt hier nicht. Am liebsten würde ich Daniel hinterherlaufen und ihn zurückholen, aber wie soll ich das anstellen? Mist, irgendetwas sagt mir, dass Carolin momentan nicht allein sein sollte. Also, »allein« im Sinne von »ohne andere Menschen«. Ich will meine Gesellschaft nicht unterschätzen, aber hier braucht es mehr als einen kleinen Hund. Definitiv.

Eine Weile sitzt Carolin noch auf dem Sofa, dann steht sie auf, geht zur Anlage und macht wieder Musik an. Es ist zum verrückt werden: Diese Musik hört sie beinahe schon eine Woche, ich könnte mir die Ohren zuknoten. Ich laufe zu ihr und zerre ein bisschen an ihrer Jeans. Hey, jetzt beachte mich mal, ich bin schließlich auch noch da! Aber sie guckt mich nur kurz mit glasigen Augen an und geht dann in die Küche. Ich laufe hinterher. Zwar hat mich Daniel schon gefüttert, aber gegen ein Stück Versöhnungswurst hätte ich jetzt nichts einzuwenden. Wäre doch schön, wenn Carolin auch mal an mich denken würde, langsam bin ich nämlich etwas beleidigt.

Tatsächlich öffnet sie den Kühlschrank – aber nur, um eine Flasche herauszuholen. Sie nimmt ein Glas und gießt etwas ein. Aha, daher kommt der Geruch! Offenbar hat sie schon mehr von dem Zeug getrunken. Als sie wieder Richtung Wohnzimmer geht, tritt sie mir fast auf die Pfoten. Autsch! Ich belle laut auf. So geht das hier aber nicht! Ich beschließe, mich ins Körbchen zu verziehen.

Eine ganze Weile später höre ich ein Rumpeln. Neugierig springe ich auf und laufe Richtung Geräusch. Im Wohnzimmer angekommen, sehe ich, wie sich Carolin gerade aufrappelt. Auweia, ist sie etwa gestürzt? Ich trabe zu ihr und lecke ihre Hände ab. So böse bin ich ihr dann doch wieder nicht.

»Hui, danke der Nachfrage, Herkules. Allesinordnung, allesinordnung. Wollte nur was von dem Bord da oben holen, aber der Stuhl war so wackelig.«

Ich blicke nach oben. Auf besagtem Bord stehen noch mehr Flaschen. Carolin steht auf, stellt den Stuhl wieder hin und klettert noch mal drauf. Diesmal klappt es, und sie holt eine der Flaschen herunter. Die Flüssigkeit hat eine schöne goldbraune Farbe, aber als Carolin die Flasche öffnet, schwappt ein stechender Geruch zu mir herüber. Urks, das ist doch wohl eher zur äußerlichen Anwendung bestimmt – das will Carolin doch wohl nicht trinken.

Sie will. Sie gießt die Flüssigkeit in ihr Glas und nimmt entschlossen einen sehr großen Schluck.

»Na, auch mal probieren, Herkules?«

Sie hält das Glas in meine Richtung, ich ziehe den Schwanz ein und jaule. Pfui Teufel!

»Na, dann eben nicht. Prost!« Sie hebt das Glas noch mal in meine Richtung, dabei schwappt ein Teil auf den Teppich. Carolin kichert.

»Endlich kriegt der Scheiß-Hochflorflausch mal ein interessantes Muster. Cognac auf Creme, das isses doch. Ich mochte den ja nie, aber Thomas stand ja auf diesen Schöner-Wohnen-Mist. Was meinst du, Herkules, soll ich ihn auf die passende Größe schneiden und in dein Körbchen legen? Ist schön kuschelig.« Sie grinst und gießt sich noch ein Glas ein.

Das kann sie doch nicht ernst meinen, das ist doch bestimmt wieder menschliche Ironie. Auch wenn auf dem Teppich nun ein hellbrauner Fleck ist, muss man ihn doch nicht gleich zur Körbchenmatte verarbeiten. Ich hätte zwar nichts dagegen, aber ich kann mir nicht vorstellen, dass sie das wirklich macht. Tatsächlich geht sie zum Schrank, holt eine Schere heraus und kniet sich auf den Teppich.

»So, wolln mal sehen, ob man aus dem Teil noch etwas Sinnvolles machen kann.« Sie hebt einen Rand hoch, nimmt die Schere und schneidet hinein. »Huch, ganz schön schwer. Aber so leicht gebe ich nicht auf, ich nicht!«

Mit Ächzen und Stöhnen macht sie sich weiter mit der Schere an dem Teil zu schaffen – ich staune wirklich Bauklötze. Bald hat der Teppich seine vormals runde Form eingebüßt und sieht aus, als hätte ein sehr großes, sehr wütendes Tier ein paar Mal abgebissen. Carolin macht eine kleine Pause und schenkt sich noch ein Glas ein. Die Flasche, die eben noch ziemlich voll war, ist jetzt fast leer. Carolin schaut mich an.

»Du Süßer, du bleibst bei mir, oder?«, flüstert sie.

Bilde ich mir jedenfalls ein, denn mittlerweile spricht Carolin so undeutlich, dass es kaum noch zu verstehen ist. Ich lege meinen Kopf auf ihren Schoß. Natürlich bleibe ich bei dir, Carolin! Selbst wenn meine empfindliche Dackelnase gerade ganz schön unter deinem penetranten Geruch leidet. Ich hoffe, der geht wieder weg.

Fast mechanisch krault mich Carolin im Nacken. Dann murmelt sie »muss mal Nachschub holen«, will aufstehen – und fällt ziemlich unvermittelt um. Himmel, was hat sie denn jetzt? Sie versucht sich aufzurappeln, aber das will nicht recht klappen.

»Mir iss garnichgut«, murmelt sie, beginnt kurz darauf zu würgen. Ihr ganzer Körper krümmt sich, und es sieht aus, als hätte sie Schmerzen.

Ich bekomme auf einmal furchtbare Angst. Was mache ich bloß? Was ist hier los?

Carolin würgt immer mehr, und ich sehe, dass sie dabei auf den hellen Teppich – oder das, was von ihm übrig geblieben ist – spuckt. Jetzt ist mir alles klar: Carolin hat sich vergiftet! Wahrscheinlich mit dem Zeug aus dieser Flasche! Das letzte

Mal, dass ich gesehen habe, wie sich jemand übergeben hat, handelte es sich um Mamas Schwester Luise, und der hatte ein böser Nachbar etwas ins Futter gemischt. Wir brauchen sofort einen Arzt, sonst ist das Schlimmste zu befürchten!

Ich renne aufgeregt hin und her, schließlich wieder zum Kopf von Carolin, die mittlerweile regungslos neben ihrem Erbrochenen liegt. Ich belle laut, damit sie wieder aufwacht – aber sie rührt sich nicht. Was soll ich bloß machen? Carolin braucht Hilfe, und zwar sofort.

Vielleicht kommt wieder ein Nachbar, wenn ich nur mehr Lärm mache? Über die Musik haben die sich schließlich auch beschwert. Ich belle und knurre, springe auf und ab. Drei Minuten, fünf Minuten, bestimmt zehn Minuten lang. Aber nichts passiert. Erschöpft mache ich eine Pause. Verdammt, ist denn ausgerechnet heute niemand außer uns im Haus? Nicht mal Beck?

Carolin ist immer noch bewusstlos und langsam ganz bleich im Gesicht. Ich robbe an sie heran und horche angestrengt hin. Gott sei Dank, sie atmet noch. Ich lege mich an ihr Kopfende, die Schnauze auf meine Vorderläufe und lausche ihrem Atem. Manchmal stockt der kurz, und Carolin gibt ein Stöhnen von sich. Was für eine furchtbare Situation. Und ich habe uns da reinmanövriert. Es ist nämlich alles meine Schuld – hätte ich Thomas nicht die Falle gestellt, dann wäre er noch hier, und Carolin hätte sich nicht vergiftet.

Ich nehme noch einmal einen Anlauf, richtig Krach zu machen. Diesmal springe ich direkt vor der Balkontür auf und ab, während ich belle. Die steht auf Kipp, vielleicht hört mich ja draußen jemand? Ich bin schließlich so beschäftigt mit Herumspringen und Bellen, dass ich fast überhöre, als das Telefon klingelt. Ruft einer der Nachbarn vielleicht an? O nein, und ich weiß doch bis heute nicht, wie Menschen das so genau machen mit dem Telefonieren! Aber vielleicht ist das meine einzige Chance, jemanden zu alarmieren. Ich muss es also versuchen, und zwar schnell, bevor es nicht mehr klingelt. So viel habe ich vom Telefonieren immerhin schon verstanden.

Das Telefon steht auf einem Tischchen im Wohnzimmer. Carolin nimmt es beim Telefonieren immer in die Hand, also renne ich hinüber und versuche, es mit der Schnauze hochzuheben. Aber das ist gar nicht so einfach, das Telefondings ist doch ziemlich groß. Beim ersten Mal erwische ich es nicht richtig, beim zweiten Mal fällt es mir herunter. Grrr, heute klappt aber auch gar nichts. Hoffentlich habe ich es jetzt nicht kaputt gemacht. Vorsichtig beschnüffele ich das schwarze Teil, das jetzt auf dem Boden vor mir liegt. Ob man mit ihm noch telefonieren kann? Und falls ja, wie? Als ich es genauer beäuge, höre ich, dass aus ihm eine Stimme kommt, die sehr weit weg klingt. Ich belle aufgeregt! Wenn ich die Stimme hören kann, kann die Stimme vielleicht auch mich hören. Mir ist zwar nicht ganz klar, ob die Stimme auch weiß, wo ich gerade bin, aber egal, ich gebe alles: belle, knurre, fiepe, jaule, hechle – immer schön in Richtung Telefon. Ab und zu horche ich noch mal nach der Stimme: Sie scheint noch da zu sein. Leider verstehe ich nicht, was sie sagt, bilde mir aber ein, einmal meinen Namen gehört zu haben. Ob das Telefon tatsächlich weiß, wie ich heiße?

Dann auf einmal ist die Stimme weg, stattdessen nur noch ein Tuten. Frustriert knurre ich das Dings an. Wahrscheinlich hat das ganze Gebelle nichts gebracht. Ich trotte zurück zu Carolin und lege mich neben sie. Wenn es ihr schon so schlechtgeht, soll sie wenigstens nicht allein da liegen.

In der Wohnung ist es ganz still. Zum ersten Mal seit längerer Zeit wäre ich jetzt sehr gerne wieder auf Schloss Eschersbach.

NEUN

War ich etwa eingeschlafen? Ich weiß es nicht so genau. Jetzt jedenfalls bin ich hellwach, denn endlich, endlich passiert etwas. Erst klingelt es an der Haustür, nach einer Weile dreht sich ein Schlüssel im Schloss, und die Tür wird geöffnet.

»Carolin, bist du da?«

Bei der Mutter aller Fleischwürste – es ist Daniel! Sofort renne ich zu ihm, springe an ihm hoch und würde ihn am liebsten abschlecken.

»Ho, hoppla, Herkules! Das ist ja eine nette Begrüßung. Wo ist denn dein Frauchen? Wir machen uns ein bisschen Sorgen um sie.«

Wir? Nun erst bemerke ich, dass auch Nina im Hausflur steht.

»Daniel, ich hab ein ganz schlechtes Gefühl. Ich meine, das ist doch nicht normal, dass Herkules ans Telefon geht und man Carolin nicht mehr erreicht. Und wie das hier riecht – total ekelhaft!«

»Okay, dann sehen wir mal nach.«

Er kommt in die Wohnung, ich renne vor zum Wohnzimmer. Los, folgt mir! Neben Carolin halte ich an und belle laut.

»O Gott, Carolin!«

Schon ist Daniel hinter mir und kniet sich neben Carolin. Auch Nina kommt ins Wohnzimmer. Als sie Carolin dort liegen sieht, schlägt sie die Hände vor das Gesicht. »O nein, was ist bloß passiert!«

Daniel nimmt Carolins Hand.»Also, sie hat zumindest einen Puls. Carolin!«, er rüttelt an ihrer Schulter, »Carolin! Wach auf!«

Sie bewegt sich nicht. Er dreht sie zur Seite, weg von dem Erbrochenen, und wischt ihr Gesicht mit einem Taschentuch ab, das er aus der Hosentasche zieht.

»Das gefällt mir gar nicht, ich rufe jetzt einen Krankenwagen.«

Er steht auf und geht rüber zum Telefon, das immer noch dort liegt, wo ich es habe fallen lassen. Er spricht kurz mit jemandem, dann kommt er zu uns zurück. Auch Nina setzt sich neben uns auf den Fußboden.

»Was hat das alles zu bedeuten? Carolin bewusstlos, der Teppich da drüben in Stücke geschnitten. Wie lange liegt sie hier wohl schon?«

»Na ja, ich bin vor zwei Stunden nach Hause gefahren. Vorher habe ich Herkules bei ihr abgegeben. Da machte sie offen gestanden schon einen alkoholisierten Eindruck – aber okay, das kann ja mal sein. Gerade bei Liebeskummer. Sie war allerdings auch schon vier Tage nicht mehr in der Werkstatt, weil sie so down war. Hatte mir aber versprochen, nächste Woche wieder zu kommen. Mist, ich hätte mehr nachhaken sollen.«

»Was meinst du, welche Vorwürfe ich mir mache. Ich wusste, dass es ihr wegen Thomas schlechtgeht. Aber sie wollte nicht drüber reden, und dann habe ich gedacht, vielleicht braucht sie auch erst mal ihre Ruhe. Aber als ich eben hier anrief und nur den bellenden Herkules am Rohr hatte …« Sie schweigt und greift nach Carolins Hand.

»Ja, gut, dass du mich gleich angerufen hast.«

»Und gut, dass du einen Schlüssel hast! Herkules hätte uns wohl kaum die Türe öffnen können. Wobei«, sie langt zu mir herüber und zieht mich auf ihren Schoß, »du bist ein ganz schlauer Dackel. Hast gemerkt, dass die Carolin Hilfe braucht, nicht?«

»Genau, Herkules«, pflichtet ihr Daniel bei, »wenn du nicht ans Telefon gegangen und so ein Theater gemacht hättest, wären wir bestimmt nicht vorbeigekommen.«

»Wie hast du es denn geschafft, das Telefon von der Station zu nehmen? Das stelle ich mir gar nicht so leicht für ein Kerlchen mit so kurzen Beinen vor. Schade, dass du nicht sprechen kannst.«

Wie Recht sie hat, anderenfalls könnte ich sie gleich mal darauf hinweisen, dass meine Beine für einen Dackel mitnichten kurz sind, sondern Idealmaß haben.

Es klingelt wieder an der Tür, und Daniel lässt drei Männer in die Wohnung. Die drei sehen aus, als hätten sie sich verkleidet: Sie tragen Jacken, die stark an die Müllabfuhr erinnern – nur dass ich mir ziemlich sicher bin, es hier nicht mit Müllmännern zu tun zu haben. Der eine geht sofort zu Carolin. Bevor er sich zu ihr kniet, dreht er sich kurz zu Daniel.

»Wie heißt sie?«

»Carolin Neumann.«

»Ihre Frau?«

»Nein, eine gute Freundin.«

Der Mann macht jetzt im Wesentlichen genau das Gleiche wie Daniel – er rüttelt erst mal an ihr.

»Frau Neumann, können Sie mich hören?«

Natürlich nicht! So weit waren wir auch schon. Er nimmt ihre Hand und tastet an ihrem Handgelenk herum, genau wie Daniel. Herrje, warum haben wir den denn angerufen? Dem fällt ja so gar nichts Neues ein. Ich versuche, möglichst nah an ihn heranzukommen. Der soll ruhig wissen, dass er beobachtet wird. Jetzt allerdings macht er etwas, auf das wir noch nicht gekommen sind: Er öffnet ihre Augen mit seinen Fingern und schaut hinein, dann holt er etwas aus seiner Jackentasche, was zunächst wie ein Stift aussieht.

»Hm, Puls ist da, aber schwach. Ziemlich weite Pupillen.«

Er öffnet noch mal eines ihrer Augen und zielt mit dem Stift in die Richtung. Aha, eine Taschenlampe! Seltsam, was macht der da?

»Hm, sehr langsame Reaktion. Erbrochen hat sie sich auch. Wissen Sie, was Ihre Freundin getrunken hat?«

Daniel schüttelt den Kopf. Ha, aber ich! Ich sause los und finde unter den rausgesäbelten Teppichstücken tatsächlich noch die leere Flasche, schnappe sie mir und apportiere sie fachgerecht. Der Mann mit der Taschenlampe pfeift anerkennend.

»Na, wenn das mal nicht ein Hund ist, der mitdenkt! Sehr gut! Dann lass mal sehen: *Hennessy V.S.O.P.* – zumindest hat die Dame einen guten Geschmack. Ob man deswegen gleich eine ganze Flasche trinken muss, ist natürlich eine andere Frage. Mal ganz offen: Neigt sie dazu?«

Jetzt mischt sich Nina ein.

»Natürlich nicht! Was glauben Sie denn! Frau Neumann trinkt normalerweise höchstens mal abends ein Glas Wein. Aber es geht ihr momentan nicht gut, sie hat gerade ihren Freund rausgeschmissen, das miese Schwein!«

»Nina, bitte«, geht Daniel dazwischen, »das tut hier doch gar nichts zur Sache.«

Herr Müllmannjacke lächelt und schüttelt den Kopf. »Nein, ist völlig in Ordnung. Und tut übrigens sehr wohl etwas zur Sache – halten Sie es für möglich, dass Ihre Freundin noch etwas anderes als Alkohol genommen hat? Tabletten vielleicht?«

Daniel und Nina zucken mit den Schultern.

»Ich glaube nicht«, sagt Daniel schließlich, »aber ich drehe mal eine kurze Runde durch die Wohnung. Vielleicht finde ich etwas.«

Kurz darauf ist er wieder zurück und schüttelt den Kopf. »Nichts gefunden. Aber das halte ich eigentlich auch für ausgeschlossen.«

Der Mann nickt. »Okay, meine Kollegen und ich nehmen Frau Neumann jetzt mit. Sie hat mit Sicherheit eine ziemliche Alkoholvergiftung.«

Alkoholvergiftung? Ob das sehr gefährlich ist?

»Ich werde ihr im Rettungswagen gleich eine Infusion dranhängen, um die Alkoholkonzentration etwas runterzubringen, im Krankenhaus sehen wir dann weiter. Die nächsten drei Tage bleibt sie wahrscheinlich da. So, Jungs«, er wendet sich an die beiden anderen Männer, »dann mal los.«

Die beiden Männer holen eine Trage aus dem Flur und stellen sie neben Carolin ab, heben sie zu zweit drauf. Dann marschieren sie mit ihr los. Die dritte Müllmannjacke verabschiedet sich kurz von uns, dann ist auch sie verschwunden. Ich merke, wie sich nach all der Aufregung plötzlich ein anderes Gefühl anschleicht: Traurigkeit. Und Einsamkeit. Ein kleiner Kerl wie ich braucht doch sein Frauchen! Ob ich jetzt wieder ins Tierheim muss?

»Was machen wir jetzt?« Nina schaut Daniel fragend an.

»Ich finde, einer von uns sollte auch ins Krankenhaus fahren. Damit jemand da ist, wenn Carolin wach wird.«

Nina nickt. »Gute Idee. Sie sollte in dieser Situation wirklich nicht allein sein. Was hältst du davon, wenn du schon vorfährst? Ich räume hier ein bisschen auf, dann komme ich nach.«

»Okay. Was machen wir mit Herkules?«

Die beiden schauen mich an. *Nicht ins Tierheim!*, will ich am liebsten laut rufen, es wird allerdings nur ein klägliches Jaulen daraus.

»Schau mal, wie kläglich er aussieht! Er muss auch furchtbare Angst gehabt haben. Wir können ihn unmöglich allein hierlassen. Außerdem ist er Carolins Retter, da hat er ja eigentlich eine Belohnung verdient.«

Endlich mal ein vernünftiger Gedanke von Nina.

»Ich schlage vor, ich nehme ihn nachher mit. Von mir aus kann er auch heute Nacht bei mir bleiben, ich würde ihn dir dann morgen in die Werkstatt bringen.«

»Gut. Dann mache ich heute Nachtschicht bei Carolin – falls es nötig ist. Und morgen übernehme ich Herkules. Bis später dann!«

Als er gegangen ist, macht sich Nina mit Eimer und Schrubber daran, die Bescherung im Wohnzimmer zu beseitigen. Als sie damit fertig ist, steht sie ratlos vor den Resten des weißen Teppichs.

»Kannst du mir vielleicht erklären, was hier passiert ist?«, will sie von mir wissen und hebt eines der Teppichstücke hoch. Sie dreht es hin und her, dann fängt sie an zu grinsen. »Den Teppich kenne ich doch – Thomas wollte ihn unbedingt haben, Carolin fand ihn scheußlich. Noch dazu war er sauteuer. Sieht fast so aus, als sei hier jemand stellvertretend in kleine Stückchen geschnitten worden.« Sie legt das Stück wieder hin. »Recht so, ich habe Hoffnung auf baldige Genesung der Patientin.«

Was nun wiederum das mit der kranken Carolin zu tun hat, leuchtet mir nicht ein. Aber es ist ja beruhigend zu hören, dass Nina es für ein gutes Zeichen hält.

Bevor wir losfahren, geht Nina noch einmal durch die ganze Wohnung, um zu schauen, ob sonst alles in Ordnung ist. Dabei entdeckt sie etwas, an das ich die Erinnerung schon längst verdrängt hatte: Sie kommt mit der Plastik-Halsmanschette aus dem Schlafzimmer, Carolin hatte sie dort auf die Fensterbank gelegt.

»Schau mal, was ich hier habe, Herkules!«

Ja, ich sehe es. Ganz toll. Was willst du denn mit der? Du hast doch gar keinen Hund, und um einen Menschenhals passt das Ding sicherlich nicht.

»Das müssen wir dringend zu Dr. Wagner zurückbringen, der vermisst sie sicherlich schon.«

Das glaube ich zwar nicht, aber wenn Nina so ein ordentlicher, gewissenhafter Mensch ist – bitte schön. Hauptsache, ich muss nicht wieder mitkommen und mich foltern lassen.

Ins Krankenhaus fahren wir dann doch nicht mehr. Daniel ruft an und sagt, dass alles so weit in Ordnung ist und er noch länger bleiben kann. Mir fällt ein sehr großer Stein vom Herzen. Allein die Vorstellung, dass Carolin ganz krank sein könnte, ist schauderhaft. Was war das bloß für ein Zeug, das sie da getrunken hat? Ich beschließe, in Zukunft besser auf sie aufzupassen, damit das nicht noch mal passiert.

Ninas Wohnung ist viel kleiner als die von Carolin und riecht auch völlig anders. Fast ein bisschen staubig, aber trotzdem ganz gut. Muss wohl an den vielen Büchern liegen, die hier überall sind. Fast an jeder Wand ist ein Regal, und jedes ist bis oben hin voll mit Büchern. Große, kleine, dicke, dünne. Kaum zu glauben, dass sie die alle gelesen hat. Kann man sich nur schwer vorstellen, vor allem, wenn man selbst gar nicht lesen kann. Mir ist immer noch nicht ganz klar, wie das eigentlich funktioniert. Fest steht, dass man dafür unglaublich lange auf ein Blatt mit einem seltsamen Muster gucken muss. Irgendetwas passiert dabei mit den Menschen.

In ihrem Kopf, meine ich. Denn ab und zu fangen sie an zu lachen, wenn sie so ein Blatt betrachten – obwohl niemand etwas gesagt hat und auch sonst nichts passiert ist. Oder sie weinen sogar. Das habe ich bei Emilia ab und zu beobachtet. Die las nämlich auch sehr viel. Was macht das Papier also mit dem menschlichen Kopf? Erzeugt es da irgendeine Art Halluzination? Oder Traum? Sollte ich Beck irgendwann mal wieder sehen, muss ich ihn das unbedingt fragen.

Die nächste wichtige Frage ist natürlich, wo ich schlafen werde. Denn ich merke gerade, dass ich unglaublich müde bin. In ihrem Bett lässt mich Nina bestimmt nicht schlafen. So wie ich diese Frau einschätze, könnte selbst mein schönster Dackelblick sie nicht erweichen. Oder soll ich es doch mal versuchen? Immerhin, sie hat es selbst gesagt: Ich verdiene eine Belohnung.

Also mache ich mich auf und zupfe Nina ein bisschen am Bein.

»Na, Süßer, auch müde, nicht wahr? Ich überlege gerade, wo du schlafen könntest. Ich habe ja kein Körbchen für dich.«

Jetzt ist genau der richtige Moment, den Kopf schief zu legen und unglaublich süß zu gucken. Ich versuche es. Nina schaut mich erstaunt an.

»Willst du mir etwas sagen? Du schaust so … so seltsam.«

Seltsam? Unverschämtheit? Ich schaue total goldig, zum Anbeißen, zum sofort Verlieben! Nun guck doch mal genauer hin! Ich neige den Kopf noch stärker und fiepe ein bisschen.

»Hm, wirst du krank? Oder – willst du etwas Bestimmtes?«

Ich belle kurz und laufe los. Irgendwo muss hier doch das Schlafzimmer sein, die Bude ist ja alles andere als weitläufig. Hinter der nächsten Tür finde ich es schon. Ich trabe hinein und setzte mich auf meinen Hundepo. Nina kommt hinterher.

»Also, das klingt jetzt ein bisschen gaga und nach *Prinz Charles spricht mit den Pflanzen* – aber willst du mir vielleicht sagen, dass du in meinem Bett schlafen möchtest?«

Ich werfe ihr einen weiteren treuherzigen Blick zu und biete nun ein Kunststück, das ich noch nicht häufig zum Vortrag gebracht habe: Ich mache Männchen! Und es klappt sogar, ich stehe mindestens eine Minute wie in Stein gehauen. Also, wenn das nicht zieht, weiß ich auch nicht.

Nina guckt – und bricht in schallendes Gelächter aus. »Das ist ja köstlich! Herkules, wo hast du das denn her?«

Beleidigt setze ich mich wieder. Diese Frau hat offensichtlich keine Ahnung von Kunst. Und sie weiß offenbar auch nicht, wie schwierig es für einen Hund ist, sich in die Senkrechte zu begeben. Ja, als Mensch, da ist das ja gar nichts. Da können das alle. Aber für mich war das eben schon ziemlich gut. Schnepfe! Zu der will ich gar nicht mehr ins Bett. Da schlafe ich lieber auf der Fußmatte und überhaupt …

»Na komm, du Strolch! Hüpf rein!« Mit einer schnellen Handbewegung schlägt Nina die Bettdecke am Fußende zurück und klopft einladend auf die Matratze.

Sagte ich Schnepfe? So ein Quatsch. Eine ganz Nette ist sie, die Nina.

»Guten Morgen, ihr beiden. Na, ich weiß jetzt nicht, wer schlechter aussieht – du oder Daniel.«

Nina und ich sind am nächsten Tag nicht in die Werkstatt, sondern direkt ins Krankenhaus gefahren. Daniel hat nämlich die ganze Nacht an Carolins Bett gewacht. Entsprechend zerknittert sieht er in der Tat aus. Das ist dann wieder der Nachteil, wenn man kein Fell im Gesicht hat: Ein ungesunder Lebenswandel lässt sich eindeutig schlechter verbergen.

Carolin ist zwar sehr, sehr blass um die Nase, aber immerhin ist sie nicht mehr bewusstlos. Sie sitzt in ihrem Bett und ringt sich sogar zu einem Lächeln durch.

»Hallo, Nina, schön, dass du da bist. Und danke, dass du Herkules mitgebracht hast.«

»Na ja, Tiere sind auf der Station eigentlich verboten, aber als ich der Oberschwester erklärt habe, dass Herkules gewissermaßen dein Lebensretter ist, hat sie ein Auge zugedrückt.«

Carolin nickt. »Daniel hat es mir schon erzählt. Komm her, Herkules, lass dich mal ein bisschen kraulen.«

Nur zu gern! Nina setzt mich auf den Stuhl neben Carolins Bett und dann schmusen wir eine Runde.

»Ach Leute, das ist mir alles so wahnsinnig peinlich! Wie konnte das nur passieren? Leider kann ich mich auch an gar nichts mehr erinnern – wobei, ist vielleicht auch besser so.«

Daniel nimmt Carolins Hand. »Komm, vor uns muss dir echt nichts peinlich sein. Wir sind doch deine Freunde. Außerdem erwarten wir natürlich, dass du auch zu uns hältst, wenn wir dereinst eine Flasche Cognac niedermachen und seltsame Löcher in Teppiche schneiden.«

Unter ihrer Blässe wird Carolin ein bisschen rot. »Hör bloß auf, ich kann es gar nicht hören. Es *ist* peinlich!«

Daniel lacht. »So, ihr Lieben. Ich fahre nach Hause. Auf meiner Werkbank stapelt sich die Arbeit, gerade gestern hat mir Aurora eine wichtige Restaurationsarbeit vorbeigebracht, ich weiß gerade echt nicht, wo mir der Kopf steht. Aber vorher muss ich mich noch mal kurz aufs Ohr hauen, nicht, dass ich noch aus Versehen Löcher in Auroras Fundstück bohre, wo gar keine hingehören.«

Als Daniel gegangen ist, sitzen Nina und Carolin erst einmal eine Weile schweigend da. Ich habe meinen Kopf auf Carolins Schoß gelegt und genieße es, von ihr hinter den Ohren gekrault zu werden.

»Carolin, ich mache mir ernsthaft Sorgen um dich«, sagt Nina schließlich.

»Na ja, ich bin eben nichts gewohnt. Das war schließlich keine Absicht. Aber ich war nicht gut drauf, und da habe ich eben ein bisschen zu viel getrunken.«

»Hallo? Du hast nicht *ein bisschen zu viel getrunken*. Ich meine, 3,2 Promille – noch ein Cognac mehr und du wärst vielleicht ins Koma gefallen. Das ist dir nicht einfach so passiert.«

Carolin hört auf, mich zu kraulen. »Was meinst du denn damit?«

»Das weißt du genau. Daniel hat erzählt, dass du die ganze Woche nicht in der Werkstatt warst. Und dass er sich tagsüber um Herkules kümmert, weil es dir so schlechtgeht.«

Carolin schweigt.

»Ist doch wohl klar, dass ich mir da Sorgen mache. Mensch, Carolin, ich weiß, du willst es nicht hören, aber Thomas ist doch keine einzige Träne wert. Seit Jahren hat der Typ dich schlecht behandelt, ich war richtig froh, dass du ihn endlich rausgeschmissen hast. Natürlich fühlst du dich nicht gut, aber das ist normal, und du wirst darüber hinwegkommen. Bilde dir bitte nicht ein, dass dein Leben nun für immer triste sein wird. Das stimmt nämlich nicht.«

Carolin fängt an zu schluchzen, Nina gibt ihr ein Taschentuch.

»Seit Thomas weg ist, bin ich so einsam. Ich habe Angst, dass ich nie wieder glücklich sein werde. Ich wollte immer eine Familie, Kinder. Aber davon bin ich weiter entfernt, als ich jemals gedacht hätte. Im Grunde genommen habe ich nur noch Herkules.«

Was heißt denn hier »nur«? Lieber ein treuer Hund als ein betrügerischer Schurke! Ich werde Carolin garantiert niemals so enttäuschen. Schnell schlabbere ich ihre Hände ab. Nina nickt mir zu.

»Das hast du verstanden, Herkules, nicht wahr? Aber so niedlich du bist – ich kann Carolin verstehen. Ein Hund ist einfach kein Mensch.«

Zum Glück!, möchte ich rufen, denn auf mich ist wenigstens Verlass.

»Weißt du, natürlich war Thomas nicht perfekt. Aber wer ist das schon? Bin ich ja auch nicht. Mittlerweile denke ich, dass ich ihm vielleicht hätte verzeihen sollen. Vielleicht war ich zu hart.«

Nina schnaubt verächtlich. »Also bitte! Das klingt doch sehr nach *lieber einen Idioten als gar keinen Mann*. Ich verstehe nicht, wie so eine tolle Frau wie du sich dermaßen unter Wert verkaufen kann. Du wirst den richtigen Mann noch treffen, da bin ich mir ganz sicher. Und dann wirst du feststellen, dass das heute rückblickend dein Glückstag war. Der Tag, ab dem es wieder bergauf ging!«

Carolin guckt zweifelnd. »Na, wenn du meinst. Wo ich diesen tollen Typen treffen soll, ist mir allerdings noch völlig schleierhaft.«

Nina lacht. »Wenn das Schicksal es so will, kannst du deinen Prinzen auch im Park hinterm Haus treffen. Da musst du gar nicht lange suchen.«

Natürlich, das ist es! Mir kommt eine geniale Idee. Ein Prinz muss her! Und wer ist hier der Adelsexperte? Richtig! Carolin hat mich gerettet, als ich in höchster Not war. Und jetzt werde ich sie retten. Und wenn ich den ganzen Park dafür umgraben muss.

ZEHN

Hoffentlich fahren wir gleich nach Hause. Ich muss unbedingt Beck von meinem sensationellen Plan erzählen. Das grobe Gerüst steht zwar schon, aber für die entscheidenden Details brauche ich einen profunden Menschenkenner. Eben so jemanden wie Herrn Beck.

Endlich hält Nina an, geht um das Auto herum und öffnet mir die Tür. In dem Moment, in dem ich heraushüpfe, sehe ich es: Wir sind nicht zu Hause. Und schlimmer noch: Nina holt von der Rückbank meinen Plastikkragen hervor. O nein – ich ahne Böses. Wir sind wieder beim Tierarzt!

Die Autotür ist noch nicht zu, und so hüpfe ich schnell wieder auf den Beifahrersitz zurück. Dieses blöde Plastikteil kann Nina nun wirklich allein abgeben, dafür braucht sie mich doch gar nicht.

»Herkules, was ist denn mit dir los? Komm da raus, wir wollen doch zu Dr. Wagner.«

Ich knurre und fletsche die Zähne. Von *wir* kann hier überhaupt nicht die Rede sein. Außerdem geht es mir ausgesprochen gut. Mein Ohr tut längst nicht mehr weh, andere Leiden habe ich nicht. Was soll das also?

»Nun komm schon, Süßer, spring raus!«, fordert mich Nina auf.

Ich schüttle entschlossen den Kopf. Nina seufzt, kramt dann in ihrer Handtasche. Schließlich holt sie meine Hundeleine heraus. Will sie mich etwa gewaltsam da reinschleifen?

Sie will – denn kurz darauf macht sie die Leine mit einem *Klick* an meinem Halsband fest und zieht mich sanft, aber entschlossen Richtung Bürgersteig. Offensichtlich meint sie es ernst. Ich überlege kurz, ob ich mich richtig mit ihr streiten möchte und wer dann wohl den Kürzeren zieht. Angesichts unseres Größenverhältnisses wohl ich. Es ist zum Heulen!

In der Praxis angekommen, marschiert Nina mit mir zum Tresen und reicht der Sprechstundenhilfe den Kragen.

»Ich würde auch gerne den Doktor sprechen. Er sollte sich Herkules schon noch einmal ansehen.«

»Das ist aber eigentlich nicht nötig«, entgegnet ihr die Hilfe lächelnd.

Richtig, braves Mädchen!

»Trotzdem. Ich möchte, dass Dr. Wagner Herkules noch einmal untersucht. Er ist so ein empfindliches, sensibles Kerlchen, ich mache mir immer große Sorgen um ihn. Sicher ist sicher.«

Ich glaube, ich höre nicht richtig. Nina macht sich Sorgen um mich? Das glaube, wer will. Ich nicht. Da muss irgendetwas anderes dahinterstecken. Die Hilfe zuckt mit den Schultern.

»Gut, wenn Sie darauf bestehen. Dann müssen Sie aber einen Moment warten. Es sind noch einige Patienten vor Ihnen dran.«

In diesem Moment streckt Dr. Wagner seinen Kopf durch die Türe des Behandlungsraums.

»Oh, hallo, Frau Bogner!«, begrüßt er Nina. »Wieder Probleme mit … äh …«

»Herkules«, hilft ihm Nina auf die Sprünge.

Na toll, ihren Namen weiß er noch, meinen hat er schon vergessen. Vielleicht sollte Wagner von Tier- auf Frauenarzt umsatteln.

»Richtig, Herkules. Der Dackelmix.«

Grrrr!

»Also Probleme würde ich nicht direkt sagen. Aber ich kümmere mich momentan um das Kerlchen, weil Frau Neumann erkrankt ist. Und da will ich natürlich keinen Fehler machen. Deswegen wäre es mir sehr wichtig, dass Sie noch einmal einen Blick auf Herkules werfen, ob wieder alles in Ordnung mit ihm ist.«

Dr. Wagner grinst. Ja, zu komisch das, ha, ha!

»Na, dann kommen Sie gleich mal mit rein.«

Einen Augenblick später finde ich mich auf dem Untersuchungstisch wieder, und Dr. Wagner hat mein Öhrchen in der Hand. Routiniert streicht er über das Fell und fährt noch einmal über die Stelle, an der die Zecke sich festgesetzt hatte.

»Ich kann Sie beruhigen, es sieht alles sehr gut aus. Herkules ist wieder völlig auf dem Damm.«

»Hm, sind Sie sicher? Was ist denn zum Beispiel mit Borreliose? Ich habe neulich erst gelesen, dass auch Hunde das bekommen können.«

Borrel...was? Ich spitze die Öhrchen.

»Dann wäre doch eine engmaschige Überwachung sinnvoll, oder? Ich meine, nicht, dass Herkules etwas passiert! Das könnte ich mir nie verzeihen. Lieber komme ich nächste Woche noch einmal zur Überwachung. Vielleicht nehmen Sie ihm auch gleich mal Blut ab?«

Was?! Mit einem Satz springe ich vom Tisch, starre die beiden böse an und belle kurz, aber laut.

Wagner lacht. »Da sehen Sie´s, Frau Bogner. Herkules hält von Ihrem Vorschlag rein gar nichts. Und ich ehrlich gesagt auch nicht. Borreliose ist bei uns in Hamburg sehr selten, und Herkules wirkt völlig gesund. Wir sollten ihn also nicht unnötig quälen.«

»Ach so.«

Nina sieht sehr enttäuscht aus. Sie ist ganz offensichtlich Sadistin.

»Aber ich mache Ihnen einen anderen Vorschlag: Bevor Sie nun diesen armen Dackel immer wieder zu mir schleppen – fragen Sie mich doch einfach, ob ich etwas mit Ihnen trinken gehe, wenn Sie mich noch mal sehen möchten.«

Nina schnappt nach Luft und sieht völlig entsetzt aus. Warum nur? Ich finde den Vorschlag super.

»Also wirklich, ich … ich …«, dann bricht Nina in Gelächter aus und kann sich kaum noch beruhigen. »Okay, Sie haben mich. Dann aber Nägel mit Köpfen: Heute Abend? Acht Uhr? Im *Cavallo*?«

Wagner nickt. »Sehr gerne, Frau Bogner. Sehr gerne.«

Nina fährt Auto und pfeift dabei laut und gut gelaunt. Immer wieder lacht sie in sich hinein. Dann dreht sie sich kurz zu mir.

»Meine Güte, es ist wirklich unglaublich. Ich habe ihn *wirklich* gefragt, ob er mit mir heute Abend ins *Cavallo* geht. Herkules, du bringst mir Glück. Das ist eindeutig.«

Schön zu hören, aber irgendwie ist mir nicht ganz klar, was an der ganzen Angelegenheit so sensationell ist. Wagner hat doch gesagt, dass sie ihm sagen soll, wenn sie ihn mal sehen will. Und wieso hat sich Nina darüber so erschreckt? Es scheint, dass die Kommunikation zwischen Männern und Frauen komplizierter ist, als ein Hund auf den ersten Blick vermuten würde. Also nicht einfach *»er sagt was, sie sagt was«*. Es muss noch ein geheimes Regelwerk geben, das mir bisher verborgen ist.

Wir halten neben unserem Haus. Endlich wieder daheim! Gut, lange weg war ich nicht, aber ich brenne darauf, mich mit Herrn Beck zu beratschlagen, wie man meinen Spitzenplan in die Tat umsetzen kann. Nina und ich laufen durch den Garten zur Hintertür der Werkstatt. Sie klopft gegen die Scheibe, zwei Sekunden später öffnet Daniel.

»Na, ausgeschlafen?«, will Nina wissen.

»Ja, geht so. Ich werde heute einfach ein bisschen früher ins Bett gehen, dann wird das schon wieder.«

»Sag mal, kannst du heute Herkules mitnehmen? Ich bin heute Abend verabredet, und es ist definitiv ein *Ohne-Haustiere-Termin*.«

»Oh, ein Date?«

»Sozusagen.«

»Und, Details?«

»Vielleicht später mal.«

»Dann würde ich sagen *Halali* und *Waidmannsheil*!«

»*Waidmannsdank*!«

Ich bin wie elektrisiert! *Halali!* Wie oft habe ich diesen Ausspruch auf Schloss Eschersbach gehört. Und immer war er der Auftakt zu einem großen Abenteuer, für das ich noch zu klein war. Nur Mama und ihre Schwester durften mit. Opili war schon zu alt, aber er blieb mit uns zu Hause und erzählte von der großartigen Sache, die für einen Dackel das schönste Erlebnis auf der Welt ist: die Jagd. Er schmückte die Schilderungen der Jagd immer so aus, dass ich stets das Gefühl hatte, selbst dabei gewesen zu sein. Der Duft der Kaninchen, die Spur des Rotwilds, der Geruch von Aufregung und Freude – herrlich! Wie sehr freute ich mich damals auf meine erste Jagd. Ich spürte, dass das meine wahre Bestimmung sein würde: Seite an Seite mit meinem Jäger durch die Wälder zu streifen!

Durch meine Nase fährt ein feines Kribbeln – Nina und Dr. Wagner gehen also zur Jagd! Ich bin so aufgeregt, dass mir mein Gespräch mit Herrn Beck auf einmal herzlich egal ist. Dr. Wagner erscheint mir plötzlich in einem ganz anderen Licht. Ein Jäger – kein Wunder, dass Nina ihn gerne wiedersehen wollte! Aber wieso nehmen sie mich dann nicht mit? Ich lege mich direkt vor Ninas Füße und jaule. Ich will mit! Unbedingt!

»Eins steht mal fest: Herkules früherer Besitzer war Jäger. Guck mal, wie er auf das Halali reagiert – richtig aufgeregt ist das Kerlchen!« Daniel bückt sich zu mir herunter und krault mich am Bauch. »Aber das hast du leider falsch verstanden. Die Sorte Pirsch, auf die Nina heute Abend geht, ist für kleine Dackel völlig langweilig. Du verpasst überhaupt nichts, wenn du bei mir bleibst.«

Da ist es wieder, mein Kommunikationsproblem. Und es besteht ganz offensichtlich nicht nur zwischen Männern und Frauen, sondern auch zwischen Frauen und Dackeln. Genervt beschließe ich, den anderen Vierbeiner im Haus zu suchen. Wenigstens einer, der mich versteht. Und was noch wichtiger ist: den ich verstehe.

»Nu lass mal den Kopf nicht hängen! Ich glaube nicht, dass Nina wirklich zur Jagd geht. Jedenfalls jagt sie garantiert keine Hasen. Sondern eher diesen Tierarzt.« Beck grinst.

Ich stöhne innerlich. Jetzt fängt der auch schon an, in Rätseln zu sprechen! Menschen tun uns Tieren einfach nicht gut.

»Wenn Männer oder Frauen in Bezug auf das andere Geschlecht von der Jagd reden«, doziert Beck jetzt, »dann geht es nicht darum, gemeinsam in den Wald zu fahren und das nächste Wildschwein abzuknallen. Sondern dann geht es in der Regel um die Kunst der Partnersuche. Du verstehst? Männer jagen Frauen, und Frauen jagen Männer. Aber nicht wörtlich gemeint. Das sagen die Menschen einfach nur so.«

Ich schüttle ungläubig den Kopf. »Aber warum? Warum sagen sie nicht einfach, was sie meinen?«

Beck zuckt mit den Schultern »Keine Ahnung. Aus irgendeinem Grund darf derjenige, den der andere als Partner haben will, auf keinen Fall davon erfahren. Im Gegenteil – man muss sich so verhalten, als wolle man mit ihm nichts zu tun haben.«

»Aha. Das ist dann aber doch wie bei der Jagd. Langsames, lautloses Anschleichen. Die Beute bis zum Schluss in Sicherheit wiegen. So erlegt man selbst die Schlausten.«

»So gesehen hast du Recht.«

»Also, diese ganze Partnergeschichte ist demnach eher Pirsch als Treibjagd«, sinniere ich. »Dazu passt natürlich, dass es Nina unangenehm war, als der Tierarzt gleich gemerkt hat, dass sie ihn erlegen will. Um mal im Bild zu bleiben.«

»Richtig. Gerade der Mann darf anscheinend niemals merken, dass die Frau es auf ihn abgesehen hat. Sonst klappt es nicht.«

Als Beck das sagt, fällt mir sofort wieder ein, was ich ihm eigentlich erzählen wollte. »Hast du eigentlich mitgekriegt, wie schlecht es Carolin geht?«, will ich von ihm wissen.

»Tja, Liebeskummer. Das wird schon wieder.«

»Ja, aber sie ist im Krankenhaus!«

»Oh, ich wusste gar nicht, dass Menschen wegen so etwas ins Krankenhaus kommen können. Das tut mir natürlich leid.«

»Das sollte es auch – es war schließlich deine Idee!«

»Moment mal: Was soll das heißen, es war meine Idee?«

»Wenn du nicht die Sache mit Thomas eingefädelt hättest, dann wäre Thomas noch da, und Carolin wäre nicht so unglücklich.«

Beck schnaubt wütend. »Also hör mal – das haben wir doch

alles nur für dich getan! Du hattest Angst, dass Thomas dich rausschmeißt, schon vergessen? Außerdem war Carolin vorher auch schon unglücklich. Sie hat es nur nicht so gemerkt.«

Na gut, ganz unrecht hat der Kater nicht, und ich will mich schließlich nicht mit ihm streiten. Also schlage ich versöhnliche Töne an.

»Beruhige dich – ich erzähle dir das nicht, um mich mit dir zu streiten. Sondern weil ich eine sensationelle Idee habe.«

Beck beäugt mich misstrauisch, sagt aber nichts. Dafür wippt seine Schwanzspitze hektisch auf und ab. Um meinen Worten mehr Gewicht zu verleihen, recke ich mich und mache mich ein Stückchen größer, dann hole ich tief Luft.

»Also, hier kommt der Plan: Wir finden einen neuen Mann für Carolin. Und zwar einen Prinzen. Zumindest einen ganz tollen.«

Tata! Ich bin gespannt auf die Beck'sche Reaktion. Leider kommt keine.

»Hey, immer noch sauer?«

»Nein. Aber die Idee ist Schwachsinn.«

»Wieso? Ich finde sie großartig.«

»Ja, weil du keine Ahnung von Menschen, respektive Frauen, hast.«

Jetzt bin ich derjenige, der beleidigt guckt.

»Herkules, wie stellst du dir das denn vor, einen Mann für Carolin finden? Ich bin mir ziemlich sicher, dass der Männergeschmack von jungen Frauen und kleinen Hunden so ziemlich unvereinbar ist.«

»Aber das ist doch gerade der Punkt! Carolins Männergeschmack! Der ist nicht nur schlecht, der ist katastrophal! Wenn wir warten, bis sie sich wieder selbst einen aussucht, dann haben wir womöglich bald den nächsten Thomas im Haus. Sie weiß einfach nicht, was gut für sie wäre.«

»Ach, aber du weißt das, oder wie?«

»Genau. Ich weiß das. Wir suchen einfach einen Mann, mit dem ich bedenkenlos zur Jagd gehen würde. Einen standesgemäßen natürlich, Carolin ist schließlich nicht irgendwer. Aber auch einen, der treu zu seinem Hund halten würde. Ihn gut behandeln, regelmäßig füttern und viel mit ihm spazieren gehen würde. Denn wer seinen Hund so behandelt, der wird doch erst recht seine Frau so behandeln. Aber auf diese grundlegenden Dinge achtet Carolin einfach nicht.«

Herr Beck seufzt. »Natürlich achtet sie nicht auf so etwas. Sie ist ein Mensch, kein Dackel. Schon vergessen? Außerdem mögen Frauen keine netten Männer.«

»Hä?«

Der arme Beck, das muss die Alterstüdeligkeit sein.

»Ganz recht: Sie mögen keine netten Männer. Denn wenn es anders wäre, wäre Carolin doch längst mit Daniel zusammen. Der ist nämlich ziemlich verliebt in Carolin, jede Wette. Und sie mag ihn auch gerne. Aber er ist einfach zu nett zu ihr. Viel zu nett. So wird das nichts. Thomas hingegen hat im Grunde genommen alles richtig gemacht. Na ja, fast alles. Merk dir mal eins: Wenn du zu nett bist, nehmen dich die anderen Menschen nicht für voll. Und erst recht nicht die Frauen. Meine jahrzehntelangen Studien sagen mir: Nette Männer kommen bei Frauen nicht sonderlich gut an.«

»Du meinst, die Frauen suchen sich absichtlich so ätzende Typen wie diesen Thomas aus?«

»Exakt.«

»Aber das ist ja furchtbar.«

»Tatsache ist: Wenn Daniel oder sonst ein Mann bei Carolin landen will, dann muss er sie schlechter behandeln.«

Ich bin fassungslos – und verwirrt. Das kann doch nicht wahr sein! Es würde im Endeffekt bedeuten, dass Frauen *gerne* schlecht behandelt werden. Herr Beck muss sich einfach irren, sonst ist meine Prognose für Carolins künftiges Liebesleben mehr als düster. Andererseits: In einem Punkt hat Beck Recht. Daniel ist wirklich sehr nett, und ich habe auch das Gefühl, dass er Carolin unglaublich gerne mag. Es passt eigentlich alles. Es muss also einen Grund geben, warum Carolin sich in Thomas und nicht in Daniel verliebt hat.

Eine Weile sitzen Beck und ich schweigend nebeneinander. Ich muss erst einmal verdauen, was ich gerade gehört habe. Mein schöner Plan – traurig lege ich meinen Kopf auf die Vorderläufe.

»Allerdings«, meint Beck dann, »wenn ich es mir recht überlege: Möglicherweise ist deine Idee doch nicht so blöd. Es ist nun mal eine Tatsache, dass wir Tiere eine sehr viel bessere Menschenkenntnis besitzen als die Menschen selbst. Vielleicht können wir Carolin also doch vor der nächsten Pleite bewahren. Wir müssen sie nur vor ihrem eigenen Geschmack bewahren.«

»Und wie kriegen wir das hin? Du hast doch gerade selbst gesagt, dass das wohl nicht funktionieren wird.«

»Tja«, sagt Beck und legt dabei den Kopf schief, »das wird das Interessante an unserer neuen Aufgabe.«

ELF

»Also los! Hier ist das ideale Revier!«

Beck guckt mich zweifelnd an. »Wie kommst du denn auf die Idee?«

»Nina hat gesagt, dass es hier vor Prinzen nur so wimmelt.«

»Hat sie das?«

»Na ja, nicht so direkt. Aber so ähnlich. Also vielleicht hat sie nicht ›wimmeln‹ gesagt, aber auf alle Fälle laufen hier einige rum.«

Wir stehen im Park und sehen uns nach Männern um. Was genau wir machen wollen, wenn wir einen gefunden haben, wissen wir noch nicht so recht, aber wir haben beschlossen, uns von der Situation inspirieren zu lassen und dann zu improvisieren. Allerdings nervt mich Becks pessimistische Haltung heute ganz gewaltig. Er findet, ein verregneter Tag sei kein guter Moment, um im Park einen Mann zu finden.

Aber langsam müssen wir damit mal anfangen, denn Carolin ist seit drei Tagen wieder zu Hause. Richtig glücklich sieht sie zwar immer noch nicht aus, aber immerhin arbeitet sie wieder jeden Tag in der Werkstatt. Ich werte das mal als Zeichen, dass es allmählich wieder bergauf geht.

»Da! Ich sehe einen! Da hinten!«

Aufgeregt renne ich in die Richtung, in der ich eben ein Paar Menschenbeine unter einem Regenschirm gesehen habe. Nach zwei Metern merke ich, dass Beck offensichtlich nicht vor hat, hinter mir her zu kommen. Ich bleibe stehen und drehe mich zu ihm um.

»He, was soll das? Wo bleibst du denn?«

»Herkules, du verrückter Dackel! Das ist doch eindeutig eine Frau!«

»Woher willst du das wissen? Man sieht doch nur die Beine. Und bei dem Regen kann ich nicht riechen, ob Mann oder Frau. Da müssen wir schon nachschauen. Los, gib dir doch wenigstens mal ein bisschen Mühe!«

Es ist heute wirklich furchtbar mit dem Kater. Der wirkt nicht im Geringsten schuldbewusst, sondern grient mich breit an.

»Du musst noch viel lernen, mein Lieber. Unter dem Schirm steckt eine Frau, garantiert. Da muss ich gar nicht erst durch den halben Park hechten.«

»Ach, und woher willst ausgerechnet du das wissen? Für jemanden, der einen Plastikkameraden nicht von einem echten Piepmatz unterscheiden kann, machst du dich ganz schön wichtig.«

Beck ignoriert meinen Seitenhieb komplett, stattdessen macht er mit seiner Pfote eine Bewegung Richtung Zielperson.

»Schau mal genau hin. Der Schirm hat ein ganz auffälliges Blumenmuster.«

Hm, stimmt, große und kleine Blumen bilden aparte Kreise.

»So, und hier wieder eine Lektion in *Verstehe den Menschen*: Blumen sind ein Frauenmuster. Da brauchst du gar nicht erst hinterher. Ich habe noch nie einen Mann getroffen, der mit einem Blümchen-Schirm losgezogen wäre. Sparen wir also unsere Energien für den Ernstfall.«

Interessantes Konzept, Muster für Frauen und Muster

für Männer. Ich frage mich, wofür das gut sein soll. Ob sich Männer und Frauen sonst nicht gleich erkennen? Immerhin sind ihre Nasen so gut wie taub, da muss man vielleicht auf Hilfskriterien zurückgreifen.

Wir lungern weitere ereignislose zehn Minuten im Park herum. Er ist zwar sehr groß, aber auch ziemlich rund, so dass man von der Mitte aus einen sehr guten Überblick hat. Man sieht: nichts. Kein einziger Mensch ist unterwegs. Langsam beginne ich trotz meines dichten Fells durchzuweichen. Vielleicht hat Herr Beck Recht, und wir sollten wieder nach Hause traben. Gerade will ich Beck meine Niederlage eingestehen, als sich doch noch ein unerschrockener Zweibeiner blicken lässt. Und diesmal ist es eindeutig ein Mann – er hat keinen Schirm in der Hand, sondern joggt ziemlich locker von der rechten Ecke des Parks direkt auf uns zu.

»Nanu, will der zu uns?«, wundere ich mich.

»Scheint so zu sein. Wahrscheinlich will er abkürzen. Ist ja kein Vergnügen, bei dem Wetter durch die Gegend zu rennen«, stichelt Beck. »So, gleich ist er da. Du wolltest doch improvisieren. Dazu hast du jetzt reichlich Gelegenheit, ich habe nämlich überhaupt keinen Plan, wie wir uns den Kerl genauer anschauen können. Und wir wollen doch nicht einfach irgendwen für Carolin aufgabeln, oder?«

Also echt, der nervt. Warum ist er dann überhaupt mitgekommen, wenn er sowieso alles doof findet? Als Jagdhund wäre Beck wahrscheinlich schon längst wegen Defätismus von seinem Herrchen erschossen worden. Andererseits ist der Jogger wirklich gleich da. Und ja, ich habe noch keinen tollen Plan. Fieberhaft grüble ich nach.

Der Jogger hat uns schon fast passiert, da schmeiße ich mich kurzentschlossen und mit einem herzzerreißenden Jaulen direkt vor seine Füße. Es sieht mit Sicherheit so aus, als hätte ich furchtbare Schmerzen und bräuchte dringend Hilfe. Woll'n doch mal sehen, ob der Herr Tierfreund ist und sich um mich kümmert. Das mit dem Prinzen können wir dann immer noch herausfinden.

Zwei Sekunden später bin ich mir nicht mehr so sicher, dass meine Idee so gut war: Der Mann versucht, mir auszuweichen, stolpert und fällt direkt vor Herrn Beck auf die Nase. Er bleibt kurz liegen, dann rappelt er sich auf, schüttelt sich und reibt sich den rechten Arm. Als er wieder steht, geht er auf mich zu, guckt mich kurz an – und brüllt los: »Pass gefälligst auf, wo du hinspringst, du blöde Scheißtöle!«

Okay, ganz offenkundig kein Gentleman im engeren Sinne. Er holt mit dem rechten Bein zu einem Tritt aus, aber bevor er mir den verpassen kann, rennen Beck und ich auch schon los und verstecken uns hinter dem nächsten Busch. Auweia! Was für eine Pleite! Beck sagt erst einmal nichts, bis wir beide wieder Luft geholt haben, dann schüttelt er langsam den Kopf.

»Wirklich, was war das denn für eine Aktion? Das konnte ja nur in die Hose gehen.«

»Ich habe wenigstens etwas *gemacht*. Du stänkerst hier nur die ganze Zeit rum!«, verteidige ich meine unkonventionelle Vorgehensweise bei der Herrchensuche.

»Ha! Operative Hektik war das, nichts weiter! Ich frage mich, was du gemacht hättest, wenn dich der Typ eben gleich einkassiert hätte. Oder wenn er auf dir gelandet wäre. Dann wärst du jetzt aber platt wie ein Pfannkuchen. Mir ist das zu blöd, ich gehe jetzt.«

Ich lasse die Ohren hängen. Irgendwie ist an dem, was Beck sagt, schon was dran. Dabei hatte ich mir die ganze Sache gar nicht so schwer vorgestellt. Als Nina von der Prinzensuche im Park erzählte, klang es ganz einfach. Mist.

Offensichtlich sehe ich sehr niedergeschlagen aus, denn Beck stupst mich in die Seite und schlägt geradezu tröstende Töne an.

»Nu, nu – die Welt geht doch nicht unter, nur weil es am ersten Tag nicht klappt. Du unterschätzt auch die Wirkung von Regen auf Menschen. Die meisten mögen ihn eben nicht besonders und bleiben lieber zu Hause. Sieh sie dir doch an – von Bewegungsdrang keine Spur. Von den paar Joggern mal abgesehen, hält ein Mensch es mühelos mehrere Tage auf einem Sofa aus. Selbst mir als Kater wäre das zu langweilig! Aber du wirst sehen: Sobald die Sonne scheint, ist es hier im Park wieder knallvoll. Dann schlendern wir unauffällig von Bank zu Bank und suchen uns die besten Kandidaten aus. Und dann kannst du noch mal mit deiner ›Ich bin ein armer, kranker Dackel‹-Nummer ankommen. Die war im Grunde gar nicht so schlecht.«

Ich blicke Herrn Beck erstaunt an. »Ehrlich? Du fandst den Plan nicht so schlecht?«

»Nein. Annehmbar. Jedenfalls für einen, der von einem Hund ausgeheckt wurde.«

Die Luft scheint wieder rein zu sein, also verlassen wir unser Versteck und trotten Richtung Heimat. Mittlerweile hat es aufgehört zu regnen, und tatsächlich lassen sich nun ein paar Menschen mehr blicken. Gut, immer noch nicht umwerfend viele, aber es ist auch egal, denn momentan habe ich sowieso keine Lust mehr auf Kontaktanbahnung. Mit gesenktem Kopf schleiche ich über den Schotterweg – und falle fast über Herrn Beck, der sich direkt vor mir postiert hat.

»Hey, Kleiner, stopp mal! Da vorne sehe ich genau die Situation, auf die wir die ganze Zeit gewartet haben.«

Erstaunt blicke ich hoch. Tatsächlich: Auf der nächsten Parkbank sitzt ein Mann. Obwohl die Bank bestimmt noch ziemlich nass ist, hat er es sich dort gemütlich gemacht und bereitet offensichtlich ein kleines Picknick vor, eine Flasche hat er jedenfalls schon neben sich gestellt und gerade jetzt kramt er in einer mitgebrachten Tüte herum. Ich trabe näher an die Bank heran, um den Mann besser betrachten zu können. Wie ein Prinz sieht er nicht gerade aus. Irgendwie ein bisschen zerknittert. Seine Haare sind grau und etwas länger, wirr fallen ihm einzelne Strähnen immer wieder ins Gesicht. Außerdem hat er einen Bart, der fast ein wenig wie Rauhaardackelfell aussieht.

»Hm, meinst du, das ist der Richtige? Da habe ich doch arge Zweifel.«

Aber Beck lässt das nicht gelten. »Und wenn schon! Es ist zumindest eine Gelegenheit – sollten wir die nicht nutzen? Wenn´s nicht funktioniert, sammeln wir wenigstens Erfahrung. Dann sind wir gut vorbereitet auf die wirklichen Top-Kandidaten.«

So habe ich es noch gar nicht gesehen. Katzen sind eben echte Strategen. Und Beck hat sich noch mehr Gedanken gemacht.

»Also, wir schleichen zu dem Typen rüber. Dann kommt deine Kranker-Hund-Nummer. Gib ruhig ein bisschen Gas, so mit rumwälzen, jaulen, das volle Programm. Wenn er sich um dich kümmert, versuche ich ihm begreiflich zu machen, dass er mit dir zu unserem Haus gehen soll.«

»Und wie willst du das machen?«

»So wie du. Improvisieren!«

Bei der Bank angekommen, suche ich ein strategisch gutes Plätzchen für meine Showeinlage. Noch hat der Mann mich nicht bemerkt, zu beschäftigt ist er mit seiner Tüte. Ab und zu streicht er sich seine halblangen grauen Haare aus dem Gesicht und steckt sie hinter die Ohren. Ich lege mich links neben seine Füße und drehe mich auf den Rücken. Dann fange ich an, laut zu winseln, mit meinen Beinen zu strampeln und mich hin und her zu winden. Ein Bild des Jammers und des Elends – wer darauf nicht reagiert, hat ein Herz aus Stein und verdient unsere Caro nicht!

Tatsächlich lässt der Mann von seiner Tüte ab und beugt sich zu mir herunter.

»Sag mal, was bist du denn für einer? Und was machst du da eigentlich?«

Ein strenger Geruch weht zu mir herüber, nach Schweiß und … und … ja, genau: und nach dem Zeug, das Carolin in dieser furchtbaren Nacht getrunken hat. Ungute Erinnerungen steigen in mir hoch, und ich würde die ganze Veranstaltung hier liebend gerne abblasen. Aber aus den Augenwinkeln kann ich genau sehen, dass Herr Beck nur einen Meter weiter rechts von uns sitzt und mich mit Argusaugen beobachtet. Scheint ein Riesenspaß für ihn zu sein. Wenn der meint, dass ich jetzt aufgebe, hat er sich geschnitten. Das ziehe ich durch, wuff!

Ich zappele noch ein bisschen hin und her und versuche, noch mehr Dramatik in die Angelegenheit zu bringen, indem ich die Augen verdrehe und mit der Schnauze zucke.

»Mönsch, du armes Vieh, dir geht´s ja richtig schlecht! Komm, Willi hebt dich mal hoch.«

Mit diesen Worten fasst mich der Mann behutsam mit seinen großen Händen unter den Nacken und den Rücken und hebt mich dann vorsichtig auf seinen Schoß. Sofort höre ich auf zu zappeln. Nicht, dass ich hier noch runterfalle und mir wirklich etwas tue. Der Mann krault mich am Bauch, was eigentlich sehr angenehm ist. Allerdings riecht es hier oben noch stärker nach dem Zeug, das Carolin getrunken hat. Hrks, das muss ja was ganz Schlimmes sein. Hoffentlich übergibt sich der Mann nicht auch gleich, dafür befinde ich mich nämlich gerade in einer sehr ungünstigen Position.

»Na, Kleiner, zitterst ja gar nicht mehr. So geht´s dir gleich besser, oder? Aber was macht Willi jetzt mit dir?«

In der Tat, eine sehr gut Frage. Das ist doch genau der richtige Zeitpunkt für Becks Einsatz. Ich hoffe, er verpennt ihn nicht und hat sich vor allem etwas überlegt, wie er den Mann zu Carolin lockt. Auch, wenn ich mittlerweile felsenfest davon überzeugt bin, dass es sich bei ihm mitnichten um einen Prinzen oder sonst wie akzeptablen Kandidaten handelt. Los, Beck, wo bleibst du?

»Hoppla, da ist ja noch ein kleiner Freund! Wo kommt ihr denn bloß auf einmal alle her?«

Na also, die Gedankenübertragung unter uns Vierbeinern funktioniert. Ich drehe mich schnell auf den Bauch und sehe Beck, wie er um Willis Beine streicht. Nun springt er auf die Bank und setzt sich direkt neben uns.

»Miau, miauuuu, miauuuuu!«

Okay, Katzen können einfach nicht richtig heulen. Genauer gesagt können sie es gar nicht. Beck klingt wie eine der Geigen, die Carolin jeden Tag bearbeitet. Eigentlich sogar schlimmer, ich frage mich, was er damit bewirken will.

»O je, dir geht es wohl auch gar nicht gut. Was ist denn heute los hier? Seid ihr beide krank oder habt ihr euch verlaufen?«

Willi streicht Beck mit einer Hand über den Kopf und schaut ihn nachdenklich an. Auch wenn er kein Prinz ist – ein lieber Mensch ist er allemal. Ob das vielleicht auch reicht? Beck legt eine Pfote auf Willis Arm und zieht ein bisschen an ihm.

»Autsch!«

Offenbar benutzt er dazu seine Krallen, jedenfalls zieht

Willi erschrocken seinen Arm zurück. Beck hüpft wieder von der Bank und langt jetzt nach einem Bein von Willi. So gut es mit einer Pfote eben möglich ist, zieht er an dem Hosenbein und maunzt dabei immer wieder.

»Jetzt müsste man mit Tieren sprechen können. Ich wüsste zu gerne, was du von mir willst. Soll ich etwa mitkommen?«

Begeistert schlecke ich Willi sofort die Hände ab. Sie schmecken – nun ja – gewöhnungsbedürftig.

Er lacht. »He, mein Freundchen, du wirst ja ganz wild. War das die Antwort auf meine Frage? Ich soll wirklich mitkommen?«

Irre, wie einfach es ist, mit Menschen zu reden. Das hatte ich mir viel schwerer vorgestellt. Oder aber Willi ist besonders sensibel. Ist im Ergebnis aber egal. Ich springe von seinem Schoß herunter zu Herrn Beck, der Willi erwartungsvoll anschaut und dabei aufgeregt mit seinem Schwanz hin und her wedelt. Willi steht auf und schwankt dabei ein bisschen von links nach rechts. Als er sicher steht, rennt Beck zweimal um ihn herum, dann läuft er Richtung Carolins Haus. Weil mir nichts Besseres einfällt, mache ich es genauso.

»So, und da soll ich wohl hinterher? Ein Dackel und ein Kater wollen mit mir spazieren gehen. Wenn ich das der Dame von der Heilsarmee erzähle, wird sie es gleich wieder auf den Chantré schieben. Dann man los!«

Auf dieses Kommando traben Herr Beck und ich zu dem Parkausgang, der direkt vor unserem Garten liegt. Zwischendurch werfe ich immer wieder einen kurzen Blick über die Schulter – Willi folgt uns brav. Erst als wir am Gartentürchen ankommen, zögert er kurz.

»Also hier? Ist ja´n schönes Haus. Nicht, dass die mich hier für einen Einbrecher halten.«

Ha ha! Ein lustiger Gedanke! Ein Wachhund, der den

Einbrecher selbst mitbringt! Ich frage mich, wie Willi darauf kommt. Einen Moment später stehen wir vor der Terrassentür der Werkstatt. Ich kratze an der Scheibe, Willi steht direkt hinter mir und linst neugierig durch das Fenster, dann klopft er schließlich. Daniel kommt und öffnet die Tür. Allerdings nur einen Spalt.

»Ja bitte?«

Willi räuspert sich. »Ähm, ja, wie soll ich sagen – diese beiden hier unten haben mich quasi zu Ihnen gebracht.«

Daniel schaut runter, erst jetzt scheint er uns zu sehen.

»Oh, Herkules und Herr Beck – was macht ihr denn da?«

»Also, der kleine Dackel schien eben ziemliche Krämpfe zu haben, jedenfalls ist er vor der Parkbank, auf der ich saß, zusammengebrochen. Und dann kam sein Freund hier und wollte, dass ich mitkomme.«

Daniel schaut durch den Türspalt und hebt eine Augenbraue, was ziemlich lustig aussieht.

»Ah, ja. Der Kater wollte, dass Sie mitkommen. Verstehe.«

»Gut, ich weiß, das klingt seltsam. Vor allem aus dem Mund von so jemandem wie mir. Aber so war es, können Sie mir ruhig glauben. Und dann haben mich die beiden hierhin gebracht.«

In diesem Moment taucht Carolin hinter Daniel auf.

»Was ist denn hier los?«

»Der … äh … Herr hier behauptet, Herkules und der Kater hätten ihn zu uns gebracht, nachdem Herkules im Park einen Schwächeanfall hatte.«

Carolin tritt neben Daniel und macht die Terrassentür jetzt weit auf.

»Na ihr beiden? Was habt ihr gemacht? Friedliche Parkbesucher angefallen?«

Sie lächelt Willi aufmunternd zu. Hm, vielleicht gefällt er

ihr doch? Daniel hingegen rollt genervt die Augen, aber das kann Carolin ja nicht sehen. Willi allerdings schon. Unsicher streicht er sich durch die wirren Haare.

»Ja, also, wie ich Ihrem Mann schon sagte – die beiden haben mich tatsächlich hierhin geführt. Also, ich meine, erst sind sie auf meine Bank gesprungen, und dann hat der Kater mich am Hosenbein gezogen und dann …«, Willi zögert, die ganze Angelegenheit scheint ihm auf einmal peinlich zu sein. »Ich will dann auch gar nicht weiter stören. Dem Hund scheint es wieder gutzugehen, ich werd dann mal.«

Er will sich gerade umdrehen, als Carolin einen Schritt auf ihn zu Richtung Garten macht.

»Vielen Dank, dass Sie die beiden gebracht haben. Irgendwas scheinen sie ja von Ihnen gewollt zu haben, leider können sie nicht sprechen. Vielleicht fahre ich nachher mal mit Herkules zum Tierarzt. Sicher ist sicher.«

»Ja, sicher ist sicher«, echot Willi. »Ist bestimmt eine gute Idee. Ihnen noch einen schönen Tag.« Dann geht er.

O nein! Was für ein Eigentor! Zum Tierarzt. Ich hätte wissen müssen, dass mich die ganze Nummer wieder zu Doktor Wagner bringt. Unglücklich lasse ich die Nase hängen, Beck steht feixend neben mir.

»So, Herkules, komm rein«, sagt Daniel schließlich und winkt mich durch die Tür. »Und du gehst schön außen herum, Beck. Mir scheint, dass ihr heute schon genug zusammen erlebt habt.«

Daniel scheint sauer zu sein. Ich sehe schnell zu, dass ich mich in meine Kiste verziehe.

»Glaubst du die Geschichte?«, will Carolin wissen. »Ich meine, haben die beiden den wirklich hier angeschleppt? Oder wollte der sich nur mal unseren Hintereingang genauer anschauen, um hier einzubrechen?«

»Der sah mir eigentlich nicht so aus, als ob Wohnhäuser für ihn interessant wären. Eher wie jemand, der im nächsten Kiosk einbricht, um sich seinen Fusel zu besorgen.«

»Aber warum sollte er sich dann so eine Geschichte ausdenken? Oder kannst du dir ernsthaft vorstellen, dass Herkules und Beck ihn hier angeschleppt haben? Und wenn ja, warum?«

Daniel hebt die Hände. »Ganz ehrlich? Keine Ahnung! Krank sieht mir Herkules jedenfalls nicht aus. Vielleicht hat der Alte auch halluziniert. Hat man ja mal, nach einer Flasche Cognac. Ist ja nicht gut für die Gesundheit, nicht wahr?«

Daniel grinst, Carolin wird rot. Sie dreht sich abrupt um und geht ohne ein weiteres Wort in ihr Zimmer. Daniel zögert einen Moment, dann läuft er ihr hinterher.

»Hey, tut mir leid, das war blöd von mir.«

Carolin antwortet nicht. Sie ist richtig böse auf ihn, das merkt selbst ein kurzsichtiger Vierbeiner wie ich. Warum, habe ich zwar nicht ganz verstanden. Aber Daniel hat es wohl sofort kapiert. Er steht jetzt ganz dicht neben ihr und scheint zu überlegen, was er machen soll. Schließlich entscheidet er sich für die Variante, die ich als Hund in so einer Situation auch gewählt hätte: Körperkontakt. Er nimmt Carolin in den Arm und drückt sie ganz fest an sich.

Und in der Luft liegt auf einmal eine Spannung, als hätte der alte von Eschersbach den Trafo am Zaun der Pferdekoppel richtig auf Anschlag gedreht.

ZWÖLF

»Er ist so süß! Ehrlich! Ich glaube, ich habe schon lange nicht mehr so einen tollen Mann kennengelernt.«

Ninas Augen strahlen, und wenn sie erzählt, reden ihre Hände gleich mit. Mag auch unsere Aktion »Ein Prinz für Carolin« noch nicht von Erfolg gekrönt sein – zumindest ihre beste Freundin scheint endlich fündig geworden zu sein. Jedenfalls sitzt Nina seit einer geschlagenen Stunde auf unserer Couch und schwärmt von Dr. Wagner. Brrr, allein die Vorstellung, dass Nina ihre Zeit freiwillig mit diesem Hundeschinder verbringt, ist abenteuerlich. Ein Mann, an dessen Händen mit Sicherheit Blut klebt! Wenn nicht sogar mein eigenes! Andererseits kann es mir auch egal sein, wichtig ist für mich schließlich nur Carolins Wohlergehen.

Während Ninas Stimme im Hintergrund weiterplappert, schweifen meine Gedanken ab. Wenn das Wetter besser wird, wollen Herr Beck und ich gleich wieder loslegen. Immerhin kann man die Sache mit Willi nicht als totalen Flop bezeichnen. Beck hatte Recht – es war eine schöne Übung, und wir sind ziemlich weit gekommen. Gut, warum Carolin dachte, dass Willi ein Einbrecher sein könnte, ist mir nicht klar. Hatte es vielleicht mit seinem seltsamen Geruch zu tun? Aber den hat Carolin doch bestimmt nicht bemerkt. Dafür ist ihre Nase viel zu schlecht, und Willi stand nie direkt neben ihr. Irgendwas müssen Beck und ich da noch verbessern. Ich werde gleich mal im Garten nach ihm suchen. Vorausgesetzt,

Nina kommt irgendwann zu einem Ende, und ich kann wieder mit Carolin in die Werkstatt. Danach sieht es momentan aber leider nicht aus; Nina sprudelt wie ein Wasserfall.

»Und wie er aussieht – einfach toll! Eine super Figur! Und dann diese vollen braunen Haare! Ein bisschen wie Hugh Grant. Findest du nicht?«

Ich spitze die Öhrchen. Vielleicht ist das Gespräch doch nicht so langweilig. Dr. Wagner sieht also gut aus. Womit wir bei einem für Hunde ziemlich undurchschaubaren Thema sind: Wann sieht ein Mensch für andere Menschen gut aus? Muss er besonders viele Haare haben? Oder lieber wenige? Ist groß schön – oder lieber klein? Gilt für Männer etwas anderes als für Frauen? O je, wenn ich genau darüber nachdenke, habe ich mir mit dem Projekt »Partnervermittlung« ganz schön viel vorgenommen. Umso interessanter, was Nina jetzt erzählt.

»Ist dir nicht auch gleich aufgefallen, was für unglaublich blaue Augen er hat?«

Aha! Die Augenfarbe. Offensichtlich ein wichtiger Punkt.

»Ne, ist mir nicht aufgefallen.«

Mir auch nicht. Allerdings kann ich Farben sowieso nicht so gut auseinanderhalten.

»Das musst du doch gesehen haben, die sind total auffällig. Kornblumenblau!«

»Nina, ich weiß nicht, ob du dich noch dran erinnerst – aber als wir in der Praxis waren, hatte ich einen sehr schlecht gelaunten Herkules dabei, der erst die ganze Zeit jaulte und dann versuchte, zwei niedliche Kaninchen zu killen, woraufhin ein völliges Chaos ausbrach. Verzeih, dass ich keine Gelegenheit hatte, einen Blick in die tiefblauen Augen von deinem Superdoc zu werfen.«

Carolin klingt leicht genervt. Ob das an der Erinnerung an

den schrecklichen Besuch beim Tierarzt liegt? Weil ich mich dort so schlecht benommen habe? Peinlich, peinlich.

»Meine Güte, bist du schlecht gelaunt. Ich dachte, es interessiert dich, wenn deine beste Freundin ein Date hatte.«

»Entschuldige, du hast Recht. Tut mir leid, dass ich so schlecht drauf bin. Ich gelobe Besserung! Also, mal abgesehen von den kornblumenblauen Augen: Wie küsst er denn so?«

Das scheint ein besonders wichtiger Punkt zu sein, sonst würde Carolin nicht als Erstes danach fragen. Aber woran sieht man das bloß? Wie finden Beck und ich einen Mann, der gut küsst?

Nina kichert. »Das wirst du mir jetzt nicht glauben – aber ich weiß es nicht. Wir haben uns noch nicht geküsst.«

Verstehe. Ist also keine Eigenschaft, die man Menschen ansehen kann. Muss man selbst ausprobieren.

»Ihr habt euch noch nicht geküsst? Ich denke, ihr wart den ganzen Abend unterwegs?«

»Waren wir auch. Und wir haben uns super unterhalten. Marc war sehr charmant und witzig. Aber wir haben uns nicht geküsst. Macht aber nichts. Ich will es mal ruhiger angehen lassen.«

»Hm«, meint Carolin, und es klingt zweifelnd. »*Mal ruhiger angehen lassen*? Du? Das ist eine völlig neue Taktik. Seit wann wendest du die denn an? In seiner Praxis war davon noch nichts zu merken. Da sah es eher nach *die Sache schnell klarmachen* aus. Ich meine, du lagst schließlich schon in seinen Armen.«

Nina schnaubt empört. »Na hör mal – ich bin einfach über deinen blöden Hund gestolpert! Und was heißt hier neue Taktik? Das klingt so, als ob ich die Typen immer mit der Schrotflinte erlegen würde.«

»Tja, also zimperlich warst du bisher nicht gerade, wenn

dir jemand gefällt. Schon eher Schrotflinte als Präzisionsschütze.«

»Carolin, man merkt, dass du lange nicht mehr am Markt warst. Ich bin jung, ich bin Single. Und wenn mir ein Typ gefällt, warte ich nicht darauf, dass er auf einem Schimmel bei mir vorbeigeritten kommt, sondern nehme die Sache selbst in die Hand. Von mir aus nenn es Prinzip Schrotflinte – aber was spricht dagegen?«

Markt? Schimmel? Schrotflinte? Nina spricht in Rätseln. Carolin scheint allerdings zu verstehen, wovon sie redet.

»Schon gut, schon gut. Du hast Recht, ich war wirklich lange nicht mehr unterwegs. Ich muss mich erst mal wieder daran gewöhnen.«

Nina nickt heftig. »Ja, und ich sage dir – warte besser nicht, dass der passende Typ einfach so bei dir auftaucht! Das passiert nämlich nur im Märchen.«

Falsch, meine Liebe! Das passiert auch, wenn sich Carl-Leopold von Eschersbach persönlich darum kümmert. Dann muss man sich auch nicht die Abende mit einem Tierarzt um die Ohren schlagen. So, Mädels, und nun kommt mal zum Ende, damit ich Herrn Beck meine neuesten Erkenntnisse erzählen kann!

»Sag mal, meinst du, Herkules muss mal?« Nina schaut mich nachdenklich an.

»Wieso?«

»Na, der tigert hier auf einmal so unruhig herum. Nicht, dass er gleich ein kleines Geschäft unter deinem Sofa platziert.«

»Eigentlich war ich kurz mit ihm Gassi, bevor du gekommen bist. Aber vielleicht langweilen wir ihn auch. Ich kann ihn ja in den Garten lassen, ich muss sowieso noch einmal in die Werkstatt.«

»Schade, ich dachte, du kannst dir ein bisschen freinehmen, und wir gehen noch einen Kaffee zusammen trinken.«

»Würde ich gerne – aber ich habe Daniel in den letzten Wochen echt hängen lassen. Habe schon ein total schlechtes Gewissen.«

»Ach komm. Dir ging´s nicht gut, und Daniel hat dir bestimmt gerne geholfen.« Nina grinst Carolin an und klopft ihr auf die Schulter.

»Du brauchst gar nicht so zu grinsen. Natürlich hat Daniel mir gerne geholfen, aber ich möchte ihn nicht weiter strapazieren. Er hat selbst genug auf dem Zettel. Wenn ich allein an die Rekonstruktion von Auroras Geige denke. Das wird eine Ewigkeit dauern.«

»Mir kommen gleich die Tränen. Offen gestanden ist es mir einfach lieber, wenn sich Daniel um dich als um so eine blöde Geige von einer noch viel blöderen Geigerin kümmert.«

»Aurora ist eine hervorragende Musikerin.«

»Sie ist eine blöde Kuh und baggert noch dazu ständig an deinem Partner herum«, lässt Nina nicht locker.

»Daniel ist nur mein Geschäftspartner. In seiner Freizeit kann ihn anbaggern, wer will.«

Nina verdreht die Augen und seufzt. »Ja, ja, wer´s glaubt, wird selig. Und wer´s nicht glaubt, kommt auch in den Himmel.«

»Nina, nicht schon wieder die Leier. Daniel und ich sind Freunde, mehr nicht. Herkules, auf geht´s!«

»Unser idealer Kandidat hat blaue Augen und kann gut küssen.« Ich sitze neben Herrn Beck in der Sonne und berichte von meinen jüngsten Erkenntnissen in Sachen Menschen und Partnerwahl.

»Dann ist die Sache so gut wie geritzt. Das wird ja ein Kinderspiel. Ich schaue mir die Augen genauer an, und du küsst den Typen. Hoffe allerdings, du kannst beurteilen, was als *gut küssen* durchgeht.«

Ich werfe Beck einen bösen Blick zu. »Wieso bloß habe ich das Gefühl, dass du mich gerade nicht ernst nimmst?«

»Weil es so ist. Dein Gefasel bringt uns überhaupt nicht weiter. Zumal wir noch nicht einmal wissen, ob Carolin auch auf blaue Augen steht. Vielleicht mag sie braune lieber? Oder grüne? Und außerdem ist so ein menschliches Auge auch nicht gerade riesig. Von unserer Perspektive aus dürften wir kaum aus fünf Metern erkennen, welche Augenfarbe ein Mann hat. Und dann die Sache mit dem Küssen – also so weit sind wir noch lange nicht. Wenn wir einen Typen so nah an Carolin rankriegen, dass sie ihm die Hand schüttelt, dann sind wir schon richtig gut.«

»Also gut, wenn ich denn so ein kleiner, dummer Hund bin, dann schlage ich vor, du übernimmst hier einfach mal das Kommando, und ich dackel nur noch hinter dir her.« Jawoll, der kann mich mal, der blöde Kater.

»Sei doch nicht wieder gleich beleidigt! Unser Plan ist doch gut. Wir gehen wieder in den Park, und dann ziehen wir noch mal die gleiche Nummer ab wie bei Willi. Irgendwann wird schon der Richtige dabei sein. Prinzip Schrotflinte.«

»Komisch, davon hat Nina eben auch gesprochen.«

»Siehste! Und die kennt sich aus damit. Seitdem ich in diesem Haus wohne, habe ich Nina bestimmt schon mit fünf bis sechs verschiedenen Herren hier aufkreuzen sehen. Wir machen es einfach genauso – schleppen so viele Männer wie möglich an. Wie Nina. Glaub mir, die ist Expertin.«

Ich gucke ihn zweifelnd an. »Ach ja? Und warum hat sie dann noch keinen Mann? So toll scheint ihr Auswahlverfahren nicht zu funktionieren. Jetzt kommt sie sogar mit diesem furchtbaren Tierarzt an.«

»Wer weiß? Vielleicht will sie die Männer gar nicht dauerhaft behalten? Vielleicht sind die einfach nach einiger Zeit irgendwie … aufgebraucht. Und dann muss ein neuer her.«

»Das wäre das erste Mal, dass ich so etwas über menschliche Partnerschaften höre. Ich dachte, das Konzept ist eher ewige Treue. Hast du selbst gesagt. Sonst hätte sich Carolin auch über die Sache mit dem Höschen nicht so aufgeregt, oder?«

Herr Beck legt den Kopf schief. »Hm, hast du auch wieder Recht. Ja, was weiß denn ich? Ich bin auch nur ein alter Kater, der sich redlich Mühe gibt, die Menschen zu verstehen. Muss aber nicht immer klappen. Also, was ist jetzt? Gehen wir in den Park?«

»Na gut.«

Aktion Schrotflinte kann beginnen.

Das Wetter ist heute schön, deswegen tummeln sich im Park mehr Menschen, als man sich in Ruhe ansehen kann. Wir beschließen, es vor allem bei den Parkbänken in der Nähe unseres Hauses zu versuchen. Dann müssen wir die Männer nicht über die halbe Wiese locken, wenn sie uns tatsächlich folgen. Leider sitzen auf den beiden nächsten Bänken entweder nur Frauen, oder aber Willi mit seinen Plastiktüten. Der uns übrigens freundlich zuwinkt. So hat´s keinen Sinn.

Bei der dritten Parkbank werden wir schließlich fündig: Ein junger Mann hat sich dort niedergelassen und bindet sich die Schnürsenkel zu. Seine Augenfarbe kann ich zwar nicht erkennen, aber die wollten wir im ersten Anlauf sowieso unberücksichtigt lassen. Herr Beck und ich schleichen näher heran, dann beginnen wir mit der Show.

Das heißt – wollen mit ihr beginnen. Denn bevor ich noch so richtig loslegen kann, steuert auf einmal eine junge Frau auf die Bank zu, beugt sich zu dem Mann herunter und küsst ihn. Dann setzt sie sich neben ihn. Ich rapple mich wieder vom Boden auf, schüttle mich kurz und setze mich neben Beck.

»Mist, der hat schon eine Frau.«

Beck kichert. »Aber die könnten wir fragen, ob der Typ gut küssen kann. Das war doch eines deiner neu entdeckten Kriterien.«

»Ha, ha! Sehr lustig.«

Ich bin ein bisschen enttäuscht, weil der Mann für meinen Dackelgeschmack sehr nett aussah. Das Letzte, was ich da brauche, sind hämische Kommentare eines übergewichtigen Katers.

»Wie wäre es, wenn du den nächsten Mann aussuchst?«, schlage ich vor und klinge dabei eingeschnappter, als ich eigentlich zugeben wollte.

»Gerne, mein Lieber, gerne. Ich habe auch schon einen gesichtet – guck mal, da vorne!«

Er läuft ein Stückchen die Wiese entlang, dann hält er vor einer Bank neben einem schönen Blumenbeet. Okay, ich muss zugeben, der Mensch sieht auch nicht schlecht aus. Er liest Zeitung, was schon mal ein Zeichen von gewisser Bildung zu sein scheint und es uns außerdem ermöglicht, uns unbemerkt direkt vor seine Füße zu legen. Ich rolle mich also wieder auf den Rücken und beginne zu kläffen. Und zwar so richtig jämmerlich.

Nach einer Weile schaut der Mann von seiner Zeitung auf und beobachtet mich aufmerksam. Meine ich jedenfalls, denn natürlich kann ich das von meiner Warte aus nicht so genau sehen. Mir scheint allerdings, dass der Mann leider nicht die geringste anteilnehmende Regung auf meine Darstellung eines todkranken Hundes zeigt. Mist! Bei Willi hat das doch gleich geklappt. Ich winde mich mittlerweile direkt vor seinen Füßen und jaule so mitleiderregend, wie ich nur kann. Vor lauter Jaulen und Japsen bildet sich sogar ein wenig Schaum vor meinem Fang. Trotzdem guckt der Mann mich nur gelangweilt an und zieht seine Füße ein Stück zur Seite, um kurz darauf aufzustehen. Dann dreht er sich um und geht einfach weg. Ich bin sprachlos. Das gibt´s doch nicht! Beck kommt auf mich zugetrabt.

»He, was war denn das? Ist der einfach abgehauen? Und hat dich deinem traurigen Schicksal überlassen? Unglaublich, wie herzlos diese Menschen manchmal sind!«

Wir schauen dem Mann hinterher. Jetzt bleibt er allerdings stehen und guckt noch einmal in unsere Richtung. Ob ihn doch die Reue packt? Er nestelt an seiner Tasche. Vielleicht Fleischwurst? Nein – er holt sein Handy heraus und fängt an zu telefonieren. Ich pirsche mich etwas näher an ihn heran, denn mein Gefühl sagt mir, dass es gleich um mich gehen wird.

»Hallo, Polizei? Ja, Diekamp hier. Also, Sie werden sich vielleicht wundern, aber ich möchte einen akuten Tollwutverdacht melden.« Er macht eine Pause. »Ja, ja. Richtig, hier in Hamburg. Gut, verbinden Sie mich.«

Eine weitere Pause, der Mann steht da und horcht angestrengt in sein Telefon. »Guten Tag, Diekamp mein Name. Ich habe es eben schon Ihrem Kollegen erzählt – ich möchte Sie über einen Verdachtsfall von Tollwut informieren. Bei einem Dackel. In Hamburg. Genau. Mhm, mhm …«

Der Mann geht auf und ab und starrt in unsere Richtung. Als er sieht, dass ich näher gekommen bin, weicht er ein paar Schritte zurück.

»Tja, wie es sich äußert? Ich würde sagen, plötzliche distanzlose Anhänglichkeit, Krämpfe, fast ein bisschen Schaum vorm Mund. Aha, Hamburg ist kein Tollwutgebiet? Bei Haustieren ist ganz Deutschland kein Tollwutgebiet? Verstehe – aber vielleicht schicken Sie vorsichtshalber doch jemanden vorbei?«

Mittlerweile steht auch Herr Beck neben mir. »Sag mal, mit wem redet der Typ denn da so aufgeregt?«, will er wissen.

»Ich glaube, mit der Polizei. Er hat ihnen erzählt, dass ich Tollwut habe. Bin eben ein verdammt guter Schauspieler – wenn mich die Leute sogar für tollwütig halten! Weißt du, normalerweise bekommen das nämlich nur Füchse. Hat mir Opili erzählt. Das ist sehr gefährlich, und ein guter Jäger muss dann immer sehr vorsichtig sein, um nicht gebissen zu werden. Ein guter Jagdhund sieht sich natürlich auch vor.«

Meine Stimme hat einen leicht angeberischen Ton bekommen, aber das ist in Ordnung, schließlich kenne ich mich mit der Jagd wirklich gut aus. Theoretisch wenigstens.

»Wie bitte?« Herr Beck schüttelt den Kopf und lacht auf.

»Ja, komisch, nicht? Und nun will er noch, dass die extra vorbeikommen.«

Beck hört auf zu lachen. »Ehrlich? Auweia. Dann sollten wir aber ganz schnell von hier abhauen.«

»Warum? Jetzt wird's doch endlich mal spannend. Offensichtlich bin ich dem Kerl doch nicht egal, und vielleicht möchte er, dass die Polizei herausfindet, wo ich wohne.«

Ich würde sagen, Herr Beck ist schlicht eifersüchtig auf mein schauspielerisches Talent und die große Wirkung, die ich mit ihm erziele.

»So ein Quatsch, du doofer Hund. Was denkst du denn, was die Bullen mit einem Tier machen, das möglicherweise an einer sehr gefährlichen Krankheit wie Tollwut leidet? Das bringen sie nicht nach Hause, das kassieren sie ein! Vielleicht schläfern sie es auch gleich ein!«

»Sie schläfern es ein?«, echoe ich ein wenig unsicher.

»Genau. Sie töten es. Rucki zucki. Da kennen die gar nichts!«

Ich höre ein erschrecktes Quieken und will mich gerade wundern, was für seltsame Töne Beck machen kann, als ich feststelle, dass ich es bin, der hier quiekt. Herr Beck guckt mich eindringlich an.

»Genau, mein Freund. Du hörst ganz recht. Und wenn du mich fragst, gibt es jetzt genau eine Option, die wir noch haben.«

Wie aus einem Mund rufen wir gleichzeitig »Abhauen!« und rennen los, ohne uns noch einmal nach dem Mann umzusehen. So schnell wir können, flitzen wir Richtung Parkausgang, vorbei an Willi, der auf seiner Stammparkbank sitzt und uns erstaunt hinterherschaut.

Als wir vor unserem Haus ankommen, bin ich schweißgebadet. Nicht vor Anstrengung, sondern vor Angst. *Einschläfern*. Was für ein furchtbares, furchtbares Wort! Wir schlüpfen durch die Gartentür und legen uns beide in den Schatten des großen Baumes. Erschöpft schweigen wir eine Weile. Dann richte ich mich wieder auf.

»Ich weiß nicht, Herr Beck. Mein Plan war wohl doch nicht so toll. Oder jedenfalls in dieser Form nicht zur Männersuche geeignet.«

Beck wiegt den Kopf hin und her. »Jetzt mal nicht so schnell aufgeben. Die Grundidee ist auf alle Fälle richtig. Vielleicht müssen wir unsere Auswahl einfach ein bisschen stärker einschränken. Also, nicht jeder Mann, der bei gutem Wetter im Park sitzt, ist automatisch ein Kandidat.«

»Aber das war doch genau unser Ansatz – und nebenbei bemerkt: dein Vorschlag. Ich sag nur *Schrotflinte*.«

»Na und? Was interessiert mich mein Gewäsch von gestern? Man darf ruhig mal schlauer werden. Ich glaube, das Geheimnis unseres Erfolges wird in der gezielten Vorauswahl liegen. Und dann schlagen wir zu!«

»Ich weiß nicht«, maule ich, »wie soll denn das klappen mit der Vorauswahl?«

Beck überlegt – aber nur kurz. »Wir müssen die Männer mit Carolins Augen sehen.«

»Na toll, wie soll das denn gehen?«

Anstelle einer Antwort springt Beck auf. »Komm!«, ruft er mir über die Schulter zu. »Ich habe gerade eine Eingebung.«

DREIZEHN

Ich komme mir zwar ein bisschen blöd vor, mit der Leine im Maul vor Carolin auf und ab zu springen. Denn immerhin hasse ich es eigentlich, an der Leine zu laufen. Aber wenn Becks Theorie richtig ist, dann lassen sich die passenden Männer im Park einfacher identifizieren, wenn wir Carolin dabeihaben. Der Plan ist also, mit ihr spazieren zu gehen und zu schauen, wen sie sich so anguckt. Und dann … ja, was dann passiert, ist noch ein wenig unklar. Die bisherige Nummer kann ich schlecht abziehen, wenn Carolin daneben steht. Aber irgendetwas wird mir schon einfallen, und außerdem werden wir von Herrn Beck beschattet, der sich, wie er es ausdrückt, ein Bild von der Lage machen wird. Von Vorteil wäre allerdings, wenn Carolin nun endlich kapieren würde, dass ich mit ihr spazieren gehen will.

Ich springe noch einmal so hoch ich kann und kratze mit meinen Vorderläufen an Carolins Hose. Sie guckt herunter und lacht.

»Herkules, nicht so stürmisch! Ich weiß, was du willst, aber lass mich doch noch eben meine Sachen hier fertig machen. Dann gehen wir auch raus, versprochen!«

Sie nimmt eines dieser kleinen Holzplättchen von ihrem Tisch und klemmt es zwischen den Boden und die Saiten einer Geige. Menno! Immer geht hier die Arbeit vor. Dabei ist meine Sache doch viel wichtiger. Ich knurre ein bisschen.

»Na, will Herkules raus?« Daniel steht auf einmal neben Carolin.

»Ja, das ist wohl eindeutig. Aber ich kann es ihm nicht verdenken. Das Wetter ist wirklich toll, eigentlich viel zu schön, um den ganzen Tag in der Werkstatt rumzuhängen. Ich werde gleich mal mit ihm in den Park gehen. Ist auch besser für die eigene Stimmung.«

Daniel nickt. »Du hast Recht. Was hältst du davon, wenn ich euch ein bisschen begleite?«

Och nö! Das passt mir gar nicht. Schließlich mache ich das hier alles nur, um einen neuen Mann zu finden. Mit Betonung auf *neu*. Da ist es doch eher hinderlich, wenn man schon einen Mann mitbringt.

Aber mich fragt sowieso keiner, und so kommt es, dass Carolin mir zwar endlich die Leine ans Halsband hakt, aber Daniel auch nach seiner Jacke greift und wir schließlich zu dritt die Werkstatt verlassen. Im Garten kommen wir an Herrn Beck vorbei, der sich für seine Beschattung bereits positioniert hatte.

»He, was soll das denn? Kommt der etwa mit? Man nimmt doch kein Bier mit in die Kneipe!«, raunt er mir zu.

»Meinst du etwa, das war meine Idee?«, flüstere ich zurück. »Aber sag mir mal, wie ich das hätte verhindern können?«

Beck zuckt mit den Schultern und scheint noch etwas sagen zu wollen, aber da sind wir schon an ihm vorbei.

Während wir Richtung Park laufen, überlege ich, ob sich mein Plan unter diesen Umständen überhaupt noch umsetzen lässt. Wird Carolin andere Menschen noch bemerken, wenn sie sich die ganze Zeit mit Daniel unterhält? Es ist doch zum Haare ausreißen – den kranken Hund kann ich nicht mimen, weil Carolin dabei ist, und auf Carolin achten bringt nichts, weil Daniel dabei ist. Grrr!

»Schon komisch – da arbeite ich direkt neben so einem schönen Park, und trotzdem bin ich fast nie hier.«

Genau, Daniel, möchte ich sagen, und warum dann ausgerechnet heute?

»Ja, man macht das eigentlich viel zu selten. Wobei ich mit Herkules natürlich viel mehr draußen bin als früher. Allerdings habe ich ihn in letzter Zeit sträflich vernachlässigt. Ich habe deswegen ein ganz schlechtes Gewissen, und eben kam er sogar schon mit seiner Leine an, um mich an meine Frauchen-Pflichten zu erinnern.« Sie beugt sich im Gehen zu mir herunter und streichelt meinen Kopf. »Gell, Herkules, du hast es in letzter Zeit auch nicht leicht mit deinem Frauchen. Aber das wird jetzt alles wieder besser, wirst schon sehen. Ich hoffe, du sehnst dich nicht nach dem Tierheim zurück!«

Ich? Sehnsucht nach dem Tierheim? Was für ein absurder Gedanke! Auch wenn die Herrchensuche gerade nicht wirklich rund läuft – Carolin scheint nicht klar zu sein, wie ungemütlich es auf zehn Quadratmeter mit Typen wie Bozo und Boxer sein kann.

Weil das Wetter wirklich schön ist und wir Daniel nun sowieso nicht loswerden, beschließe ich, diesen Spaziergang einfach so zu genießen, wie er ist. Tatsächlich war Carolin in letzter Zeit wenig mit mir unterwegs. Eigentlich gar nicht. Wir traben einen der verschlungenen Kieswege entlang, und ich schnuppere voller Genuss an jedem Baum, der am Wegesrand steht. Herrlich! Hier sind schon wichtige Hunde vorbeigekommen, ich rieche es genau. Und Dank meines Trainings im Garten kann ich nun gekonnt meine Duftmarke hinzufügen. Was ich auch ausgiebigst tue. Carolin und Daniel schlendern nämlich eher, als dass sie wirklich bestimmt gehen, ich habe also genug Zeit für die wichtigen Dinge im Dackelleben.

Nun allerdings werden sie selbst für meinen Geschmack zu langsam. Wahrscheinlich, weil sie so in ihr Gespräch vertieft sind. Nervig. Ständig müssen Menschen reden. Ich zerre ein bisschen an der Leine. He, weitergehen! Hier habe ich nun schon jeden Strauch angepinkelt!

Aber Carolin und Daniel beachten mich gar nicht. Stattdessen steuern sie die nächste Parkbank an und setzen sich. Tja, von wegen: *Ich habe Herkules so vernachlässigt und muss das dringend ändern* … so wird das nichts! Aber dann könnte mir Carolin wenigstens mal die Leine abmachen, dann gehe ich eben allein ein bisschen weiterschnüffeln. Ich springe also zu den beiden hoch auf die Bank und lege meinen Kopf auf Carolins Schoß.

Hm, bilde ich mir das ein, oder liegt schon wieder diese seltsame Spannung in der Luft? Daniel scheint nervös zu sein, und auch Carolin riecht aufgeregt. Verwunderlich wäre es nicht, denn wenn ich so lange nicht draußen gewesen wäre wie die beiden, könnte ich mich kaum halten vor Unruhe. Irgendwie sind Menschen eben doch große Tiere. Sie wollen es nur nicht wahrhaben. Ich schnüffele nach Carolins Händen und will sie ein bisschen abschlecken. Vielleicht wirkt das beruhigend auf sie.

Bevor ich aber mit meiner Zunge einmal über Carolins Handrücken schlabbern kann, landet überraschend Daniels Hand auf meiner Nase. He – was soll das? Bei meiner Nase kenne ich keinen Spaß, da bin ich echt empfindlich. Ich knurre kurz, Daniel zieht seine Hand blitzschnell zurück. Offensichtlich habe ich ihn erschreckt. Er mich aber auch. Was will er denn mit meiner Nase? Ich blinzele hoch zu ihm, aber er tut so, als wäre nichts geschehen. Seltsam. Ein paar Minuten ist es jetzt ganz still, weder Carolin noch Daniel sagen ein Wort. Eigentlich sehr schön. Dann räuspert sich Daniel.

»Sag mal, was hältst du davon, wenn wir diese Woche mal etwas zusammen machen?«

Was redet der Mann da bloß für einen Unsinn? Die beiden machen doch jeden Tag etwas zusammen. Carolin sieht das offensichtlich genauso. Sie kichert.

»Und an was hattest du da so gedacht? An ein Cello oder eine Violine?«

»Ha, ha, sehr komisch.«

»Komm, kleine Revanche für deinen Cognac-Spruch von neulich.«

»Okay, dann sind wir jetzt quitt.«

Wieder Schweigen.

»Kochen«, sagt Carolin dann, »wir könnten doch zusammen etwas kochen. So wie früher in unserer WG in Mittenwald. Das haben wir schon ewig nicht mehr gemacht, und es war immer sehr lustig.«

Sie lächelt Daniel an. Es ist genau dieses Lächeln, das mir schon im Tierheim aufgefallen ist. Unverwechselbar und wunderschön. Mit einem Mal ist es viel wärmer auf unserer Bank. Herrlich! Ich kuschle mich eng an Carolin und genieße den Moment.

Diesmal sehe ich Daniels Hand rechtzeitig, bevor sie auf meiner Nase landen kann, und ducke mich weg. Der spinnt ja wohl! Wobei – offensichtlich hat er gar nicht mich im Visier, sondern Carolin. Denn über meinen Rücken hinweg greift er jetzt nach ihrer Hand und zieht sie zu sich herüber. Carolin guckt erstaunt, zieht ihre Hand aber nicht zurück. Was hat das schon wieder zu bedeuten? Wann hält ein Mann die Hand einer Frau? Schade, dass Beck nicht hier ist, der weiß das bestimmt. Ich beschließe, dass es eigentlich nur ein gutes Zeichen sein kann – so sparsam, wie Menschen sonst mit Körperkontakt sind. Ich bin gespannt, was nun passiert.

»Hey, Sie!«, poltert in diesem Moment eine laute Stimme unfreundlich los.

Carolin und Daniel zucken zusammen, er lässt ihre Hand wieder los.

»Ja, genau Sie meine ich!«, bellt die Stimme weiter.

Jetzt ist auch der Besitzer der unfreundlichen Stimme zu sehen: Er steht direkt vor unserer Bank. Ich belle kurz – merkt der Typ nicht, dass er gerade extrem stört? Aber er bleibt wie angewurzelt stehen und starrt Carolin und Daniel an. Oder starrt er doch eher mich an? Eine böse Vorahnung steigt in mir hoch.

»Entschuldigen Sie, dass ich Sie hier so angehe. Holger Diekamp mein Name. Aber der Hund, den Sie da auf dem Schoß haben, der hat sich hier gestern ausgesprochen seltsam benommen – ich fürchte, er hat irgendeine bösartige Krankheit. Offen gestanden halte ich selbst Tollwut nicht für ausgeschlossen, auch wenn die Polizei das gestern anders beurteilt hat.«

»Die Polizei?«, echoen Carolin und Daniel wie aus einem Mund.

»Ja, ich habe natürlich gleich die Polizei informiert. Aber bevor die kommen konnten, war der Hund schon verschwunden. Gemeinsam mit dem dicken Kater, der die ganze Zeit dabei war. Ich war aber alarmiert und habe mir dann vorgenommen, weiter nach dem Hund Ausschau zu halten. Schließlich ist die Tollwut eine tödliche Krankheit. Gut, das werden Sie vielleicht für übertriebene Sorge halten, aber der kleine Kerl da wand sich in Krämpfen und hatte Schaum vor dem Mund. Außerdem erschien er mir anhänglich bis distanzlos – alles ganz typische Zeichen. Waren Sie mit dem Tier in letzter Zeit vielleicht in Nordafrika?«

Ich merke, dass ich vor Schreck langsam ganz starr werde – was, wenn ich jetzt doch noch zur Polizei muss? Und die mich dann wirklich einschläfern wollen? O nein, und alles nur wegen unseres blödsinnigen Plans! Ich versuche, mich so klein wie möglich zu machen und drücke mich ganz fest zwischen Daniel und Carolin. Dicht gekauert an Daniels Hosenbein merke ich, wie dieser anfängt zu zittern. Wie furchtbar! Offenbar hat er große Angst vor mir – mein Schicksal ist besiegelt, gleich werden mich die beiden an die Polizei ausliefern. Ich senke meine Schnauze und beginne zu jaulen.

»Tollwut!«, stößt Daniel gepresst aus und zittert noch stärker. »Das ist ja der größte Unsinn, den ich jemals gehört habe.«

Uff! Daniel schlottert nicht vor Angst, sondern er schüttelt sich vor Lachen! Vor Erleichterung springe ich spontan auf seinen Schoß und schlecke ihm übers Gesicht.

»Hoppla, Herkules! Sie sehen, Herr Diekamp – dieses kleine Kerlchen ist ganz munter. Was auch immer er gestern hatte, Tollwut war es bestimmt nicht. Vielleicht haben Sie ihn auch mit einem anderen Hund verwechselt.«

Diekamp schaut mich böse an.

»Nein, eine Verwechslung war das mit Sicherheit nicht. Aber wenn Sie mit Ihrer Sorglosigkeit auch Ihre eigene Gesundheit gefährden wollen, bitte sehr!« Diekamp gibt noch ein wütendes Schnauben von sich, dann macht er auf dem Absatz kehrt und läuft Richtung Parkausgang.

Daniel schüttelt den Kopf. »Also wirklich, es sind doch ganz schöne Spinner unterwegs. Tollwut – so ein Schwachsinn.«

»Hm, ein bisschen Sorgen mache ich mir aber langsam schon.«

»Sorgen? Warum? Herkules ist mit Sicherheit pumperlgesund. Sieh ihn dir einfach an. Dem fehlt nichts.«

»Ja, aber erinnerst du dich noch an letzte Woche? Der Penner? Der hat doch auch gesagt, dass Herkules sich so seltsam aufgeführt hat. Vielleicht ist er ja doch krank.«

Carolins Stimme klingt ganz beunruhigt. Mist – was habe ich da bloß angezettelt!

»Ich meine, Krämpfe, Schaum vor dem Mund – ich habe mal irgendwo gelesen, dass Hunde auch epileptische Anfälle haben können. Und wenn man das weiß, kann man es auch behandeln, genau wie beim Menschen.«

Daniel seufzt. »Also gut, dann lass uns doch eben bei deinem Tierarzt vorbeischauen, wenn du dich dann besser fühlst. Ist von hier aus bei dem schönen Wetter auch ein netter Spaziergang – also so oder so eine gute Idee.«

Carolin nickt. »Ja, ich rufe gleich bei Dr. Wagner an.«

»Schon mal etwas Beruhigendes vorweg, Frau Neumann: Auf den ersten Blick ist Herkules in ausgezeichneter Verfassung. Klare Augen, eine kalte Nase, gute Körperspannung – also einen Infekt würde ich ausschließen wollen.«

Ich hocke mal wieder auf dem kalten Metalltisch des Wagner'schen Untersuchungszimmers und lasse Wagner gottergeben an mir herumhantieren. Ich fühle mich so mickrig, dass ich nicht mal die Gelegenheit nutze, Dr. Wagner auf seine blauen Augen zu überprüfen. Aber was soll ich sagen? Ich bin selbst schuld. Gerecht wäre es natürlich, wenn auch Herr Beck hier seine Portion abkriegen würde, aber so ist die Welt nun einmal nicht. Wagner streicht mir über den Kopf, dann dreht er sich wieder zu Carolin und Daniel, die neben dem Tisch stehen und das ganze Procedere aufmerksam beobachten.

»Was die Epilepsie anbelangt: Also tatsächlich gibt es das bei Hunden. Sie ist leider gar nicht so leicht zu diagnostizieren. Allerdings wird sie häufig vererbt. Wissen Sie, ob es in der Familie von Herkules Fälle von Epilepsie gibt?«

Carolin zuckt mit den Schultern. »Nein, tut mir leid. Ich habe Herkules aus dem Tierheim geholt. Ich weiß eigentlich gar nichts über seine Familie, aber er soll von einem sehr gewissenhaften Züchter stammen. Er ist halt nicht reinrassig, deswegen hat man ihn abgegeben.«

Dr. Wagner betrachtet mich nachdenklich. »Hm, gewissenhafter Züchter … also, ich hatte gleich das Gefühl, dass ich Herkules schon einmal irgendwo gesehen habe. Muss ja eine Dackelzucht gewesen sein – und die kenne ich fast alle. Vielleicht beim alten von Eschersbach?«

VON ESCHERSBACH!!! Allein die bloße Erwähnung dieses Namens haut mich fast vom Tisch. Ich springe auf und belle laut los. Genau! Ich bin es! Ein echter von Eschersbach! Und was für einer!

»Hoppla!«, ruft Wagner, während er mich sanft wieder in die Mitte des Tisches schiebt. »Da freut sich aber einer! Den Namen kennst du offenbar gut, mein Kleiner. Ich würde mal sagen: Bingo!«

Welche Rolle Bingo in diesem Zusammenhang spielt, ist mir völlig unklar, aber zum ersten Mal seit unserer ersten Begegnung ist mir Dr. Wagner fast sympathisch. Endlich ein Mensch, der meine wahre Herkunft erkennt.

»Die von Eschersbach'sche Zucht hat schon mein Vater betreut. Ich selbst war allerdings erst ein paar Mal da, die Hunde sind ja Gott sei Dank sehr gesund. Aber ich kann von Eschersbach fragen, ob er schon jemals ein Problem mit Epilepsie bei seinen Hunden hatte. Die Diagnostik ist nämlich zum Teil sehr aufwendig und teuer, da sollten wir schon einen etwas handfesteren Verdacht haben. Vielleicht haben die Krämpfe ja eine ganz andere Ursache. Schildern Sie mir doch bitte möglichst genau, wie so ein Anfall abläuft.«

»Na ja, so genau kann ich das gar nicht sagen. Ich war selbst nämlich noch nie dabei.«

»Hm.« Dr. Wagner blickt fragend zu Daniel.

Der schüttelt den Kopf. »Ich leider auch nicht.«

»Aber woher wissen Sie dann, dass Herkules Krampfanfälle hat?«

»Es klingt jetzt wahrscheinlich ein bisschen seltsam, aber wir sind in den vergangenen fünf Tagen nun schon zweimal von Leuten auf diese Anfälle angesprochen worden. Das erste Mal brachte jemand Herkules vom Park zu uns nach Hause und berichtete uns davon. Na, und heute war es wieder das Gleiche: Ein Herr sprach uns im Park an und sagte, Herkules habe sich gestern vor ihm in Krämpfen gewunden und gejault, außerdem habe er Schaum vor der Schnauze gehabt. Der Herr fürchtete sogar, es könne Tollwut sein, weil Herkules auf einmal so anhänglich bei ihm war.«

Dr. Wagner lacht. »Also Tollwut ist es bestimmt nicht. In dem Stadium, in dem Krämpfe auftreten, ist das Tier schon so gut wie tot. Außerdem kann ich mich an keinen einzigen Tollwutfall bei Hunden in Deutschland erinnern, seit ich Tierarzt bin. Aber ich gebe Ihnen Recht, seltsam ist das natürlich schon.« Er dreht sich wieder zu mir um und krault mich unter dem Kinn. »Hm, anhänglich und sonderbar bist du also? Hat Herkules in letzter Zeit vielleicht irgendetwas Traumatisches erlebt, das ihn stark verunsichert haben könnte? Ich bin kein Tierpsychologe, aber so etwas kann ein Tier schon einmal im Verhalten beeinträchtigen. Sie sagten ja, er käme aus dem Tierheim. Vielleicht Verlustängste? Haben Sie ihn mal aus Versehen ausgesperrt oder so was?«

Carolin schaut betreten zu Boden. »Ich war vor kurzem ein bisschen krank.« Sie flüstert mehr, als sie spricht.

»Richtig, ich erinnere mich. Frau Bogner erwähnte es, als sie mit Herkules zur Nachuntersuchung kam.«

»Oh, hat sie das?« Carolin wird rot.

»Also, Sie meinen, dass Herkules möglicherweise darauf reagiert?«, will Daniel wissen. »Das ist echt interessant. Vielleicht macht er sich ja Sorgen um dich und will einen Beschützer für dich finden – immerhin hat er die Nummer bisher nur vor Männern abgezogen.«

Ertappt! Ich ziehe schuldbewusst den Schwanz ein.

Carolin funkelt Daniel böse an. »Ich glaube kaum, dass es da einen Zusammenhang gibt.«

»Mensch, Carolin, das war doch nur ein Scherz.«

Dann bin ich beruhigt! Es wäre mir doch sehr unangenehm, hier so aufzufliegen. Carolin fände das bestimmt nicht gut.

»Nun«, mischt sich Dr. Wagner ein, »so abwegig finde ich den Gedanken nicht. Hunde entwickeln für ihr soziales Rudel schon einen ziemlichen Beschützerinstinkt. Also wenn es einen Verdacht in die Richtung gibt, würde ich ihm auf alle Fälle mal nachgehen. Was genau ist denn bei Ihnen passiert?«

»Ich glaube nicht, dass uns das irgendwie weiterbringt«, kanzelt Carolin ihn schnippisch ab. »Bei mir ist alles in Ordnung. Aber fragen Sie mal diesen Züchter, das scheint mir erfolgversprechender zu sein.«

»Also wirklich, was für eine Frechheit, mich so auszufragen! Dieser Wagner ist echt unmöglich. Möchte mal wissen, was Nina an dem so toll findet«, regt sich Carolin auf, als wir wieder auf dem Weg nach Hause sind.

Ich trabe neben ihr und Daniel her und lausche dabei gespannt. Immerhin geht es auch um mich.

»Beruhige dich, er hat es doch nicht böse gemeint. Er wollte nur eine möglichst fundierte Diagnose stellen. Er kann ja nicht wissen, dass du so empfindlich in diesem Punkt bist.«

»Ich bin nicht empfindlich!«, ruft Carolin empört.

»Na ja, ein bisschen schon«, widerspricht Daniel.

»Und wenn schon – ist das ein Wunder? Das muss man sich mal vorstellen: Mein Tierarzt vermutet, dass Herkules sich psychopathisch benimmt, weil ich so ein schwerer Fall bin.«

»He, das hat nun wirklich niemand behauptet. Und abgesehen davon, ist es auch völlig abwegig.«

»Ach ja?« Carolin dreht den Kopf zu Daniel, der grinst.

»Ich hoffe doch sehr, dass Herkules erst einmal mich als deinen Retter in Erwägung zieht, bevor er irgendwelche wildfremden Kerle anschleppt.«

Nun muss auch Carolin lachen. »Stimmt, das hoffe ich doch auch!«

Aha, so ist das also. Vielleicht ist Daniel doch nicht zu nett für Carolin. Ich muss dringend mit Beck sprechen. Unser Plan braucht vielleicht eine grundlegende Korrektur. Ach was – unser Plan ist hoffentlich bald überflüssig.

VIERZEHN

»Ich glaube, wir brauchen gar nicht mehr zu suchen: Wir haben unseren Mann!«

Mit wichtiger Miene verkünde ich Herrn Beck am nächsten Tag meine neue Erkenntnis in Sachen Partnerwahl von Carolin. Wir sitzen unter unserem Baum im Garten und genießen die warme Nachmittagssonne.

»Wie kommst du denn darauf? Erst wart ihr mit Daniel im Park, dann beim Tierarzt, heute ist Carolin den ganzen Tag ohne dich unterwegs – wie kannst du da einen Prinzen für sie gefunden haben?«

»Ganz einfach: Wir hatten den Prinzen die ganze Zeit dabei.«

»Hä? Versteh ich nicht.«

»Daniel. Ich glaube, Daniel ist der Richtige.«

»Ach komm, das habe ich dir doch schon erklärt: Daniel scheidet aus. Wegen Zu-Nettsein in besonders schwerem Fall, strafschärfend kommt noch Gutmütigkeit hinzu.«

Herr Beck, der Anwalt. Wenn er so ist, mag ich ihn eigentlich nicht besonders.

»Hast du schon mal darüber nachgedacht, dass deine Theorie falsch sein könnte? Ich habe die beiden genau beobachtet: Erstens liegt so eine Spannung in der Luft, wenn sie zusammen sind. Ich kann es nur schwer beschreiben, aber es ist eindeutig da, auch wenn man es nicht sieht. Wie Strom auf dem Weidezaun.«

Herr Beck guckt unbeeindruckt und räkelt sich ausgiebig. »Strom auf dem Weidezaun? Du bist echt ein Landei, mein Lieber. Ich weiß überhaupt nicht, was du meinst.«

Seinen Einwand ignorierend, zähle ich meine weiteren Indizien auf: »Und zweitens hat Daniel Carolins Hand gehalten. Auf der Parkbank – sogar über meinen Rücken hinweg.«

»Na und? Die beiden kennen sich eine Ewigkeit. Was heißt das schon?«

»Und drittens hat Carolin selbst gesagt, dass sie Daniel gerne als ihren Retter hätte.«

So, Kater, und jetzt kommst du!

»Du musst noch viel lernen, mein Hundefreund. Was Menschen sagen und was sie dann tatsächlich denken und folglich auch machen, sind zwei völlig unterschiedliche Dinge. Völlig. Manchmal denke ich sogar, dass das Sprachvermögen an den Menschen komplett verschwendet ist, denn er nutzt es so gut wie nie für sinnvolle Dinge. Ehrlich, wenn die Menschen sich nicht miteinander unterhalten könnten, würde sich im Grunde genommen nichts ändern. Sie sagen sich ja doch nie die Wahrheit.«

»Das ist Quatsch. Ich glaube, du willst einfach nur Recht behalten.«

»Ich will nicht Recht behalten – ich habe Recht.«

Meine Güte, ist der heute wieder stur. Ich seufze und sage nichts mehr. Es ist schließlich wurscht, was dieser Kater denkt. Hauptsache, bei Carolin kommt wieder alles ins Lot, und wir sind bald wieder eine glückliche Familie mit Herrchen, Frauchen und Hund. Eine Weile noch schweigen Beck und ich uns an, dann beschließe ich, wieder in die Werkstatt zu trotten. Carolin ist zwar auf irgendeinem Termin unterwegs, aber vielleicht kann ich bei Daniel ein paar Streicheleinheiten abstauben.

Ich komme gerade rechtzeitig, um einen großen Auftritt von Aurora mitzuerleben. Mit weit ausholenden Armbewegungen erzählt sie über ihr letztes Konzert. Offenbar ein grandioser Erfolg, daran lässt sie keinen Zweifel. Nach meiner Kenntnis von menschlicher Erziehung ist so viel Eigenlob unfein. Der alte von Eschersbach hätte Aurora jetzt jedenfalls sehr tadelnd angeschaut. *»Man tut nicht groß. Das schickt sich nicht.«*, war ein beliebter Ratschlag von ihm an alle Menschen, die im Schloss ein und aus gingen. Allerdings ist von Eschersbach natürlich deutlich älter als Aurora, es ist also möglich, dass seine Ansichten schon etwas altmodisch sind. Oder aber die Sache mit dem Eigenlob gilt bei Künstlern nicht so direkt.

»Begeistert – die Leute waren einfach begeistert, Daniel. Aber ich habe mich an diesem Abend auch wirklich selbst übertroffen. Schade übrigens, dass du nicht da warst.«

»Ja, schade. Das nächste Mal komme ich – spätestens, wenn ich deine neue Geige fertig habe, versprochen.«

Aurora zieht die Nase kraus, was sehr interessant aussieht. »Hm, da habe ich doch glatt das Gefühl, dass du nur wegen der Geige kommst und nicht wegen mir.«

»Also bitte, das ist doch Unsinn, Aurora. Du weißt genau, wie gerne ich dich spielen höre. Ich bin in letzter Zeit einfach zu beschäftigt.«

»Und zwar damit, deine Kollegin zu pflegen, oder?«

»Mit Verlaub, das geht dich überhaupt nichts an.«

Daniel klingt jetzt fast ein bisschen böse. Gut so!

»Aber Recht habe ich schon! Seitdem Carolin diesen Thomas los ist, geht es bei euch drunter und drüber. Man kriegt dich kaum noch an die Strippe, Termine zu vereinbaren ist so gut wie unmöglich … nichts gegen Liebeskummer, aber ihr habt eine Werkstatt, kein Reha-Zentrum für gebrochene Herzen.«

»Aurora, wir kennen uns jetzt fünf Jahre. Habe ich jemals schlechte Arbeit bei dir abgeliefert?«

»Nein, so meinte ich das …«

»Na also. Und hat Carolin jemals schlechte Arbeit abgeliefert?«

»Du willst mich einfach nicht verstehen – was ich sagen wollte, ist nur …«

»Dass du dich vernachlässigt fühlst. Ja, das habe ich schon verstanden.«

»Daniel!« Auroras Stimme bekommt einen weinerlichen Unterton. »Sei doch nicht gleich sauer. Ich bin nur etwas enttäuscht, dass wir momentan so wenig Kontakt haben, das ist alles. Ich dachte, du interessierst dich für meine Kunst.«

Oh, ich wünschte, ich könnte mit den Augen rollen! Selbst ohne die professionelle Einschätzung von Herrn Beck ist mir klar, dass Aurora keinesfalls Daniels Interesse für ihre Kunst vermisst. Aber Daniel scheint diese Bemerkung ignorieren zu wollen, jedenfalls schwenkt er mit einem Mal Richtung *versöhnlich*.

»Lass uns nicht streiten. Ich verspreche hoch und heilig, zu deinem nächsten Konzert zu kommen. Ob mit oder ohne neuer Geige.«

Sofort strahlt Aurora ihn an und sieht dabei aus wie ein Kind. Hm, ob das bei Menschenmännern gut ankommt? Als Dackel finde ich es reichlich albern.

»Oh, danke, Daniel! Das bedeutet mir so viel! Und falls das wieder nicht klappen sollte: Zum Herbst suche ich noch jemanden, der mich auf meiner nächsten Konzertreise begleiten kann. Es geht nach Italien, und ich möchte mir gleichzeitig ein paar Geigen anschauen, die mir dort angeboten werden. Was meinst du?«

»Na ja, jetzt hast du gerade erst ein Meisterstück gekauft.

Außerdem kann ich die Werkstatt nicht so lange allein lassen.«

»Ich sehe schon, du willst nicht gleich zusagen. Aber eine Absage akzeptiere ich jetzt auch noch nicht. Da warte ich lieber noch ein bisschen.« Sie tätschelt seinen Arm. »Dann muss ich auch mal wieder los. Ich habe echt viel auf dem Zettel.«

Sie dreht sich um – und tritt mir einfach auf die Schwanzspitze. Gut, wahrscheinlich nicht in böser Absicht. Und richtig weh tut es auch nicht, dafür hat sie mich nicht genug erwischt. Aber diese Gelegenheit kommt wahrscheinlich nicht so schnell wieder, und deshalb jaule ich sofort erbärmlich und schnappe dann kurz, aber herzhaft zu. Zack. Grrr. Herrlich!

Aurora stößt einen spitzen Schrei aus und springt in die Luft. »Aua! Verdammt – spinnst du?!«

Sie starrt mich an, und ich versuche, möglichst unschuldig zu schauen und jaule prophylaktisch noch ein bisschen. Aurora reibt sich die Wade – man kann den Abdruck meiner Zähne ziemlich gut sehen.

Daniel guckt ungerührt. »Tja, da bist du dem armen Herkules wohl mächtig auf den Schwanz gestiegen. Sonst ist er ganz lieb.«

Aurora schnappt nach Luft, will anscheinend etwas Böses sagen, lässt es dann aber.

»Ein ganz Lieber, bestimmt. Grüß Carolin, bis bald.«

Dann rauscht sie raus. Daniel guckt mich an. Dann bückt er sich und streichelt mir über den Kopf.

»Gut gemacht, Dicker.«

»Wie sehe ich aus, Herkules?«

Carolin hat ein knielanges Blümchenkleid an und dreht sich vor mir hin und her. Sehr hübsch, das muss ich schon sagen. Außerdem freue ich mich natürlich, dass sie für den gemeinsamen Kochabend mit Daniel ein Blumenmuster wählt. Wenn ich Herrn Beck richtig verstanden habe, ist das doch ein klares Frauenmuster. Ich kombiniere: Carolin will eindeutig wie eine Frau aussehen. Ein gutes Zeichen! Ich setze mich vor sie und wedele mit meiner Rute.

»Aha, das gefällt dir also? Sehr schön, dann lasse ich es an. Und Haare offen lassen oder hochstecken?«

Mit einer geschickten Handbewegung dreht sie ihre langen Haare schnell nach oben und hält sie auf dem Kopf zu einem Knoten. Ich knurre kurz. Offen ist viel schöner – da sieht man die Haare doch viel besser, und kein Hund käme jemals auf die Idee, sein schönes Fell zu verstecken. Erst recht nicht, wenn es so seidig glänzt wie das Haar von Carolin. Da kann ein Rauhaardackel-Spross wie ich doch nur neidisch sein. In dieser Beziehung ist Carolin ein echter Setter, oder mehr noch: ein Golden Retriever. Sie lässt die Haare wieder nach unten fallen.

»Verstehe, offen. Tja, das sieht vielleicht besser aus, ist aber zum Kochen ein bisschen unpraktisch.«

Ich lege den Kopf schief. Ne, offen ist viel schöner!

»Okay, wie wäre denn ein Kompromiss: Beim Kochen stecke ich sie hoch, dann mache ich sie wieder auf. Genau. Gute Idee. Danke, Herkules!«

Bitte, gerne. Ich freue mich, wenn ich helfen kann.

Gut gelaunt läuft Carolin durch die Wohnung und räumt Sachen hin und her. Sie deckt den Tisch, öffnet wieder eine dieser grässlichen Flaschen und gießt den Inhalt mit Schwung in eine andere, größere und rundlichere Flasche. Ein Schwung roter Flüssigkeit landet in dem Gefäß. Sieht ganz hübsch aus, aber was das soll, ist mir schleierhaft. Ich habe es allerdings auch schon das ein oder andere Mal beim alten Eschersbach beobachtet. Vielleicht ein Ritual? Ein Zauber? Für einen gelungenen Abend? Als Dackel bin ich nicht besonders abergläubisch, aber wenn es heute hilft, soll es mir recht sein. Es wäre zu schön, Becks dummen Gesichtsausdruck zu sehen, wenn ich ihm erzählen könnte, dass Carolin und Daniel doch ein Paar geworden sind.

Es klingelt an der Tür. Das ist bestimmt Daniel. Mann, bin ich aufgeregt! Carolin anscheinend auch, denn sie stürzt zur Tür, legt aber dann eine Vollbremsung vor dem Spiegel rechts daneben hin und mustert sich noch einmal kritisch, bevor sie aufmacht. Erwartungsvoll hefte ich mich an ihre Fersen und gebe das unterstützende Empfangskomitee. Carolin reißt die Tür auf, ich mache Männchen – es ist Nina. Och nö! Was will die denn hier?

»Was willst du denn hier?«

»Das nenn ich mal einen herzlichen Empfang! Danke, mir geht es auch gut, und ich komme gerne rein.«

»Du, das passt mir eigentlich gerade nicht so gut.«

»Hm, ich sehe schon. Du bist für deine Verhältnisse ja regelrecht aufgebrezelt. Wer kommt denn?«

»Daniel. Wir wollen etwas kochen.«

»Ach so, Daniel. Dann kann ich doch wohl einen Moment bleiben. Ich dachte, du hättest ein Date.«

Carolin seufzt, dann tritt sie einen Schritt zur Seite. »Was gibt´s denn so Dringendes?«

»Ich glaube, Marc Wagner ist doch nicht so mein Fall.«

»Aha. Wie kommt es denn zu diesem plötzlichen Sinneswandel?«

»Hm, erklär ich dir gleich. Kann ich ein Glas haben?« Sie deutet auf die bauchige Glasflasche, in die Carolin eben die andere Flasche gegossen hat. »Ich muss erst mal was trinken. Mein heutiger Ausflug mit Marc war eine echte Pleite.«

»Ja, aber eigentlich wollte ich wirklich …«

»Danke, das kann ich jetzt gut gebrauchen.« Nina holt sich ein Glas aus dem Schrank, schenkt sich ein und schnuppert kurz an dem roten Zeug. »Hm, lecker, das ist ja ein edler Tropfen. Gibt's irgendetwas Besonderes zu feiern? Wieder irgendeine Hunderttausend-Euro-Geige für Aurora ersteigert?«

»Nein, ich wollte einfach nur nett mit Daniel kochen und ein Glas Wein trinken.« Carolin wirft Nina einen bösen Blick zu, was die aber nicht sehen kann, weil sie zu sehr mit ihrem Glas beschäftigt ist.

»Na, da habt ihr ja Glück, dass ich spontan dazustoße, sonst würdet ihr doch den ganzen Abend wieder nur über den Job reden.«

Ich merke Carolin an, dass sie dazu gerne etwas sagen würde, aber in diesem Moment klingelt es schon wieder an der Tür. Daniel.

»Wow, Carolin, du siehst toll aus!« Er begrüßt sie mit einem Küsschen auf ihre linke und rechte Wange. Das habe ich vorher noch nie bei den beiden gesehen – ich wusste doch, dass meine Theorie richtig ist. Dann sieht er Nina. »Oh, hallo, wusste gar nicht, dass du auch da bist.« Er klingt enttäuscht, und so gut kenne ich die Menschen mittlerweile, um zu wissen, dass er es auch ist. Nur Nina scheint davon rein gar nichts zu bemerken, sie winkt ihm fröhlich zu.

»Ja, ich habe mich spontan eingeklinkt. Mir war zwar eher nach einem Frauenabend, aber du kannst ruhig dableiben.« Sie lacht.

Daniel ringt sich ein Lächeln ab. »Angesichts der Tatsache, dass ich im Gegensatz zu dir einer Einladung folge, ein sehr großzügiges Angebot.«

»Bitte sehr.«

Nina strahlt Daniel an. Offenbar ist sie nicht dazu zu bewegen, Leine zu ziehen.

»Was kochen wir denn?«

Sie geht Richtung Küche, Carolin guckt Daniel an und zuckt mit den Schultern. Dann folgen beide Nina. Vor dem Kühlschrank angekommen, bleiben die drei stehen.

»Ich habe alles für ein Coq au vin vorbereitet. Wir müssten nur noch gemeinsam Kartoffeln schnippeln, während das Hühnchen im Ofen brutzelt. Also dann setzt euch mal, ich gebe euch Schälmesser.«

Carolin, du bist echt zu gut für diese Welt. So werden wir Nina nie los. Und du und Daniel nie ein Paar. Und ich nie der Super-ich-habs-schon-immer-gewusst-Dackel.

Es kommt wie befürchtet: Nach einer halben Stunde ist Nina immer noch da. Kein Wunder, verströmt das Hühnchen mittlerweile einen ziemlich verführerischen Duft. Da will sie natürlich einen Bissen von abhaben, und ich kann es ihr nicht einmal verdenken. Auch ich spekuliere schon auf einen kleinen Happen. Um meine Ausgangsposition zu verbessern, schlüpfe ich neben Carolin, die mittlerweile auf der Küchenbank sitzt, lege meinen Kopf auf ihren Schoß und gucke sie so herzerweichend wie nur möglich an. Leider mit mäßigem Erfolg, denn Carolin, Nina und Daniel sind so in ihr Gespräch vertieft, dass sie mich gar nicht bemerken.

»So, und Dr. Wagner ist nun also doch nicht der Traumtyp?«

Wie kann man sich nur ständig über einen Tierarzt unterhalten? Und dann mit dieser Diagnose? Mit Verlaub, die stand doch wohl schon vorher fest. Tja, Nina, hättest du mich mal gefragt, ich hätte es dir gleich gesagt. Nina schenkt sich noch ein Glas ein.

»Wir waren jetzt schon dreimal verabredet. Es ist auch

jedes Mal nett und witzig – aber ansonsten passiert gar nichts. Und heute war es noch nicht einmal besonders nett, weil unser Strandausflug leider von mehreren Großfamilien mit ihren ungezogenen Gören boykottiert wurde. Nervig, das.«

»Mensch, und das, wo du doch eine bekennende Kinderfreundin bist. Dann muss es ja wirklich schlimm gewesen sein.«

Täusche ich mich, oder macht sich Daniel über Nina lustig. Wird wohl so sein, die reagiert nämlich sehr gereizt.

»Na und? Es träumt eben nicht jeder von einer Kinderschar. Nur, weil ich eine Frau bin, muss ich nicht Mutter sein wollen.«

Daniel hebt beschwichtigend die Hände. »Ist ja gut. Dann eben keine Kinder. Muss ja nicht.«

»Na, jedenfalls passiert bei Marc und mir absolut nichts. Und so hat´s ja keinen Sinn. Ich suche schließlich keinen Kumpel, sondern einen Lover. Vielleicht ist Marc ja schwul?«

Schwul? Was mag das sein? Ein anderes Wort für schüchtern?

Daniel grinst. »Nicht jeder Mann, der nichts mit dir anfangen will, muss automatisch schwul sein. Sieh mich an, ich bin der lebende Beweis.«

Nina guckt ihn böse an. Hm, es muss irgendetwas anderes bedeuten als schüchtern.

»Vielen Dank auch für die Blumen. Und keine Sorge, ich werde mich dir nicht unsittlich nähern.«

»Gut, dann wäre das ja geklärt«, ruft Carolin betont fröhlich. »Ich schlage vor, wir essen jetzt mal was.«

Eine ganz ausgezeichnete Idee. Schnell setze ich wieder meinen treusten Dackelblick auf. Und diesmal reagiert Carolin.

»Schätze, Herkules hätte auch gerne einen kleinen Appetizer. Wenn ich gewusst hätte, dass wir zu viert sind, hätte ich mehr gekauft.«

»Na hör mal, du willst mich jetzt nicht mit einem Hund gleichsetzen, oder? Außerdem hat mir niemand gesagt, dass heute Abend ein Kochevent stattfindet. Sonst hätte ich mich ordnungsgemäß angemeldet. Oder …«, Nina stockt einen kurzen Moment, »oder wolltet ihr allein sein?«

Richtig geraten!, möchte ich rufen, aber weder Carolin noch Daniel entgegnen hierauf etwas. Stattdessen holt Carolin den Bräter aus dem Backofen. Eine warme Wolke Hühnchentraum schwebt zu mir herüber. Hm, lecker! Ich schlecke mit der Zunge einmal um meine Lefzen herum. Nina sieht das und guckt mich nachdenklich an.

»Sag mal, Coq au vin – ist das wohl das Richtige für einen Hund? Immerhin ist da Alkohol drin.«

Na, das ist wohl das Letzte! Sich erst selbst einladen und mir dann meine Portion streitig machen. Frechheit! Ich knurre sie an.

»He, ist ja schon gut! Ich möchte nur nicht, dass du morgen einen Kater hast.«

In welchem Zusammenhang steht denn Herr Beck nun wieder mit dem Hühnchen? Ich sag mal, wie es ist: Für meinen Geschmack wird heute Abend entschieden zu viel geredet. Und das ist alles Ninas Schuld. Dabei sah alles so gut aus – ohne die dumme Kuh hätte Daniel bestimmt wieder nach Carolins Hand gegriffen, vielleicht hätten sich die beiden sogar schon geküsst. Ich beschließe, in den weiteren Verlauf des Abends einzugreifen. Aber erst, nachdem ich endlich auch etwas zu fressen bekommen habe!

Daniel, der alte Hundefreund, bereitet tatsächlich einen kleinen Teller für mich vor. Feinstes Hühnerfleisch, ohne Knochen, ohne Sehnen. Es riecht himmlisch, aber auch ein wenig ungewohnt. Das liegt bestimmt an der roten Flüssigkeit, die Carolin nicht nur in die andere Flasche, sondern auch reichlich in den Bräter gegossen hat. Ob das der Alkohol ist? Und warum soll der schädlich sein? Oder ist das genau das Zeug, das Carolin ins Krankenhaus befördert hat? Ach, egal, Appetit siegt über Misstrauen, und nach dem ersten Bissen bin ich wie verzaubert, so grandios schmeckt es. Ich muss mich sehr beherrschen, nicht einfach alles in mich hineinzuschlingen. Nach fünf Happen ist der Traum leider vorbei, ordentlich lecke ich meinen Teller ab, um nur ja keinen Tropfen der köstlichen Sauce zu vergeuden.

Den anderen schmeckt es leider genauso gut, ein Nachschlag ist also illusorisch. Macht aber nichts, denn nun startet die Aktion *Freiheit für Carolin und Daniel.* Ich flitze aus der Küche zur Garderobe und schnappe mir meine Leine. Mit dieser im Maul renne ich zurück und mache direkt vor Nina Männchen. Sie guckt mich erstaunt an.

»Willst du etwa mit mir Gassi gehen?«

Aber natürlich! Zur Bestätigung hüpfe ich auf und ab.

»Och nö, ich sitze hier gerade so schön. Frag doch lieber dein Frauchen – oder noch besser, frag doch mal den Onkel Daniel.« Sie grinst Daniel an.

»Verstehe, ihr wollt noch ein bisschen Hardcore-Frauengespräche führen. Na komm, Herkules, dann drehen wir eine Runde um den Block.«

Nein! Auf keinen Fall! Das ist doch das genaue Gegenteil von dem, was ich wollte! Schnell lasse ich die Leine fallen und renne aus der Küche. Leider deutet Daniel dies völlig falsch und kommt mit der Leine hinter mir her Richtung Wohnungstür. Ich knurre kurz, aber es hilft nichts: Daniel zieht sich seine Jacke über, dann leint er mich an und zwei Minuten später stehen wir auf dem Bürgersteig vor dem Haus. Wortlos marschieren wir los. Als wir im Park ankommen, räuspert sich Daniel.

»Wahrscheinlich ist es komisch, sich ausgerechnet mit einem Hund darüber zu unterhalten – aber du bist momentan der einzige Mann in der Nähe, und ich muss dringend meinen Frust loswerden. Denn wenn ich ehrlich bin, habe ich mir den heutigen Abend etwas anders vorgestellt. Romantischer. Inniger. Und vor allem: zweisamer. Was in aller Welt hatte Nina denn bei unserer Verabredung zu suchen? Kannst du mir das mal erzählen, Herkules?«

Ich schüttle den Kopf und hoffe, dass Daniel diese Meisterleistung an Kommunikation Hund – Mensch erkennt.

»Ach, ich weiß auch nicht – ich dachte, irgendwie sei da mittlerweile mehr zwischen Carolin und mir. Aber offensichtlich war sie heute Abend ganz froh über Ninas Spontanbesuch.«

Ich belle kurz.

»Oder nicht? Aber warum hat sie dann nichts gesagt?«

Betrübt lasse ich die Ohren hängen. Das, mein lieber Daniel, weiß ich ehrlich gesagt auch nicht. Ich finde auch, dass sie Nina hätte vor die Tür setzen können. Schweigend laufen wir nebeneinander her.

»Aber es ist wahrscheinlich meine eigene Schuld. Ich muss deutlicher zeigen, dass Carolin für mich mehr als nur eine Kollegin und Freundin ist. Sonst wird sie mich ewig nur für den netten Kumpel Daniel halten. Ich muss endlich handeln.«

Eine gute Idee! Ich wäre jedenfalls schwer dafür und springe deswegen kurz an Daniels Bein hoch.

»Das glaubst du auch, was?« Er sieht sich um, dann lacht er auf. »Ob mich jemand dabei beobachtet, wie ich Männergespräche mit einem Dackel führe? Und ob man deswegen eingewiesen werden kann? Sieht bestimmt ziemlich gaga aus.

Egal. Wir drehen noch unsere Runde zu Ende, dann werde ich meinen neuen Entschluss in die Tat umsetzen.«

Das ist doch mal ein Wort! Sofort lege ich einen Zahn zu. Ab nach Hause!

Wieder in der Wohnung, ist Nina endlich gegangen. Carolin räumt die Küche auf und begrüßt uns fröhlich.

»Da seid ihr ja wieder! Hat dir der Spaziergang gefallen, Herkules? War für dich bestimmt ein langweiliger Abend – zu viel Gerede, oder? Aber dass dir mein Hühnchen geschmeckt hat, freut mich natürlich.«

»Mir hat es übrigens auch sehr gut geschmeckt. Nochmals vielen Dank für die Einladung. Wollen wir noch ein Glas Wein trinken?«

»Ja, warum nicht. Ich bin allerdings schon ziemlich müde. Spät wird´s bei mir heute nicht.«

Sie holt zwei neue Gläser aus dem Küchenschrank und stellt sie neben die Flasche, die noch auf dem Küchentisch steht. Daniel gießt ein und gibt Carolin ein Glas.

»So, bitte schön. Auf unseren Kochabend zu zweit!«

Beide lachen.

»Hm, offensichtlich war Nina wild entschlossen, alle unsere Hinweise zu ignorieren. Aber sie hat sich so in diese Tierarzt-Geschichte verrannt, da brauchte sie heute ganz dringend seelischen Beistand. Tut mir leid, ich hatte mir den Abend auch anders vorgestellt.«

»Schon in Ordnung, mit weiblicher Solidarität kann ich leben. Ich hatte schon befürchtet, dir wäre Ninas Besuch ganz recht gewesen.«

Carolin schüttelt den Kopf und gähnt. »Auf keinen Fall. Aber jetzt muss ich wirklich ins Bett. Habe morgen einen Auswärtskundentermin – und das leider schon um acht Uhr.

Lass uns mal einen neuen Termin für unser Kochevent suchen – und das findet dann an einem geheimen Ort statt.«

Sie steht auf, Daniel ebenfalls. Na super, so viel zum Thema *ich muss mal handeln.* Jetzt geht Daniel nach Hause und passiert ist immer noch nichts. Was für eine Pleite. Damit brauche ich mich bei Herrn Beck nicht blicken zu lassen. Er hatte eben doch Recht. Daniel ist echt zu nett. Und zu lahm.

Die beiden stehen im Flur, und Carolin öffnet Daniel die Tür. Einen kurzen Moment lang sieht es so aus, als würde er an ihr vorbeigehen, doch dann zögert er – und schließt die Tür wieder.

»Du, Carolin, ich muss dir etwas sagen. Ich, äh, nein, ich muss etwas machen.«

Dann legt er seine Hände auf ihre Schultern, zieht sie zu sich heran und – küsst sie. Auf den Mund. Genauso schnell wie das passiert ist, lässt er sie dann wieder los, murmelt ein undeutliches *Tschüss* und verschwindet.

FÜNFZEHN

Mist! Eigentlich wollte ich Herrn Beck sofort vom gestrigen Abend erzählen. Ich hatte mich schon auf seinen Gesichtsausdruck gefreut, wenn ihm klar würde, dass ich doch Recht hatte. Aber daraus wird nun leider nichts. Denn anstatt morgens gemütlich in die Werkstatt zu trotten und mich dann in den Garten zu verkrümeln, laufe ich hinter einer Carolin her, die einen großen Koffer vor sich her trägt und es offensichtlich sehr eilig hat. Jetzt wirft sie mir einen Blick über die Schulter zu.

»Komm, Herkules, gib Gas! Nicht mit jedem Baum Freundschaft schließen!«

Sie zieht mit Nachdruck an meiner Leine, und das mag ich nun gar nicht. So nicht. Nicht mit mir. Aus Protest setze ich mich erst einmal hin.

»Herkules, was soll denn das? Komm schon, wir sind spät dran. Ich muss dieses Ding pünktlich abliefern.«

Wieder ein Ziehen. Ich lege den Rückwärtsgang ein. Carolin schnaubt genervt und stellt den großen Kasten ab.

»Du bist ein ungezogener Dackel! Frauchen muss arbeiten, damit sie für dich Fleischwurst kaufen kann. Wir haben einen Termin, die Leute warten auf uns.«

Pah! Mir doch egal. Hättest mich ja bei Daniel parken können, wenn ich störe. Carolin überlegt einen Augenblick, dann kniet sie sich zu mir herunter.

»Herkules, Schätzchen, sei ein braver Hund und komm

jetzt mit. Ich verspreche dir, es geht ganz schnell. Ich muss nur etwas abliefern, dann gehen wir wieder nach Hause zu Daniel. Bitte!«

Täusche ich mich, oder bekommt ihre Stimme bei dem Namen »Daniel« einen ganz warmen Klang? Ist vielleicht auch Wunschdenken, aber auf alle Fälle besänftigt mich der Gedanke an eine baldige Rückkehr. Ich gebe meinen Widerstand auf und trotte einen Schritt auf Carolin zu. Die krault mich kurz am Hals.

»Danke, Süßer. Ich beeile mich auch.«

Kurz darauf stehen wir vor der Drehtür eines großen Gebäudes.

»Willst du draußen warten?«

Ne, will ich nicht. Ich drücke mich ganz eng an Carolins Bein.

»Na gut, dann komm mit rein. Aber lass mich kurz die Leine abmachen, nicht, dass du dich noch in der Tür verhedderst.«

Sie bückt sich und hakt die Leine von meinem Halsband ab, dann wuchten wir uns mitsamt Kasten durch die Tür, was gar nicht so leicht ist. Schließlich bin ich zwar klein, aber lang, und eine Drehtür zu passieren, ohne sich den Schwanz einzuklemmen, ist eine gewisse Herausforderung. Menschen haben das Problem nicht, sonst wären sie nicht auf eine so blöde Konstruktion verfallen. Das Glas touchiert auch leicht die Spitze meiner Rute, aber dann sind wir drin. Vor uns liegt eine riesige Halle, in der ziemlich viele Menschen hin- und herlaufen. Links und rechts ist auf jeder Seite ein Säulengang, was der Halle gewisse Ähnlichkeit mit dem Ballsaal auf Schloss Eschersbach verleiht.

Ich bin mir sicher, dass ich hier noch nie war, und dennoch kommt mir dieser Ort bekannt vor. Nicht nur wegen Schloss

Eschersbach – ich war mit Carolin schon in einem ähnlichen Raum. An den Seitenwänden stehen große Geräte, die aussehen wie eine Kombination aus einem Schrank und so einem Fernseher, wie ihn Carolin im Wohnzimmer hat. Wenn Menschen nun vor diesen Schränken stehen und etwas unter dem Fernseher eintippen, fangen die Schränke an zu rattern und spucken Papierscheine aus, die auch Carolin immer mit sich herumträgt. Dafür gibt es beim Schlachter Pansen und im Restaurant einen Kaffee, das habe ich schon herausgefunden.

Weiter vorn in der Halle stehen Menschen sowohl vor als auch hinter hohen Tischen und reden miteinander. Es scheint sich hier also um eine Art Begegnungsstätte zu handeln. Nur etwas Essbares habe ich noch nicht erschnüffelt, was sonderbar ist, denn normalerweise gibt es immer etwas zu essen, wenn Menschen sich gezielt treffen. Aber vielleicht ist das hier auch eher ein Ort, an dem sie zusammen spielen. Na ja, wenn Carolin sich an ihr Versprechen hält, sind wir sowieso bald wieder draußen, es lohnt sich also nicht, den genauen Zweck dieser Halle zu ergründen.

Während sich Carolin mit einem Mann weiter vorne in der Halle unterhält, stromere ich ein bisschen herum, schaue mir die Leute an und hocke mich schließlich an den Rand. Mir ist langweilig. Wenn Menschen sich unterhalten, verlieren sie offenbar völlig ihr Zeitgefühl. Ob ich mal zu Carolin trabe und sie ein bisschen am Hosenbein ziehe? Wobei – momentan sehe ich sie gar nicht mehr. Wo ist sie bloß hin? Vielleicht sollte ich sie suchen, sonst dauert das hier noch eine Ewigkeit.

In diesem Moment gibt es einen unglaublich lauten Knall. Ich quietsche vor Schreck und drücke mich an die Wand hinter mir. Was war das? Weiter vorne bei den hohen Tischen entsteht ein Stimmengewirr, Leute laufen durcheinander.

Dann knallt es noch mal und jemand ruft: »Alle auf den Boden, aber sofort!«

Und wirklich, wie auf das Kommando »Platz« schmeißen sich die meisten Menschen sofort hin. So muss es auf dem Hundeübungsplatz zugehen, von dem mir meine Mutter ab und zu erzählt hat. Tolle Veranstaltung! Fragt sich nur, was das soll. Und – wo ist Carolin? Liegt sie hier auch irgendwo rum? Langsam schleiche ich weiter nach vorne, bemüht, diese Aufführung nicht zu stören. Am Kopfende der Halle scheint der Mann zu sein, der gerufen hat. Jedenfalls ist er der Einzige, der noch steht. Und nicht nur das – er hat auch irgendetwas in der Hand, mit dem er herumfuchtelt und weitere Kommandos zu geben scheint. Was ist das bloß? Ich versuche, seitlich von ihm möglichst unauffällig näher zu schleichen, das muss ich mir mal genauer anschauen.

Als ich mich bis auf zwei Meter herangepirscht habe, dreht sich der Mann plötzlich in meine Richtung. Jetzt kann ich erkennen, was er in der Hand hält: Es ist ein Gewehr. Wie peinlich, das hätte ich doch schon am Knall erkennen müssen! Also wirklich – als Nachfahre berühmter Jagdhunde darf mir das eigentlich nicht passieren. Sinn und Zweck dieser ganzen Übung ist mir allerdings immer noch unklar, denn wie ein Jäger sieht der Mann nicht aus: Er ist ganz schwarz angezogen, zudem kann man sein Gesicht nicht erkennen, weil er auch eine schwarze Mütze trägt, die vom Scheitel bis zum Hals reicht und nur einen Schlitz für die Augen freilässt. Sehr seltsam.

Ich bin so abgelenkt von diesem interessanten Szenario, dass ich nicht merke, wie neben mir ein Mann ebenfalls nach vorne robbt. Erst als er aufspringt und sich direkt auf den Mann mit der schwarzen Mütze stürzt, bekomme ich davon etwas mit. Die beiden rangeln miteinander und gehen schließlich zu Boden, dort kämpfen sie weiter. Unglaublich! Hier passiert ja in fünf Minuten mehr als in Carolins Werkstatt in zwei Wochen. Der Mann ohne Mütze bemüht sich ganz offensichtlich, an das Gewehr zu kommen, während sich der Mützenträger nach Kräften wehrt. Die beiden kugeln hin und her, so verkeilt ineinander, dass man kaum sagen kann, zu wem die jeweiligen Arme und Beine gehören. Dann gibt es plötzlich wieder einen lauten Knall – offensichtlich hat sich ein Schuss gelöst. Der Mann ohne Mütze rollt laut stöhnend zur Seite, der andere steht auf und schüttelt sich. Dann nimmt er das Gewehr, das mittlerweile auf dem Boden liegt, geht damit auf seinen Angreifer zu und – zielt!

Ich weiß sofort, was das bedeutet: ein Fangschuss. Die Mütze will den anderen Mann töten! Nein!, will ich laut rufen. Das ist doch ein Mensch und kein Kaninchen! Mir wird heiß und kalt. Und dann, ohne weiter zu überlegen, gehe ich aus der Deckung und springe den Mann mit der Mütze an. Es ist fast, als würde ich mich dabei selbst beobachten, so unwirklich ist das alles: Ich springe hoch und verbeiße mich im Hosenbein des Mannes, ehe er noch abdrücken kann. Der schwarze Stoff der Hose ist nicht besonders fest, ich spüre sofort, wie er reißt. Und dann hänge ich mit meinen Zähnen auch schon im Bein. Der Mann zuckt heftig zurück, brüllt vor Schmerz und reißt sein Bein hoch. Ich lasse los und falle vor ihn hin. Er zieht sich die Mütze vom Kopf und starrt mich böse an.

»Was zum Teufel soll das? Kann mir jemand erklären, wo dieser Hund auf einmal herkommt?«

Plötzlich laufen von überall her Menschen auf uns zu, das Kommando, auf dem Boden zu liegen, scheint aufgehoben. Aber die größte Überraschung: Der angeschossene Mann, der sich eben noch in Qualen auf dem Boden wand, hat sich auf einmal aufgesetzt und schaut mitfühlend zu seinem Peiniger auf.

»Scheiße, Jens, tut´s weh?«

»Und ob!« Der von mir Gebissene schiebt sein Hosenbein hoch, auf seiner Wade ist ein wunderschöner Gebissabdruck von mir zu bewundern. »Helen! Ich glaube, ich brauche ein Coolpad oder so was.«

Eine junge Frau mit blonden Haaren kommt hinter einer der Säulen hervor und aus einer Gruppe von Leuten löst sich ein älterer Mann mit silbernen Locken, der eine gewisse Ähnlichkeit mit dem alten Eschersbach hat. Die junge Frau kniet sich vor den Mann namens Jens und betrachtet den Biss, der ältere Herr dreht sich zu den anderen Menschen um.

»So, raus mit der Sprache: Wer hat den Hund mit ans Set gebracht?«

Schweigen.

»Wer?«, wiederholt Silberlocke.

Ich würde am liebsten abhauen, denn mein Gefühl sagt mir, dass Silberlocke echt sauer ist und Carolin gleich ziemlichen Ärger bekommen wird. Warum, ist mir immer noch unklar, denn schließlich habe ich ein Verbrechen verhindert. Aber das scheint hier keinen zu interessieren – alle tun so, als ob es die normalste Sache der Welt wäre, ein Gewehr auf seine Mitmenschen zu richten. Aber bevor ich noch darüber nachdenken kann, ob ich mich irgendwie geschickt aus der Angelegenheit herauslavieren kann, höre ich schon Carolins Stimme: »Ich war das. Ich habe den Hund mitgebracht.«

Jetzt sehe ich sie endlich, sie steht auch neben einer der Säulen auf der linken Seite.

»Es tut mir leid, ich habe nicht gemerkt, dass Herkules weggelaufen ist. Ich dachte, er steht immer noch neben mir und …«

Sie will noch irgendetwas erklären, aber da brüllt der Mann schon los: »Sind Sie wahnsinnig? Wissen Sie, wie teuer dieser ganze Dreh ist? Jede Stunde, die wir hängen, kostet bares Geld! Und dann bringen Sie hier Ihren ungezogenen Dackel mit. Ich hoffe, er hat Jens nicht wirklich verletzt – ohne ihn können wir die Produktion vergessen, er ist unser Hauptdarsteller!« Er schnaubt noch einmal, dann holt er tief Luft und spricht in etwas ruhigerem Ton weiter. »Wer sind Sie eigentlich?«

Carolin ist mittlerweile ganz blass um die Nase geworden und flüstert fast, als sie antwortet: »Neumann mein Name. Ich habe den Cellokasten für das Gewehr geliefert. Das mit Herkules tut mir echt leid. Er dachte wohl, das sei ein echter Bankraub und wollte den Herrn da drüben beschützen.«

Genau! Ich bin nicht ungezogen. Ich bin nur hilfsbereit – und ganz schön mutig!

Mittlerweile hat sich dieser Jens neben uns gestellt und mustert Carolin neugierig. Ohne die Mütze sieht er eindeutig besser aus. Er hat die für Männerverhältnisse anscheinend so wichtigen blauen Augen, seine Haare sind ganz dunkel und wild verstrubbelt. Letzteres kann natürlich auch an der Mütze liegen.

»Lass mal gut sein, Roland. Ich bin okay, der Kleine hat zwar ziemlich zugeschnappt, aber ich glaube, ich komme durch.« Bei diesen Worten zwinkert er Carolin zu, die tatsächlich zurücklächelt. Dann beugt er sich zu mir. »Na, hast gedacht, dass ich hier wirklich eine Bank überfalle? Und wolltest dem Uwe helfen? Braver Hund.«

Eine Bank überfallen? Was zum Teufel ist das? Und warum sind Jens und Uwe offensichtlich Freunde? Eben wollten sie sich doch gegenseitig noch ganz schwer ans Leder. In meinem Kopf macht sich eine sehr große Verwirrung breit.

Da soll man als Hund noch durchsteigen. Silberlocke scheint jedenfalls auch genug von dem ganzen Gerede zu haben. Er klatscht kurz und energisch in die Hände.

»So, Kinder. Damit hier mal wieder Ruhe reinkommt, halbe Stunde Pause. Jens, leg mal einen Moment das Bein hoch. Die Komparsen bitte in zwanzig Minuten wieder auf Position. Und ich trinke jetzt zur Beruhigung mal einen schönen Yogi-Tee.« Dann guckt er mich noch mal an. »Und der Hund verschwindet hier ganz schnell.«

Carolin nickt und bückt sich, um mich wieder anzuleinen. »So, bevor du noch mehr Chaos stiftest, gehen wir lieber schnell.«

Ich bin beleidigt. Schließlich weiß ich immer noch nicht, was genau ich falsch gemacht haben soll. Aber weil es mir natürlich auch sehr unangenehm ist, für so viel Ärger bei Carolin gesorgt zu haben, trotte ich gleich brav neben ihr her.

Sie wendet sich noch einmal kurz an Jens. »Es tut mir furchtbar leid, und ich hoffe, Sie haben keine großen Schmerzen. Wenn ich irgendetwas für Sie tun kann, lassen Sie es mich wissen. Mir ist die ganze Sache sehr peinlich.«

»Halb so schlimm, Frau Neumann. Mit einer Sache würden Sie mir allerdings eine große Freude machen und meine Schmerzen erheblich lindern.«

Auweia, wahrscheinlich kommt jetzt so etwas wie »Bringen Sie das freche Vieh ins Tierheim«.

Jens wühlt kurz in seiner Hosentasche, dann drückt er Carolin einen Zettel in die Hand. »Würden Sie bitte mit mir essen gehen? Da steht meine Telefonnummer drauf. Ich warte auf Ihren Anruf.«

»Wahnsinn! Jens Uhland! Jens UHLAND! Deutschlands angesagtester Nachwuchsschauspieler will mit dir essen gehen! Ich fasse es nicht! Wahnsinn, Wahnsinn, Wahnsinn!«

Nina ist tatsächlich völlig aus dem Häuschen. Der Typ mit der Mütze scheint irgendwie wichtig zu sein. Seitdem ihr Carolin beim Mittagessen erzählt hat, was heute Morgen passiert ist, hat Nina kein einziges Mal richtig Luft geholt. Stattdessen redet sie fast ununterbrochen. Bei Menschen, speziell Frauen, laut Herrn Beck ein todsicheres Zeichen großer Aufregung. Warum Nina aber so aufgeregt ist, verstehe ich nicht. Eigentlich ist doch nichts Großartiges passiert. Jens hat keine bleibenden Schäden davongetragen, Silberlocke hat auch aufgehört zu schimpfen, und schließlich sind wir wohlbehalten, wenn auch ohne unseren Cellokasten, wieder zu Hause angekommen. Unklar ist mir nach wie vor allerdings, was der ganze Zauber mit dem Gewehr und dem Schuss sollte. Jens hatte den anderen Mann doch ganz klar angeschossen – aber wieso sprang der später trotzdem herum wie ein junges Reh? Die Erklärung von Carolin habe ich auch nicht verstanden: Film, Set, Dreharbeiten? Was bedeutet das bloß? Nina hingegen scheint sich nur für eins zu interessieren: nämlich für besagten Jens. Furchtbar, diese Frau.

»Und hast du ihn schon angerufen?«

»Quatsch – wann denn? Das ist doch gerade mal drei Stunden her.«

»Ach stimmt – aber du wirst ihn doch anrufen?«

»Na ja, ich weiß nicht so recht.«

»Du weißt nicht so recht? Ich fasse es nicht – du bist jung, du bist Single: Was gibt es da noch zu überlegen?«

»Na ja, nur weil er ein respektabler C-Promi ist, muss er noch nicht gleich mein Typ sein. Sicher, ich fand ihn ganz süß, aber mehr auch nicht.«

»Was nicht ist, kann ja noch werden. Und ›ganz süß‹ ist wirklich die Untertreibung des Jahrhunderts. Jens Uhland ist ein richtiger Hammertyp. Sieht blendend aus, ist witzig. Und Charme scheint er auch zu haben.«

Carolin verdreht die Augen. »Ist dir schon mal der Gedanke gekommen, dass ich momentan gar nicht nach einem neuen Freund suche?«

»Ne, das finde ich völlig abwegig. Aber selbst wenn – du musst ja nicht suchen, trotzdem kannst du doch zugreifen, wenn der Richtige vorbeikommt.«

Das ist ja alles höchstinteressant. Nina findet also tatsächlich, dass dieser Jens in die Kategorie »richtig« fällt. Warum, verstehe ich nicht. Ganz im Gegenteil – ich würde ihn eher in die Kategorie »bewaffneter Gewalttäter« stecken. Außer mir scheint das aber niemand bemerkt zu haben. Stattdessen gelte ich jetzt als gewaltbereiter Dackel. Und noch etwas anderes stört mich ganz gewaltig: Carolin soll sich keinen Freund suchen. Denn wir haben doch schon den idealen Kandidaten gefunden. Eben Daniel. Diese Nina geht mir langsam gewaltig auf den Zeiger: Erst stört sie das traute Tête-à-tête mit Daniel, und jetzt will sie Carolin noch den doofen Jens aufschwatzen. Unmöglich! Die soll sich lieber mal um ihr eigenes Liebesleben kümmern, da hat sie genug zu tun.

Ich beschließe, mich beim Projekt »Jens« querzustellen. Nun habe ich ihn schon gebissen, da werden wir sowieso keine engen Freunde mehr werden. Sollte er noch einmal aufkreuzen, werde ich ihn einfach anpinkeln. Und das ist wörtlich zu nehmen.

SECHZEHN

Wenn Frauen sehr lange vor ihrem Kleiderschrank stehen, immer wieder ein Teil herausnehmen, es sich an den Körper halten und dann vor den Spiegel gehen, um sich so zu betrachten, dann hat das aus Dackelsicht etwas enorm Komisches. Gut, ich weiß mittlerweile, dass sich Menschen je nach Anlass gewissermaßen ein anderes Fell zulegen – aber nach welchen Kriterien die Fellwahl erfolgt, ist mir immer noch rätselhaft. Warum gestern ein geblümtes Kleid und morgen eine schwarze Hose? Und apropos Kleid: Auch die Länge scheint hier eine entscheidende Rolle zu spielen. Denn gerade jetzt legt Carolin drei schwarze Kleider nebeneinander auf ihr Bett, die eigentlich völlig gleich aussehen. Nur, dass sie eben unterschiedlich lang sind. Schweigend betrachtet sie die Kleider, dann dreht sie sich zu mir um.

»Hm, was meinst du, Herkules? Mini, Midi oder Maxi?«

Ich bin ratlos. Natürlich will ich Carolin gerne beraten, denn wenn sie sich heute Abend wieder mit Daniel trifft, soll es endlich klappen mit den beiden. Und ich bin mir sicher, dass ein entscheidender Schritt zum Erfolg gemacht ist, wenn sich Carolin wohl in ihrer Haut beziehungsweise Kleidung fühlt. Die Rocklänge ist allerdings etwas, über das ich mir noch nie im Leben Gedanken gemacht habe. Das wäre bei der Länge meiner eigenen Beine auch ziemlich unsinnig – selbst wenn es Röcke für Dackel gebe, müssten die zwangsläufig immer sehr kurz sein. Was aber will die Frau als solche mit der Länge des Rocks sagen? Ich laufe unsicher vor dem Bett hin und her. Was ist wohl besser, viel Bein zeigen oder wenig? Worauf achten Menschenmänner?

Bei Hunden respektive Dackeln ist das natürlich viel einfacher. Da gibt es den Welthundeverband FCI, und der definiert in seinem Rassestandard Nr. 148/ 13.3.2001 D einen schönen Dackel wie folgt: *Niedrige, kurzläufige, langgestreckte, aber kompakte Gestalt, sehr muskulös mit keck herausfordernder Haltung des Kopfes und aufmerksamem Gesichtsausdruck. Bei einem Bodenabstand von etwa einem Drittel der Widerristhöhe soll die Körperlänge in einem harmonischen Verhältnis zur Widerristhöhe stehen, etwa 1 zu 1,8.*

Was das Fellkleid des Rauhaardackels anbelangt, so hat der Deutsche Teckelclub von 1888 ganz klare Vorstellungen: *Der Rauhhaarteckel zeigt ein kurzes, dichtes, eng anliegendes, drahtiges Deckhaar mit genügend Unterwolle. Am Fang zeigt sich deutlich ein Bart, die Augenbrauen sind buschig. An den Behängen ist die Behaarung kürzer als am Körper, fast glatt. An der Rute entspricht die Behaarung der Körperbehaarung, sie ist eng anliegend behaart und läuft verjüngt aus.*

So einfach ist das also bei Dackeln. Woher ich das so genau weiß? Nun, als Mischling musste ich mir auf Schloss Eschersbach oft genug anhören, was bei mir nicht stimmt. Meine Beine sind nämlich eindeutig zu lang, und mein Fell ist zu weich und zu wuschelig für einen echten Rauhaar. Und Opili liebte mich zwar innig, aber seiner Tochter hat er den Seitensprung nie verziehen. Waren doch alle seine bisherigen Enkel immer Champions gewesen.

Aber zurück zur eigentlichen Frage: Wie sieht denn nun der gültige Standard für Menschen aus? Denn dass es einen gibt, da bin ich mir ganz sicher. Es wäre anders kaum zu erklären, warum zum Beispiel Carolin vor jeder Verabredung mit anderen Menschen so einen Zinnober mit ihrer Verkleidung treibt. Das wäre dann ja völlig egal, und sie könnte einfach so los, wie sie nun mal aussieht. Leider kenne ich aber diesen Standard nicht. Denn sonst wüsste ich, ob man zum Beispiel so lange Beine, wie Carolin sie hat, eher versteckt oder doch lieber betont. Ich setze mich auf meinen Hintern und mustere Carolin genau. Für meinen Geschmack ist sie ein extrem hübscher Mensch. Aber ist sie das für die anderen Menschen auch?

»He, Herkules, du guckst ja so nachdenklich? Willst dir Mühe geben, mich gut zu beraten? Also, es ist so: Ich schwanke zwischen diesem kurzen schwarzen Kleid hier oder dem langen anthrazitfarbenen, das ich eben anhatte. Die schwarze Hose gefällt mir doch nicht so gut. Schwierig, oder? Meine Oma sagt ja immer, die Schönheit liegt im Auge des Betrachters – will heißen, jeder findet etwas anderes schön.«

Also bitte, was ist das denn für ein Spruch? Das weiß nun wieder mein Opili besser, und Carolins Oma hat offenbar keine Ahnung, sonst würde sie nicht so einen Unsinn erzählen. Vielleicht gibt es bei Menschen tatsächlich keinen klar definierten Standard, aber so etwas Ähnliches wird schon existieren. Ich kann mir nicht vorstellen, dass jeder Mensch wirklich selbst entscheidet, was er schön findet. Im Übrigen habe ich neulich Abend mit Carolin eine Sendung im Fernsehen gesehen, die im Wesentlichen wie eine Hundeschau aufgebaut war. Nur ohne Hunde, stattdessen mit Frauen. Wie bei der Hundeschau liefen die Frauen einzeln vor den Richtern im Kreis und dann haben ihnen die Richter gesagt, ob sie schön sind oder nicht. Okay, die Wertungsskala reichte nicht von »Vorzüglich« bis »Nicht genügend«, aber ansonsten war es exakt dasselbe. Die Frauen, die gut bewertet worden sind, haben anscheinend irgendwas gewonnen – da sagte die Oberrichterin dann solche Sachen wie »Du darfst zum Casting«, und die jeweilige Frau hat sich ganz doll gefreut. Und zu den schlechteren Frauen sagte sie, dass es leider nicht reicht. Die haben dann geweint. Wofür es nicht reicht? Keine Ahnung. Vielleicht für die Zucht? Ist aber nur eine Vermutung. So, wo war ich? Richtig: Die Schönheit liegt eben nicht im Auge des Betrachters. Auch bei Menschen nicht. Man kann sie nachmessen.

Also, Jeans oder Rock? Was ist besser? Ich lege den Kopf schief und versuche, mir Carolin in beidem nebeneinander vorzustellen. Carolin nickt mir aufmunternd zu und hält sich noch einmal das kurze Kleid vor.

»Was meinst du, worin findet mich Jens am schönsten?«

JENS?! Carolin ist gar nicht mit Daniel verabredet? Diese schlechte Nachricht haut mich wortwörtlich von den Pfoten, und mit einem wehleidigen Jaulen rolle ich mich auf die Seite.

»Herkules!«, ruft Carolin. »Kriegst du jetzt etwa wieder so einen Anfall?«

Sie lässt das Kleid fallen, kniet sich neben mich und streicht mir über den Kopf. Da kommt mir die Idee: Wenn ich krank bin, sagt sie bestimmt die Verabredung mit diesem Jens ab. Also gebe ich noch einmal meine berühmte Parkvorstellung – mit allem drum und dran: Ich jaule und zittere, winde mich unter Krämpfen. Carolin sieht mich entsetzt an, dann springt sie auf und rennt aus dem Schlafzimmer. Uff, kurze Verschnaufpause. Ganz schön anstrengender Beruf, die Schauspielerei. Ich höre, wie Carolin offenbar mit Nina telefoniert.

»Nina? Hast du die private Telefonnummer von Marc Wagner? Herkules hat schon wieder so einen Anfall, und die Sprechstunde ist ja längst vorbei ...« Eine kurze Pause. »Danke, richte ich ihm aus.«

Sie erscheint mit dem Telefon in der Hand im Schlafzimmer. Mittlerweile liege ich auf dem Rücken und zucke nur ab und zu. Ich glaube, ich bin sehr eindrucksvoll.

»Dr. Wagner? Neumann hier, Sie wissen schon, die Freundin von Nina mit dem Dackel. Tut mir leid, dass ich Sie um diese Uhrzeit störe, aber Herkules hatte gerade so einen Anfall und jetzt liegt er hier ganz apathisch. Ich mache mir solche Sorgen …« Sie kniet sich wieder neben mich. »O ja, würden Sie das machen? Das ist sehr, sehr nett. Helvetiastraße 12, ein großes Jugendstilhaus. Genau, bis gleich.«

Kaum hat sie das Gespräch beendet, wählt sie eine neue Nummer. »Jens? Ich bin's, Carolin. Du, es tut mir leid, und ich weiß, das klingt jetzt saublöd: Aber mein Dackel hatte gerade wieder einen epileptischen Anfall, und jetzt kommt der Tierarzt noch vorbei. Können wir es nicht auf einen anderen Abend verschieben? Ich fühle mich nicht so gut dabei, Herkules heute allein zu lassen. Ja? Danke, ich melde mich morgen. Tschüss!«

Wenn ich nicht gerade den kranken Hund mimen würde, wäre es jetzt an der Zeit für Triumphgeheul. Leider würde dann meine Deckung auffliegen, also lasse ich es. Stattdessen liege ich einfach wie hingegossen auf dem Bettvorleger und jaule ab und zu. Carolin streichelt mich und summt vor sich hin. Soll mich wahrscheinlich beruhigen. Dann klingelt es: Dr. Wagner. Auch nicht der Mann, den ich hier gerne sehe, aber bevor Jens meine Pläne für Carolin und Daniel durchkreuzt, lasse ich mich lieber noch ein paar Mal von diesem Tierarzt durchchecken. Ist schließlich für eine gute Sache.

Carolin lässt ihn herein und führt ihn gleich ins Schlafzimmer. »Danke, dass Sie so schnell gekommen sind. Sehen Sie mal, wie schlecht es ihm immer noch geht!«

Wagner hat eine Tasche dabei, die er neben mir abstellt. »Hm, dann wollen wir mal sehen, was wir da machen können.«

Er setzt sich neben mich auf den Boden und greift sich eine Art dicken Stift aus seiner Tasche. Mit diesem zielt er direkt auf meine Augen – ein heller Lichtstrahl blendet mich.

»Pupillenreflexe sind normal.« Er richtet sich wieder auf. »Also, es sieht nicht so aus, als hätte Herkules gerade einen epileptischen Anfall gehabt. Dann müssten seine Pupillen nämlich weitgestellt sein und würden sich bei einem Lichteinfall nicht verengen. Gut, Sicherheit hätten wir nur bei einem EEG, aber ich glaube nicht, dass das nötig ist. Was auch immer Herkules hatte – es scheint irgendetwas anderes zu sein. Eine Idee habe ich aber noch.«

Er kramt wieder in seiner Tasche, dann holt er ein Metallding mit zwei Strippen und einer Art Zange heraus und setzt sich wieder neben mich. Die Zange stöpselt er sich in die Ohren, das runde Metallding legt er auf meine Brust. Er scheint auf irgendetwas zu lauschen.

»Tja, das Herz klingt aber auch ganz normal. Sein Herzrhythmus scheint völlig unbeeinträchtigt.« Er stöpselt das Dings wieder aus seinen Ohren. »Herzrhythmusstörungen können nämlich auch Anfälle auslösen. Das muss man sich so vorstellen, dass die Rhythmusstörung zu einem Blutdruckabfall im Hirn führt und daraufhin kann es zu einer Ohnmacht mit Zuckungen kommen.« Er streichelt mich. »Gut, der Anfall ist natürlich schon vorbei, aber in der Regel dauert es schon eine Weile, bis der Rhythmus wieder komplett in Ordnung ist. Herkules, was machst du nur für Sachen?«

Carolin mustert mich besorgt. »Vielleicht hat er ja irgendeine andere schlimme Krankheit?«

Carolins Stimme klingt so nervös, dass ich mich entschließe, jetzt wieder gesund zu sein. Ich will es auch nicht übertreiben, also stehe ich wieder auf und schüttle mich kurz.

»Frau Neumann, so wie Herkules jetzt aussieht, wirkt er auf mich völlig gesund. Sicher, wir können ihn nächste Woche in meiner Praxis mal von Kopf bis Fuß durchchecken, aber irgendetwas sagt mir, dass es hier kein gesundheitliches Problem gibt. Nennen Sie es meinetwegen Tierarztinstinkt, aber ich glaube, Herkules geht es gar nicht so schlecht, wie wir denken. Vermutlich machen Sie sich gerade völlig unnötig Sorgen.«

Grrr, du Verräter – hör bloß auf, in die Richtung weiterzuforschen! Carolin ist bestimmt sauer, wenn sie merkt, dass das alles nur Show ist. Ich beschließe, die Nummer mit dem Anfall einzumotten. Ich glaube, Wagner ist mir schon zu dicht auf den Fersen.

»Aber sagten Sie nicht, Sie kennen die Zucht, aus der Herkules stammt? Es würde mich doch sehr beruhigen, wenn Sie dort noch mal nachfragen.«

»Ja, gut, dass Sie mich erinnern. Ich bin nächste Woche sowieso da, dann werde ich mich erkundigen. Aber trotzdem sollten Sie jetzt erst mal davon ausgehen, dass Herkules nichts Ernstes hat.« Er steht wieder vom Boden auf und schnappt sich seine Tasche. »So, dann werde ich mal wieder losdüsen. Sie haben heute sicher auch noch etwas vor. Sie sehen nämlich irgendwie ganz so aus, als hätten Sie hier gerade eine kleine Kostümprobe veranstaltet.«

Carolin lacht und steht ebenfalls auf. »Da haben Sie Recht. Aber wenn Sie möchten, dann bleiben Sie doch noch auf ein Glas Wein. Schließlich haben Sie Ihren Feierabend für uns geopfert, dafür würde ich mich gerne bedanken.«

Wagner zögert. Los, Junge, zieh ab – Carolin will nur höflich sein. In Wirklichkeit legt hier niemand auf deine Anwesenheit wert!

»Aber Sie sind doch noch verabredet, da will ich nicht stören.«

Messerscharf erkannt, Wagner. Auf Wiedersehen!

»Im Gegenteil! Ich freue mich, wenn Sie noch bleiben. Und meine Abendverabredung hatte ich sowieso schon wegen Herkules abgesagt.«

»Dann freue ich mich, wenn ich einspringen darf.«

Och nö! Kaum sind wir den einen los, haben wir den nächsten an der Hacke! Nun gut, wenigstens ist Wagner keine Gefahr für Daniel, aber das ist auch schon sein einziger Vorteil. Carolin lächelt ihn an. »Ich heiße übrigens Carolin.«

»O ja. Danke! Ich bin Marc.«

Carolin nickt. »Ich weiß.«

Sie lachen beide – etwas schüchtern, wie ich finde.

»Gehen Sie, äh, gehst du schon vor ins Wohnzimmer? Es ist gleich gegenüber der Eingangstür. Ich ziehe mir nur schnell etwas anderes an.«

»Von mir aus nicht nötig – ich finde, du siehst bezaubernd aus.«

Carolin lacht verlegen. »Na gut, wenn du mich in Jeans und Schlabberpulli erträgst, dann bleibe ich so.«

»Sehr gerne, kein Problem.«

Und anstatt dass sich Wagner seinen blöden Koffer schnappt und sich verkrümelt, sitzt er keine zwei Minuten später auf unserer Wohnzimmercouch. Schlecht gelaunt lege ich mich direkt davor und beobachte, wie Carolin zwei Gläser aus dem Schrank holt. Sie ist einfach zu nett. Warum hat sie Wagner nicht fahren lassen? Stattdessen geht jetzt wieder diese »Weintrinken-Geschichte« los. Ich sage es wirklich nur ungern – aber manchmal sind Menschen einfach uferlos langweilig. Zum Beispiel beim Weintrinken: Gleich wird Carolin wieder die eine in die andere Flasche gießen. Dann werden sie das Zeug von der zweiten Flasche in zwei Gläser füllen. Wenn ich Glück habe, trinken sie dann einfach schnell aus, und wir sind Dr. Wagner bald los. Diese Entwicklung ist leider extrem unwahrscheinlich. Viel wahrscheinlicher ist, dass die beiden eine Ewigkeit auf dem Sofa sitzen und über die Dinge schwadronieren, die im Leben angeblich wichtig sind. Stichwort: reden statt machen. Wäre Dr. Wagner Nina, ginge es dann fast nur um Männer. Das wäre für mich wenigstens einigermaßen interessant, denn vielleicht würde ich noch etwas über Daniels Chancen bei Carolin erfahren. Aber mit Wagner redet sie wahrscheinlich eher über das andere Thema, das Menschen so gerne beschäftigt: die Arbeit. Oder auch beliebt: vergangene Zeiten. Gähn. Oder auch ein Favorit: die Kombination aus beidem. Arbeit und Vergangenheit. Allein die Frage, wer gerne was als Kind geworden wäre und warum das dann nicht geklappt hat, füllt locker eine Stunde. Es ist mir unbegreiflich, wie man sich so ausgiebig mit Dingen befassen kann, die nicht mehr zu ändern sind. Aber darin sind Menschen ohnehin wahre Meister. Was wäre wenn? Eine Frage, die sich kein vernünftiger Hund jemals stellen würde. Anders gesagt: *Weintrinken* ist offenbar ein Synonym für eine besonders ineffiziente Methode, einen Abend totzuschlagen, wenn man, wie die meisten Menschen, einfach zu bequem ist, eine ordentliche Runde durch den nächsten Park zu rennen.

Ich seufze innerlich und lege den Kopf auf meine Vorderläufe. Während die Stimmen von Carolin und Wagner zu einem leichten Hintergrundrauschen verschwimmen, überlege ich, wie ich die Sache mit Daniel dingfest machen kann. Könnte ich die beiden irgendwie in eine Art Hinterhalt locken, so dass sie endlich einmal allein sind? Dann ergibt sich der Rest vielleicht von selbst. Aber wie?

Ich muss dringend wieder mit Herrn Beck konferieren. Katzen sind ja als Meisterstrategen bekannt, und er hat bestimmt eine Idee, wie das gehen könnte. Es ist schon tragisch – erst neulich waren die beiden so nah dran! Wenn Nina nicht gekommen wäre, könnten sie schon längst ein Paar sein. Aber seit diesem Abend haben sich Daniel und Carolin kaum gesehen, nur kurz in der Werkstatt, und fast immer waren irgendwelche Kunden dabei. So wird das natürlich nichts. Denn eine Sache habe ich mittlerweile gelernt, auch ohne Unterricht von Herrn Beck: Was die Paarung anbelangt, scheinen Menschen eine wirklich scheue Gattung zu sein. Jedenfalls verflüchtigt sich diese prickelnde Spannung zwischen Daniel und Carolin sofort, wenn andere Menschen dazukommen. Im Park habe ich die gleiche Beobachtung gemacht: Die Pärchen, die sich küssen, stehen meist ein wenig abseits oder sitzen auf einer Bank, auf der sonst niemand ist. In Autos küssen sich Menschen gerne, im Supermarkt fast nie. Im Frühstückscafe, in dem Carolin und Nina sich oft treffen und das immer bis auf den letzten Platz voll ist: Fehlanzeige in puncto knutschende Paare. Vielleicht mal ein Küsschen hier oder da, aber definitiv nichts, was nach echter Paarung aussieht, so wie Beck und ich es damals bei Thomas und der anderen Frau beobachtet haben. Da sind wir Hunde schon deutlich forscher. Ein Dackelrüde, der auf der anderen Straßenseite seine Herzensdame entdeckt, wird sich jedenfalls durch ein paar Spaziergänger von nichts abhalten lassen. Seltsam eigentlich. Schließlich neigt der Mensch an sich nicht gerade zur Schüchternheit.

Mittlerweile sind Carolin und Wagner tatsächlich beim Thema Arbeit angelangt. Ich sag's ja: So langsam habe ich doch schon ein bisschen Ahnung von den Zweibeinern. Wagner jedenfalls ermüdet Carolin gerade mit einer detailverliebten Schilderung seines beruflichen Werdegangs:

»Und da war mir klar, dass ich doch lieber Tierarzt werden

will. Also habe ich noch von Human- zu Veterinärmedizin gewechselt. Obwohl ich mir eigentlich geschworen hatte, niemals dasselbe zu machen wie mein Vater. Tja, und jetzt habe ich sogar seine Praxis übernommen und wohne, genau wie er damals, im gleichen Haus. Am Anfang war das schon ein seltsames Gefühl, aber mittlerweile kann ich sagen, dass es die beste Entscheidung meines Lebens war. Mein Beruf macht mich glücklich.«

Und, wen interessiert´s? Mich jedenfalls nicht. Hoffentlich komplimentiert Carolin diesen aufgeblasenen Langweiler gleich hinaus. Gut, ich muss zugeben, dass ich an seiner Anwesenheit nicht ganz unschuldig bin, aber der wesentliche Zweck von Wagners Besuch ist nun erfüllt: Jens ist für diesen Abend erst mal verhindert, Wagner also mehr als überflüssig. Der soll schnell sein Glas austrinken und dann husch ins Körbchen. Also, im übertragenen Sinne. Bestimmt überlegt Carolin auch schon, wie sie ihn möglichst elegant aus der Wohnung bekommt.

»Das finde ich toll, dass du deiner inneren Stimme gefolgt bist. Das sollte man überhaupt viel öfter machen. Apropos öfter – noch ein Glas Wein?«

Da habe ich mich doch wohl verhört – noch mehr Wein? Aber anscheinend geht Wagner Carolin nicht ganz so auf die Nerven wie mir. Mit reiner Höflichkeit ist das jedenfalls nicht mehr zu erklären. Findet sie seine Geschichten etwa spannend?

Carolin füllt wieder beide Gläser, dann setzt sie sich neben Wagner. »Ich wohne auch über meiner Werkstatt. Nina meint immer, sie würde es nerven, wenn sie unter einem Dach wohnen und arbeiten würde, aber ich finde es ideal.«

Wagner nickt. »Ja, geht mir genauso. Wie bist du denn auf die Idee mit der Werkstatt gekommen? Ist ja nicht gerade ein Beruf wie jeder andere. Oder liegt das bei dir auch in der Familie?«

Carolin schüttelt den Kopf. »Nein, ganz und gar nicht. Mein Vater ist Anwalt, meine Mutter Hausfrau. Aber ich wusste schon als Schülerin, dass ich Geigenbauerin werden will. Weißt du – ich liebe Musik, habe selbst viel Geige gespielt, und ich wollte etwas Handwerkliches machen. Dann habe ich ein Praktikum in einer Geigenbauwerkstatt gemacht und gemerkt: Das ist es!«

Carolin strahlt regelrecht, Wagner mustert sie. Ach was, er guckt sie an wie der Fuchs die Gans! Der wird doch wohl nicht auf die Idee kommen, sich hier an meine, respektive Daniels Carolin ranzumachen?

Er räuspert sich. »Da kommt mir eine Idee. Hättest du Lust, mit mir nächste Woche in ein Konzert zu gehen? Ich habe zwei Karten für die Musikhalle und noch keine Begleitung.«

Carolin zögert. Klar, ist ja nicht einfach, dem Retter ihres Hundes hier gleich mal eine klare Abfuhr zu erteilen.

»Also, ich, äh …«

Nun schon raus damit, Carolin! Wird Zeit, dass wir den Kerl loswerden.

»Furchtbar gern!«

SIEBZEHN

Junge, du kannst es nicht übers Knie brechen. Vergiss es.«

Okay, Zustimmung klingt anders. Aber so schnell lasse ich mich nicht entmutigen. Ich wäre schließlich nicht Carl-Leopold von Eschersbach, wenn mich der fade Einwand eines gealterten Katers gleich aus dem Konzept bringen würde. Wir sitzen wieder auf unserer Lieblingsstelle unter dem Baum, und ich habe Beck eben ein kurzes Update der Irrungen und Wirrungen der letzten drei Tage in Sachen Carolin und die Männer gegeben.

»Glaub mir, Herr Beck, da geht was! Du hast die beiden nicht gesehen – immerhin hat Daniel sie geküsst. Das muss doch etwas bedeuten.«

»Ja. Das bedeutet, dass Daniel in Carolin verliebt ist. Was nicht zwangsläufig heißt, sie auch in ihn. Sonst hätte sie ihn geküsst, und nicht umgekehrt.«

Langsam beginne ich, mich richtig über Beck zu ärgern. »Das ist nun wirklich Wortklauberei – was macht es schon für einen Unterschied, ob er sie küsst oder sie ihn. Das ist doch das Gleiche – sie haben eben einander geküsst.«

»Da merkt man, dass du keine Ahnung hast. Es ist ein RIESEN-Unterschied. Ich sag dir was: Daniel ist ein ganz armes Schwein. Schmachtet Carolin die ganze Zeit aus der Ferne an, aber wenn es zählt, dann kommt ihm sogar Nina in die Quere.«

»Das war nun wirklich Pech. Dafür konnte er nichts. Und

deswegen müssen wir ihm helfen – er braucht einfach noch eine Chance, eine Gelegenheit, mit Carolin allein zu sein.«

»O Mann, kapier es doch mal, Herkules: Ein Typ, der auf einen fetten Kater und eine kurzbeinige Promenadenmischung angewiesen ist, um eine Frau klarzumachen, der ist ein hoffnungsloser Fall. Ein Verlierer. Eine Null. Das habe ich dir ja gleich gesagt.«

Ich spüre, wie Wut in mir aufsteigt. Meine Stimme klingt ganz heiser, als ich Beck anfahre: »Das nimmst du sofort zurück! Sofort! Sonst bist du die längste Zeit mein Freund gewesen!«

»Gott, ja, tut mir leid. Ich entschuldige mich hiermit für die Promenadenmischung.«

»Das meine ich nicht.«

»Gut, für kurzbeinig entschuldige ich mich auch. Nun zufrieden?«

»Ich meine den Verlierer. Daniel ist kein hoffnungsloser Fall. Er ist ein sehr netter Mensch, der mir zufälligerweise einiges bedeutet. Er ist mein Freund.«

Herr Beck verdreht die Augen. »Also ihr Hunde immer mit diesem *Mein-Freund-der-Mensch-Unsinn*! Jetzt mal Klartext: Der Hund ist nicht der beste Freund des Menschen, und umgekehrt ist es genauso. Daniel ist ein Mensch. Und der beste Freund des Menschen ist der Mensch. Und nur weil der ein oder andere Mensch keinen anderen Menschen als Freund findet, heißt das noch lange nicht, dass er auf einmal mit einem Tier befreundet sein kann. Wann immer ein Mensch mit dir redet und dir lauter persönlichen Krempel erzählt, dann meint er nicht dich, sondern sich. Er führt Selbstgespräche, kapiert? Aber damit er sich dabei nicht so bescheuert und einsam vorkommt, führt er sie mit dir. Du bist in diesem Moment genau genommen so etwas wie dieser kleine Plastikkollege von dem doofen Wellensittich. Ein Ersatz. Mehr nicht. Also heul hier nicht rum von wegen *Rede nicht so über meinen Freund Daniel* – das ist einfach nur lächerlich.«

Wenn ich weinen könnte, jetzt wäre ein guter Moment dafür. Und wenn ich ein Freund der gewalttätigen Auseinandersetzung wäre, auch. Dass Herr Beck so gemein sein kann, hätte ich nicht gedacht. Aber eines ist mir klargeworden: Mag sein, dass sich Beck einiges Wissen über Menschen zusammengesammelt hat; richtig kennen tut er sie deswegen nicht. Natürlich kann ein Mensch ein Freund sein. Die Art, wie Daniel mit mir redet, hat nicht das Geringste mit dem Plastikvogel zu tun, an dem sich der bedauernswerte Wellensittich aus dem zweiten Stock jeden Tag abarbeitet. Daniel meint mich, nicht sich. Ich weiß es – ich spüre es. Gut, Menschen können ganz schön ätzend sein, man denke nur an Thomas. Aber gleichzeitig haben sie etwas, das sie für mich einzigartig macht. Und wertvoll. Sie haben Gefühl, Mitgefühl. Sie können sich mit anderen freuen und mit anderen traurig sein. Und wütend sein, wenn der Freund sich ärgert. Und sie können lieben. Und zwar auch einen kleinen Hund wie mich. Ich werde niemals Emilias Tränen vergessen, als mich von Eschersbach in den Karton setzte und sie wusste, dass sie mich nicht wiedersehen würde. Carolin ist mein Freund. Und Daniel ist mein Freund. Ich weiß es genau. Jetzt müssen die beiden nur noch ein Paar werden. Und dafür werde ich sorgen, ob mit oder ohne Beck. In diesem Fall wohl ohne. Und so drehe ich mich um und lasse Beck einfach sitzen.

»Hey, Kleiner, nun hau doch nicht gleich ab! Das war nicht böse gemeint!«, ruft mir Beck hinterher, aber ich tue so, als ob ich ihn nicht höre und trotte weiter. Beck kommt hinterher. »Ich mag Daniel doch auch gerne, aber man muss doch mal Realist bleiben. Hey, jetzt bleib doch stehen, Herkules!« Ich bin schon fast an der Terrassentür. »Carl-Leopold! Es tut mir leid!«

Okay, scheint ihm doch ernster zu sein. Ich bleibe stehen. Soll keiner sagen, ich wäre verbohrt und nachtragend. Herr Beck läuft um mich herum und setzt sich vor mich.

»Ich wollte dich nicht kränken. Wenn du all diese Menschen so in dein Herz geschlossen hast, ist es natürlich deine Sache. Bestimmt mögen die dich auch richtig gerne. Vielleicht bin ich nur ein bisschen neidisch.«

Ich lege den Kopf schief. Gut, das klingt doch schon besser.

»Aber bei einem bleibe ich: Wenn Carolin nicht in Daniel verliebt ist, dann können wir beide das auch nicht ändern. Das menschliche Herz ist da wenig zu beeinflussen und rationalen Erwägungen nur sehr bedingt zugänglich. Will sagen: Auch wenn wir beide wissen, dass Daniel ein Super-Typ für Carolin wäre, können wir in diesem Fall wenig ausrichten. Und wenn wir noch so viele Gelegenheiten schaffen, in denen die beiden allein sind.«

Hm, das klingt nun wieder sehr einleuchtend. Trotzdem will ich noch nicht aufgeben.

»Ja, aber wir wissen doch noch gar nicht, ob Carolin nicht doch verliebt ist. Und deswegen dachte ich, wir müssen es wenigstens noch mal probieren. Wenn es dann nicht klappt, strecke ich die Waffen, versprochen!«

Herr Beck seufzt. »Mann, bist du hartnäckig. Ich finde, all diese Beinahe-Verabredungen mit Schauspielern und Tierärzten sprechen zwar extrem dagegen – aber meinetwegen. Starten wir noch einen Versuch. Wie ist der Plan?«

»Ich habe noch keinen«, räume ich etwas kleinlaut ein. »Deswegen habe ich dich ja gefragt. Weil du doch so ein Stratege bist.«

Herr Beck grinst und streckt sich ganz lang vor mich hin. »Ja, das bin ich. Ich werde drüber nachdenken.«

In der Werkstatt ist heute nicht viel los. Daniel und Carolin stehen mehr oder weniger schweigend an ihren Tischen und schrauben und hobeln an irgendwelchen Holzstücken rum. Langweilig. Und außerdem habe ich das Gefühl, dass die Stimmung zwischen den beiden nicht mehr spannend, sondern eher angespannt ist. Carolin hat Daniel heute noch kein einziges Mal richtig angesehen – während er sie umgekehrt immer verstohlen mustert, wenn er denkt, dass sie es nicht sieht. Sehr komisch. Vielleicht hat Beck Recht, und wir sollten unseren Plan einmotten, bevor wir ihn richtig entwickelt haben.

Daniel räuspert sich. »Du, Carolin«, Daniel kommt hinter seinem Tisch hervor und geht auf Carolin zu. Aha! Endlich kommt hier mal Fahrt in die Sache!

»Ja?«

»Äh, hast du da drüben noch Collophonium liegen? Ich finde hier gerade keins mehr.«

Argh! Was soll das denn? Collophonium? Ich weiß zwar nicht, was das ist, bin mir aber ziemlich sicher, dass es kein Codeword für *»Ich liebe dich, darf ich dich bitte küssen?«* ist.

»Ja, habe ich noch. Hier.«

Klonk! Mit einem dumpfen Scheppern fällt ein kleiner durchsichtiger brauner Block aus dem Döschen, das Carolin Daniel gerade gereicht hat, ohne richtig hinzusehen. Nun liegt beides auf dem Boden. Carolin kniet sich hin, um Block und Döschen aufzuheben. Auch Daniel bückt sich. Einen Moment lang sind sich beide ganz nah. Fast Gesicht an Gesicht. *Los! Daniel! Tu was!*, würde ich am liebsten laut rufen. Leider bleibt mir natürlich nichts anderes übrig, als es sehr laut zu denken. Und tatsächlich, sie funktioniert, die Telepathie zwischen Dackel und Mann: Daniel greift nach Carolins Hand und hält sie fest.

»Carolin, stimmt etwas nicht?«

Carolin schaut Daniel kurz an, dann blickt sie wieder zu Boden.

»Nein, wieso?«, murmelt sie.

»Du weichst mir aus.«

»Gar nicht, das bildest du dir ein.«

»Ist es wegen neulich?«

»Ich verstehe nicht, was du meinst.«

»Komm schon, lass uns wenigstens drüber reden: Ist es, weil ich dich geküsst habe?«

»Nein, also, ich …«

Daniel seufzt. »Ich wusste es. Ich wusste, dass das ein Fehler war.«

Daniel lässt Carolins Hand los und setzt sich neben sie auf den Boden. Einen Moment lang schweigen beide, dann knufft Daniel Carolin in die Seite.

»He, Carolin. Komm, nimm es nicht so schwer. Du musst mir nichts erklären. Es ist völlig in Ordnung. Es war der Moment, du sahst toll aus, und ich war schon ein bisschen beduselt. Da konnte ich nicht anders.«

Carolin nickt. »Ja, es war ein sehr schöner Moment. Aber jetzt …«

»Jetzt bei Tageslicht sieht die Sache irgendwie anders aus, ich weiß«, beendet Daniel ihren Satz. »Und du fragst dich, ob das so eine gute Idee ist, mit mir, deinem Kumpel und Partner.«

Carolin nickt.

»Nein, ist es vermutlich nicht«, fährt Daniel fort. »Obwohl es eine sehr schöne Vorstellung war, du und ich ein Paar. Jedenfalls für einen Augenblick.«

»Und du bist nicht sauer auf mich?«

»Nee, die gleichen Gedanken hatte ich auch schon. So, und jetzt hör sofort auf, weiter so bedröppelt hier rumzuschleichen. Das ist ein Befehl!«

Daniel lacht, und schließlich, wenn auch ein wenig zögerlich, lacht Carolin auch.

Ich hingegen könnte eher heulen. Mein schöner Plan! Na ja, Fast-Plan! Dabei wäre es so toll gewesen, mit Daniel und Carolin als Herrchen und Frauchen. Eine richtige kleine Familie. Und das Schlimmste ist: Jetzt geht die Sucherei wieder von vorne los, und die Gefahr, dass wir uns dabei so einen Idioten wie Thomas einfangen, ist alles andere als gebannt. Dabei war ich mir wirklich sicher, dass Daniel der perfekte Mann für Carolin ist. Ach, was heißt hier »war« – ich *bin* mir sicher, dass er es ist. Aber da hat Herr Beck schon Recht: Wenn Carolins Herz das nicht irgendwann von allein einsieht, dann hat es keinen Sinn. Mit gesenktem Kopf schleiche ich wieder Richtung Terrassentür, um Beck von meiner Niederlage zu berichten. Wenn er wirklich mein Freund ist und die Entschuldigung eben ernst gemeint war, wird er mich vielleicht trösten.

Bevor ich allerdings draußen bin, läutet es an der Werkstatttür. Eigentlich renne ich dann immer gerne nach vorne und begrüße die Besucher, aber meine Laune ist so im Keller, dass ich mich selbst dazu nicht recht aufraffen kann. Ist wahrscheinlich wieder die blöde Aurora, die mit Daniel flirten will. Es klingelt noch einmal, und natürlich bin ich doch ziemlich neugierig. Andererseits scheint draußen so schön die Sonne und die Vorstellung, unter meinem Baum zu liegen und Herrn Beck mein Leid zu klagen, während das Gras an meinem Bauch kitzelt, ist auch verlockend. Schließlich aber siegt die Neugier, und ich renne Richtung Tür.

Carolin hat sie schon geöffnet. In unserem Flur steht ein Mann mit brauner Uniform und drückt Carolin ein Päckchen in die Hand.

»Sind Sie Frau Neumann? Dann brauche ich hier Ihre Unterschrift.«

Carolin stellt das Päckchen auf den Boden, um zu unterschreiben. Neugierig schnüffele ich daran. Hmh, riecht irgendwie lecker. Was mag da drin sein? Als Carolin das Päckchen zu ihrem Tisch im Werkraum trägt, laufe ich hinterher.

»War das für dich?«, will Daniel wissen.

»Ja.«

»Was ist es denn?«

»Keine Ahnung. Ich habe nichts bestellt.«

»Von wem ist es denn?«

»Mal sehen – es ist von ...«, sie stockt, »es ist von Jens Uhland.«

Daniel zuckt mit den Schultern. »Kenne ich nicht. Ein Kunde?«

»Gewissermaßen. Der gehört zu dem Filmteam, das sich neulich den Cellokasten ausgeliehen hat.«

»Aha. Na, vielleicht hast du da was liegen lassen.«

»Ja, kann sein.«

Das glaube ich persönlich kaum. Schließlich war ich dabei und bin mir sicher, dass wir mit allen Sachen gegangen sind, mit denen wir auch gekommen sind. Also, außer dem Kasten natürlich, aber der ist in dem Päckchen garantiert nicht drin. Viel zu groß und riecht auch ganz anders. Längst nicht so lecker. Was ist da drin? Ich mache Männchen und komme somit immerhin auf Kniehöhe von Carolin. Die wundert sich.

»Hey, Süßer, was ist denn mit dir los? Du bist ja ganz wild.«

»Tja, vielleicht schickt dir dieser Jens ein Kilo Koks, und Herkules hat alle Anlagen zu einem Top-Drogenspürhund.«

Daniel grinst. »Man weiß ja, wie diese Filmtypen sind. Alles schlimme Finger.«

Carolin schüttelt den Kopf. »Ein Kilo Koks? Bisschen teuer, um es einer flüchtigen Bekannten zu schicken. Aber was kann es bloß sein?« Mit einem Messer löst sie den Klebestreifen von dem Deckel des kleinen Kartons. »Da liegt eine Karte bei. Mal sehen.«

Sie liest und fängt an zu grinsen. Daniel kommt zu ihrem Tisch und versucht, über Carolins Schulter mitzulesen. Die will einen Schritt von ihm weg machen, als er blitzschnell zugreift und ihr die Karte wegzieht.

»He, was soll das? Schon mal was vom Briefgeheimnis gehört? Das ist nicht für dich bestimmt.« Carolin klingt genervt, aber Daniel lacht nur.

»Tja, meine Liebe, für dich aber auch nicht. Hier steht eindeutig: *Lieber Herkules!*«

Was? Die Karte ist für mich? Sofort laufe ich zu Daniel hinüber. Ich habe noch nie im Leben eine Karte bekommen. Aufregend! Aber auch ein bisschen komisch, denn wer schreibt schon an jemanden, der gar nicht lesen kann? Ich setze mich vor Daniel und schaue ihn erwartungsvoll an. Der versteht den Wink und fängt an, vorzulesen.

»Lieber Herkules, ich hoffe sehr, dass es dir heute wieder besser geht. Um dir schnell auf die Beine zu helfen, habe ich für dich eine Spitzen-Hundewurst besorgt, die bestimmt sehr lecker ist. Meldet euch mal, wenn du wieder auf dem Damm bist. Viele Grüße, dein Jens.«

Wow, das muss ja doch ein wahnsinnig netter Mensch sein, trotz des Gewehrs. Ich bin begeistert! Kein Wunder, dass der Karton so gut riecht. Die Wurst muss ich sofort probieren.

»Wieso kommt dieser Jens auf die Idee, dass Herkules krank sein könnte?«

»Äh, er hatte wieder so einen Anfall.« Carolins Stimme klingt komisch.

»Während ihr in der Bank wart?«

»Ja, genau. Deswegen mussten die sogar den Dreh unterbrechen.«

He! Das stimmt doch gar nicht! Was erzählt Carolin denn da?

Daniel guckt besorgt. »Hm, das klingt nicht gut. Hast du noch mal mit Wagner gesprochen? Der wollte doch beim Züchter nachfragen.«

»Stimmt, das hatte ich gar nicht mehr auf dem Zettel. Ich rufe nachher in der Praxis an.«

Aha, von Dr. Wagners Rettungseinsatz will sie Daniel anscheinend auch nichts erzählen – das wird ja immer mysteriöser. Das waren zwei faustdicke Lügen in nur zwei Sätzen. So kenne ich Carolin gar nicht. Und dann auch noch Daniel gegenüber. Gut, sie will ihn offensichtlich nicht als Mann, aber er ist doch trotzdem ihr Freund! Warum macht sie das nur?

Bei dieser Gelegenheit fallen mir zahlreiche Vorträge des alten von Eschersbach zum Thema »Verlogenheit« ein. Verlogenheit war für ihn einer der größten Charaktermängel des Menschen, wenn nicht gar der größte. Lügen kam deutlich vor Verfressenheit und Disziplinlosigkeit. *Täuschung und Lüge sind ein Zeichen der Schwäche!*, predigte er häufig. *Der Mutige ist ehrlich, Verlogenheit die Schwester der Feigheit.* Kurz und in schlichten Dackelworten zusammengefasst: Schlechte Menschen lügen, gute sagen die Wahrheit.

Wobei man den schlechten Menschen natürlich zugutehalten muss, dass sie überhaupt auf die Idee kommen, bewusst die Unwahrheit zu erzählen. Das ist schon ziemlich schlau, und ich bin mir nicht sicher, ob mir so etwas von allein einfallen würde. Aber es hilft nichts: Verlogene Menschen mögen schlau sein, schlecht sind sie allemal. Gleichzeitig bedeutet das für mich, dass Carolin nicht richtig gelogen hat, denn es steht wohl außer Frage, dass sie ein toller Mensch ist. Aber wenn sie nicht gelogen hat, was war das dann? Vielleicht leidet sie an einer Krankheit und kann sich nicht mehr so recht erinnern, wie das wirklich mit Jens und Dr. Wagner war?

Bevor ich über dieses schwierige Thema allerdings noch weiter nachdenken kann, stellt mir Carolin eine Schüssel mit einem Haufen kleingeschnittener Hundewurst hin. Sofort schlinge ich los – göttlich! Diesen Jens sollten wir uns doch mal näher angucken. Vielleicht war es ein Fehler, die Verabredung zwischen ihm und Carolin so zu sabotieren. Er scheint immerhin ein großer Hundekenner zu sein, oder zumindest ein Hundefreund. Ich nehme noch zwei Stücke ins Maul. Lecker! Andererseits – hätten die beiden sich gestern Abend getroffen, hätte ich diese köstliche Wurst nicht bekommen. Es war also kein Fehler. Höchstens ein kleiner Umweg.

»Also, verstehe ich dich richtig: Die Sache mit Daniel ist endgültig gegessen, und der neue, hoffnungsvolle Kandidat heißt Jens und ist ein Hundekenner?«

»Richtig.«

»Das beweist für mich höchstens eines.«

»Was denn?

»Dass du käuflich bist. Eben jammerst du noch rum, von wegen Daniel ist dein Freund, und wir müssen ihm unbedingt helfen und so weiter und so fort. Und jetzt? Kaum schickt dir irgendein dahergelaufener Schauspieler einen Zipfel Wurst, schon ist Daniel Schnee von gestern. Wer hat eigentlich das Gerücht in die Welt gesetzt, dass Hunde treu wie Gold sind?« Herr Beck schüttelt verächtlich den Kopf. »Ich dachte, du wolltest mir von einem tollen Plan berichten, stattdessen muss ich mir diesen Hundewurst-Mist anhören. Dafür ist mir meine Zeit zu schade.«

»Aber, aber«, stottere ich kleinlaut, »du hast doch selbst gesagt, du glaubst nicht, dass es mit Daniel und Carolin etwas wird, und da wollte ich dir eben erzählen, dass du völlig Recht hattest. Warum bist du denn jetzt so sauer auf mich?«

»Vielleicht bin ich ja enttäuscht, dass ich Recht habe? Vielleicht hatte ich irgendwo gehofft, dass du Recht behältst und ein Kater und ein Dackel doch mehr ausrichten können, als ich je gedacht hätte. Irgendwie hast du mich mit deinem Optimismus mitgerissen. Ich hätte mich auch gefreut, wenn es mit den beiden geklappt hätte. Und jetzt das!«

Ich lasse den Kopf sinken. »Tut mir leid«, flüstere ich.

»Versteh mich nicht falsch – du kannst nichts dafür, dass aus Daniel und Carolin nichts wird. Aber dass du gleich zu diesem Jens überläufst!«

»Ist ja gut! Ich habe mich eben gefreut, dass er sich Sorgen um mich gemacht hat. Und es ist das erste Mal in meinem Leben, dass mir ein Mensch einen Brief schreibt!«

»Gute Güte, bist du naiv! Der hat sich doch keine Sorgen um dich gemacht! Der wollte Carolin beeindrucken! Mehr nicht. Und damit gleich die nächste Verabredung rausschlagen.«

»Meinst du?«

»Das ist doch wohl offensichtlich. Was hat denn Daniel dazu gesagt? Ist bestimmt auch nicht gerade toll, wenn man selbst einen Korb bekommt und schon steht der Nächste auf der Matte. Muss ihn doch getroffen haben zu erfahren, dass Carolin gestern eigentlich schon mit Jens ausgehen wollte.«

»Tja, das war in der Tat komisch: Carolin hat Daniel gar nicht erzählt, dass sie eigentlich mit Jens verabredet war und die Sache wegen meiner *Krankheit* geplatzt ist. Sie hat behauptet, ich sei schon in der Bank umgekippt, und das habe Jens mitbekommen.«

»Aha, eine kleine Notlüge.«

»Notlüge?«

»Schätze mal, Carolin wollte Daniel mit dieser Hundewurst-Geschichte nicht auch noch kränken. Er ist schließlich ihr bester Freund.«

»Und dann darf man lügen? Obwohl Verlogenheit so etwas Schlechtes ist? Sagte jedenfalls mein altes Herrchen immer.«

»Generell hat er damit Recht. Eine Notlüge ist immer noch eine Lüge. Aber manchmal lügen Menschen eben auch, weil sie jemanden nicht verletzen wollen. Und das ist dann nicht ganz so böse. Es fällt eher in die Kategorie *Beschönigung*.«

Langsam schwirrt mir der Kopf. Lügen, Notlügen, Beschönigungen – wer soll da noch durchblicken.

»Aber wieso sollte Daniel gekränkt sein? Er hat doch selbst gesagt, dass sein Kuss wohl keine gute Idee gewesen ist. Er hat sogar gesagt, es sei nun völlig in Ordnung.«

Herr Beck schüttelt den Kopf. »Herkules, ich dachte, du hättest die Menschen mittlerweile schon besser kennengelernt. Hier geht es um eine Herzensangelegenheit. Kein Mensch gibt gerne zu, wenn es ihn hier ganz böse erwischt hat. Lieber tun sie so, als sei das alles kein Problem. Habe ich dir doch schon mal erklärt – der andere darf niemals wissen, wie sehr du ihn liebst. Das ist eine eiserne Regel. Sonst bist du geliefert.«

Ich fürchte, Herr Beck hat in diesem Punkt schon wieder Recht. Dass in der Liebe so ein Chaos bei den Menschen herrscht, wundert mich überhaupt nicht. Ihre Regeln sind einfach völlig absurd. Auf so einen Unsinn käme ein Hund niemals.

ACHTZEHN

Heute ist ein völlig langweiliger, unspektakulärer Tag. Herrlich! Ich liege in meiner Werkstattkiste herum, schaue ab und zu in den Garten und kehre dann zu einem Nickerchen wieder in besagte Kiste zurück. Das Einzige, was gerade zum vollkommenen Glück fehlt, ist ein schöner Napf randvoll mit Pansen oder Herz. Eine Weile überlege ich, ob ich das aufkommende Hungergefühl ignorieren soll – eigentlich bin ich zu faul, jetzt zu Carolin zu laufen und meine nächste Mahlzeit einzufordern. Aber schließlich grummelt mein Bauch so laut, dass ich auch nicht mehr vernünftig dösen kann. Ich rapple mich also auf, laufe zu Carolin, die an ihrem Schreibtisch sitzt, und stupse sie mit der Nase an.

»Zeit für dein Fresschen?« Carolin schaut auf ihre Uhr. »Aber ein bisschen musst du dich noch gedulden. Wir haben noch etwas vor.«

Och nö! Ich habe Hunger! Und zwar jetzt! Ich stupse Carolin noch mal an. Die lacht und krault mich am Hals.

»Wart´s ab, Herkules. Wir werden gleich etwas unternehmen, was dir auch gefallen wird. Und dann gibt´s auch etwas zu futtern.«

He! Ich will nichts unternehmen! Ich will jetzt meinen Pansen, und dann will ich weiter rumliegen. Gestern – da hätten wir doch gut etwas unternehmen können. Die ganze Zeit hatte ich so ein Bedürfnis nach frischer Luft, nach Kaninchenschnuppern und Fliegenfangen. Aber stattdessen konnte ich Carolin noch nicht einmal zu einem kleinen Spaziergang im Park loseisen, so beschäftigt war sie. *Morgen ist Samstag, da habe ich mehr Zeit, versprochen.* Als ob einen Hund das trösten könnte. Der Moment ist da, wenn der Moment da ist. Aber das verstehen Menschen einfach nicht.

Ich trotte wieder zurück zu meiner Kiste. Eben hatte ich noch so gute Laune, die ist schlagartig verflogen. Mit dem Kopf auf meinem Kuschelkissen brummle ich beleidigt vor mich hin. Immer machen wir, was Carolin will. Das ist so ungerecht. Mittlerweile hat sich das Gefühl in meinem Bauch von einem gesunden Appetit zu einem ausgewachsenen Löwenhunger gesteigert. Ich beginne ein bisschen zu fiepen. Carolin soll ruhig wissen, dass sie sich haarscharf an der Grenze zur Tierquälerei bewegt.

»Mach doch nicht so ein Theater!«, kommt es herzlos aus ihrem Zimmer. »Es geht ja gleich los. Wir müssen nur noch etwas aus der Wohnung holen und dann starten wir auch schon. Unser Chauffeur müsste in ungefähr dreißig Sekunden vor der Haustür stehen.«

Unser Chauffeur? Das klingt nun wieder spannend. Das Wort habe ich seit mehreren Monaten nicht mehr gehört, und es weckt gleich Erinnerungen an alte Zeiten. Denn selbstverständlich gab es auf Schloss Eschersbach auch einen Chauffeur. Der alte von Eschersbach setzte sich nämlich nur noch höchst ungern selbst ans Steuer. *»Meine Augen sind einfach zu schlecht geworden, da wäre ich eine Gefahr für die Allgemeinheit«*, pflegte er gerne zu erklären, wenn er darauf wartete, dass sein Wagen vorfuhr, um ihn zu einer Jagdgesellschaft zu bringen. Die meisten Mitmenschen dürften sich an dieser Stelle die Frage gestellt haben, ob es eigentlich eine gute Idee war, mit von Eschersbach auf die Jagd zu gehen. Meines Wissens ist allerdings nie etwas passiert, wahrscheinlich war die Nummer mit dem Chauffeur also nur eine aristokratische Form von Angeberei.

Es klingelt, und Carolin geht an meiner Kiste vorbei, um die Tür zu öffnen. Dort steht: Jens!

»Guten Morgen, Carolin. Guten Morgen, Herkules!«, werden wir von ihm begrüßt.

Ich muss zugeben, dass Jens ohne schwarze Mützenmaske und ohne Gewehr eigentlich sehr nett aussieht.

Er gibt Carolin links und rechts einen Kuss auf die Wangen. »Na, ihr zwei? Alles bereit für unser Picknick?«

»Klar, ich muss nur schnell den Korb von oben holen. Ich habe ein paar Sachen kalt gestellt, die packe ich noch ein.«

Sie hüpft die Treppe hoch, ich bleibe neben Jens sitzen.

»Na, biste wieder fit?«, will er von mir wissen. Ich schaue ihn neugierig an. »Und hat dir meine Wurst geschmeckt?«

Okay, laut Herrn Beck war die Nummer mit der Wurst reine Bestechung, aber da ich ein höflicher Dackel bin und die Wurst tatsächlich lecker war, wedele ich ein bisschen mit dem Schwanz. Dann kommt mir der Gedanke, dass, wo eine Wurst ist, wohlmöglich auch zwei Würste sein könnten, und ich wedele noch euphorischer.

»Wusste ich es doch, braver Hund!« Er beugt sich zu mir herunter und krault mich ein bisschen hinter den Ohren. In diesem Moment kommt Carolin mit einem gigantischen Korb die Treppe herunter.

»Das ist ja schön, dass ihr euch schon ein bisschen anfreundet. Euer letztes Treffen war schließlich nicht so harmonisch.«

Jens lacht. »Ich habe immer noch einen blauen Fleck an der Stelle, wo Herkules zugeschnappt hat. Aber Schwamm drüber, er wollte euch schließlich retten. Außerdem habe ich jetzt endlich wieder einen wirksamen Tetanusschutz. Es stellte sich heraus, dass meine letzte Impfung schon viel zu lange her ist. Hatte die Sache also etwas Gutes. Und mein kleines Präsent ist offensichtlich auch bestens angekommen.«

Carolin nickt. »Ja, Herkules hat ungefähr zwanzig Sekunden gebraucht, um die Wurst aufzufuttern. Hat ihm sehr gut geschmeckt.«

Auweia, wenn die hier noch weiter über Hundewurst reden, breche ich zusammen. Vor lauter Hunger ist mir mittlerweile schon ganz schwindelig. Hoffentlich dauert es nicht mehr so lange, bis ich etwas zu fressen bekomme. Wobei der Korb, den Carolin aus der Wohnung geholt hat, auch so riecht, als sei etwas sehr Leckeres darin. Unwillkürlich fange ich an zu sabbern.

»Dann können wir los, oder?«

»Jupp, abmarschbereit!«, ruft Carolin fröhlich und öffnet die Haustür. Jens marschiert an ihr vorbei und auf das Auto zu, das direkt vor dem Haus parkt.

»Bitte einsteigen!« Schwungvoll reißt er die Beifahrertüre auf.

»Komm, Herkules!«, ruft Carolin – doch ich zögere. Das Auto sieht irgendwie komisch aus. Irgendwie – gefährlich. Erst komme ich nicht drauf, was genau mich so stört. Aber als mich Carolin hochhebt, um mich in das Auto zu setzen, ist es unübersehbar. Das Auto: Es hat kein Dach!

Zwanzig Minuten später sind meine Bedenken, in etwas sehr Schnelles einzusteigen, aus dem man herausfallen könnte, verflogen. Ich sitze auf Carolins Schoß, halte die Nase in die herrliche Sommerluft, und meine Öhrchen wehen im Wind. Ein Traum! Jens und Carolin unterhalten sich gut gelaunt. Worüber, kann ich gar nicht genau sagen, denn es rauscht so in meinen Ohren, dass ich nicht besonders gut höre. Aber das ist auch egal. In diesem Moment habe ich das Gefühl zu fliegen, und das fühlt sich einfach großartig an. Die Bäume am Straßenrand rauschen nur so vorbei und verschwimmen dabei zu einer hellgrünen Hecke, der Himmel über uns ist blau und weit; ich könnte eigentlich stundenlang so weiterfahren. Eigentlich. Denn leider zwickt mich mein Bauch noch etwas, ich hoffe also, dass gleich der Moment gekommen ist, in dem Carolin den Korb mit Leckereien aus dem Kofferraum holt.

Tatsächlich fährt Jens nun langsamer, und die grüne Wand wird wieder zu einzelnen Bäumen. Schließlich hält er an.

»So, da wären wir. Moment, ich helfe dir!«

Jens springt aus dem Auto, läuft herum und öffnet Carolins Tür. Sehr aufmerksam, das muss ich schon sagen. Ich hüpfe von Carolins Schoß, dann reicht Jens Carolin die Hand und hilft ihr hinaus. Hm, hier riecht es gut. Nach Wald und Wasser und irgendwie ein bisschen wild. Mit dem Picknickkorb bewaffnet, marschieren wir auf ein kleines Wäldchen zu, das an einem Abhang liegt. Treppenstufen führen hinunter zu einer Lichtung. Dort bleiben wir einen Moment stehen.

»Schau mal«, Jens zeigt nach vorne, »ist das nicht ein toller Blick?«

»Ja, sieht toll aus, wenn die Elbe so in der Sonne glitzert.«

Klingt gut, aber falls es jemanden interessiert: Ich kann leider nichts sehen. Meine kurzen Beine bringen mich genau auf die Höhe der Brennnesseln, die links und rechts der Treppenstufen wuchern. Ob mich einer von den beiden hochhebt? Ich will auch mal gucken! Ich mache Männchen.

»Ich glaube, Herkules hat langsam echt Kohldampf«, wertet Carolin mein Anliegen völlig falsch. »Normalerweise bekommt er schon um 11 Uhr etwas zu essen.«

»Wir sind gleich da. Da vorne beginnt schon der Strand.«

Okay, auch gute Nachrichten. Endlich was zu essen. Aber was ist *Strand*? Am Ende des zweiten Treppenabsatzes angelangt, hört der Wald komplett auf, und wir überqueren einen kleinen Weg. Jetzt kann ich auch sehen, woher der Wassergeruch kommt: Vor uns liegt ein sehr großer Fluss. Ein wirklich sehr, sehr großer Fluss, wenn man nach der Größe des Schiffes geht, das gerade an uns vorbeifährt. Gigantisch, so etwas habe ich noch nie gesehen! Es sieht aus wie ein riesiges, fahrendes Haus. Ich kläffe aufgeregt, Carolin lacht.

»Da staunst du, Herkules! Wir waren bisher nur an der Alster, Herkules kennt maximal Segelboote.«

»Dann war es höchste Zeit, dass er mal ein richtiges Schiff sieht. Man kann doch nicht in Hamburg leben und die Elbe nicht kennen!«, ruft Jens fast vorwurfsvoll. Wir laufen weiter auf das Ufer zu – und landen in einer gigantischen Sandkiste. Ich mache eine Vollbremsung, denn Sand an meinen Pfoten ist für mich mittlerweile ein untrügliches Zeichen, dass gleich eine Menschenmutter um die Ecke biegen wird, um mich ganz doll auszuschimpfen. Aber komisch, ich habe gar keine Holzumrandung gesehen. Unsicher bleibe ich sitzen.

»Jetzt sag bloß, dein Hund war auch noch nie an einem Strand? Er scheint sich fast ein bisschen zu fürchten.«

»Nein, war er tatsächlich noch nicht. Ich habe ihn ja noch nicht so lange, und bisher war ich mit ihm nur bei uns im Park oder an der Alster. Urlaub haben wir auch noch nicht zusammen gemacht. Es ist also seine Premiere.«

Jens macht einen Schritt auf mich zu und hebt mich hoch. »Guck dich mal richtig um, mein Kleiner. An so einem Tag ist Hamburg mit Sicherheit die schönste Stadt der Welt, und dies hier der schönste Teil davon. An den Sand an den Füßen musst du dich einfach gewöhnen, dann wirst du schnell merken, wie toll es hier ist. Von hier aus kannst du eigentlich in jede Richtung so weit laufen, wie du möchtest. Aber wenn du das erste Schaf auf dem Deich siehst, dann kehr mal besser um, sonst verlierst du uns noch.«

Er setzt mich wieder runter. So weit laufen, wie ich will – ein toller Gedanke. Aber erst mal brauche ich: richtig! Etwas zu fressen.

Carolin hat neben dem Korb noch eine Decke mitgenommen, die breitet sie jetzt auf dem Sand aus. Der Fluss ist gerade so weit weg, dass die Wellen uns nichts anhaben können, auch wenn wieder so ein großes Schiff vorbeifährt. Dann öffnet Carolin den Korb und nimmt die Sachen heraus. Hm, lecker. Da sehe ich schon ein Schälchen mit Herz für mich. Sie stellt es ein wenig abseits, und ich stürze mich gleich darauf. Während ich meine Mahlzeit hinunterschlinge, sehe ich aus den Augenwinkeln, dass Carolin mächtig auftischt: Wurst, Käse, sogar einen Kuchen hat sie mit. Jens setzt den Rucksack ab, den er eben noch auf dem Rücken hatte.

»So, zur Feier des Tages habe ich auch noch etwas Schönes mitgebracht.« Er zieht ein Stück Stoff aus dem Sack und wickelt es auf, zwei langstielige Gläser kommen zum Vorschein. Dann greift er noch mal in den Rucksack und befördert eine grüne Flasche ans Tageslicht, an der er sich sofort zu schaffen macht. Mit einem lauten *Plopp* springt der Korken heraus, Jens gießt die Flüssigkeit in die Gläser. Hellgelb sieht sie aus und sprudelt sehr hübsch.

»Bitte sehr: Champagner! Ein schönes Getränk für eine schöne Frau!«

Carolin kichert ein bisschen verlegen, dann nimmt sie das Glas, das Jens ihr gibt.

»Danke schön. Und überhaupt – danke für die gute Idee.«

»Ich habe zu danken! Schön, dass es doch noch mit unserer Verabredung geklappt hat. Und jetzt: auf einen tollen Tag!«

Sie stoßen mit ihren Gläsern an.

»Ja, auf einen tollen Tag.«

Als wir spätabends wieder nach Hause kommen, bin ich müde, aber bestens gelaunt. Ich bin zum ersten Mal im Leben in einem Fluss geschwommen, was wirklich viel anstrengender ist als in einem See. Ich habe dabei fast einen Fisch gefangen. Ich bin gelaufen, bis ich die Schafe gesehen habe. Jens hat mindestens hunderttausend Stöckchen für mich geworfen. Ich habe neben dem Hundefutter auch noch Fleischwurst und Erdbeertorte gemampft. Ich habe mich auf der kuscheligen Picknickdecke gefläzt, gedöst und Jens und Carolin einfach nur beim Reden zugeschaut. Und irgendwann lagen wir alle drei auf der Decke, guckten gemeinsam in den Himmel, sahen dem Mond beim Aufgehen und später der Sonne dabei zu, wie sie langsam in dem großen Fluss versank. Es war der perfekte Tag.

Jetzt lümmele ich mich sandig, wie ich bin, in unserer Wohnung auf der Couch und bin einfach glücklich. Carolin stellt den leeren Picknickkorb wieder in die Küche und geht dann zu dem kleinen Kästchen neben dem Telefon, das einem erzählt, wer angerufen hat, während man nicht da war. *Sie haben zwei neue Nachrichten. Erste neue Nachricht.*

»Hallo, Süße, hier ist Nina! Und? Wie war es? Ich bin so neugierig! Ruf mich sofort an.«

Zweite neue Nachricht.

»Hallo, Carolin, Marc Wagner hier. Du weißt schon, der Tierarzt deines Vertrauens. Wollte nur hören, ob es mit unserer Verabredung am Mittwoch klappt. Sollen wir vor dem Konzert eine Kleinigkeit essen gehen? Ich habe mittwochs immer etwas früher Schluss und könnte dich abholen. Melde dich mal.«

Es gibt keine weiteren Nachrichten.

Marc Wagner – den hatte ich schon völlig vergessen. Und im Sinne einer effizienten Partnersuche könnte Carolin den Termin doch eigentlich absagen. Jens macht einen sehr guten Eindruck, ich konnte heute keine Mängel feststellen. Er riecht gut, war gekämmt und hatte etwas Sauberes an – wozu also Zeit mit dem unsympathischen Wagner verschwenden? Und Carolin hat es garantiert auch gefallen, ich habe sie schon lange nicht mehr so fröhlich und locker erlebt. Also los, ruf Wagner an und sag ab! Aber Carolin sieht unschlüssig aus. Nachdenklich betrachtet sie das schwarze Kästchen, dann greift sie zum Telefon.

»Hallo, Nina. Ich weiß, es ist schon spät – aber kann ich vielleicht noch vorbeikommen? Echt? Danke, das ist nett. Ich brauche dringend jemanden zum Quatschen.«

Na super. Auf die Idee, dass sie es auch mir erzählen könnte, kommt sie natürlich nicht. Jetzt noch einmal loszufahren, passt mir eigentlich gar nicht. Ich liege gerade so bequem. Aber als Carolin aufsteht, rapple auch ich mich hoch, will schließlich kein Spielverderber sein.

»Herkules, leg dich ruhig wieder hin. Ich fahre eben noch zu Nina, aber du bleibst hier.«

Wieso das denn? Haben die etwa Geheimnisse vor mir? Ich springe vom Sofa. So müde bin ich auch wieder nicht!

»Nein, ehrlich, Herkules. Du kannst auch mal ein Stündchen allein sein. Guck mal, du bist voller Sand, und ich habe keine Lust, dich jetzt noch zu baden. Und Nina ist bestimmt nicht begeistert, wenn ich mit einem dreckigen Hund ankomme. Also leg dich brav ins Körbchen. Du hast doch heute schon genug erlebt.«

Hmpf. Sie will mich wirklich nicht mitnehmen. So schmutzig bin ich doch gar nicht. Doofe Nina.

Als Carolin die Wohnungstür hinter sich zuzieht, lasse ich mich missmutig in mein Körbchen fallen. Irgendwie ist es gemein, wenn man erst den ganzen Tag zusammen verbringt und dann später nicht mehr mitkommen darf. Ich fühle mich so ... zurückgestuft. Eben gehörte ich noch dazu und auf einmal bin ich nur noch das Haustier. Ätzend. Zu allem Überfluss bin ich auch überhaupt nicht mehr müde.

Eine Weile liege ich noch in meinem Körbchen, dann stehe ich auf und trabe in die Küche. Vielleicht ist noch ein Fresschen in meinem Napf, das könnte ich mir dann mal einverleiben. Von Eschersbach sagt immer, dass Langweile dicke Dackel macht. Ich glaube, er hat Recht. Leider ist mein Napf aber so blank gewienert, dass man sich darin spiegeln kann. Fressen ist also auch keine Alternative. Ich trabe wieder zurück. Als ich an der Wohnungstür vorbeikomme, rieche ich einen vertrauten Duft. Herr Beck! Er muss direkt vor der Tür stehen, wahrscheinlich ist er gerade auf dem Weg zu einem nächtlichen Spaziergang. Ein kleiner Plausch mit ihm wäre doch genau die richtige Ablenkung! Ich belle laut los.

»Na, Kumpel?«, höre ich seine Stimme durch die Tür, »wie geht´s?«

»Geht so. Mir ist total langweilig, und Carolin hat mich einfach allein zu Hause gelassen.«

»Das ist natürlich Pech. Ich bin auf dem Weg in den Park. Würde dich ja mitnehmen, aber ohne Carolin kriegen wir dich nicht aus der Wohnung.«

»Ja, blöd. Ich würde auch sehr gerne mitkommen. Aber durch den Briefschlitz kann ich mich kaum quetschen.«

Ich höre Herrn Beck kichern. »Ne, das lass man. Da

bleibste eher stecken, und das dürfte dann ziemlich unbequem sein.«

»Tja, was anderes fällt mir auch nicht ein. Dann muss ich wohl hierbleiben und mich weiter langweilen. Grüß mir den Park und die Kaninchen.«

»Hm. Mach ich.«

Es wird wieder still. Aber gerade, als ich mich umdrehen und zu meinem Körbchen zurück will, rieche ich Herrn Beck noch mal ganz deutlich.

»He, Herkules! Eine Idee ist mir noch gekommen. Ist allerdings eher etwas für den wagemutigen Dackel.«

Na, also wer, wenn nicht ich!

»Was denn?«, will ich wissen.

»Erinnerst du dich noch an unsere Aktion mit dem Höschen?«

»Wie könnte ich die jemals vergessen?«

»Weißt du noch, wie ich da reingekommen bin? Durch das gekippte Fenster. Du läufst jetzt mal schnell in Carolins Schlafzimmer. Vielleicht haben wir Glück, und die Balkontür ist dort ebenfalls gekippt. Da kommst du raus.«

Auf so eine Idee kann auch nur eine Katze kommen.

»Beck, dein Vertrauen in meine artistischen Fähigkeiten in allen Ehren, aber das kann ich nicht. Selbst wenn das Fenster auf Kipp steht: Da komme ich nie im Leben durch. Auch wenn du – verzeih – fett bist, du kannst dich auf eine Art und Weise durch Lücken durchzwängen, die ich einfach nicht draufhabe. Da bleibe ich garantiert stecken.«

»Du hast ja so gar keinen Ehrgeiz. Lass uns doch wenigstens mal gucken. Ich komme durch den Garten auf euren Balkon, und dann checken wir die Lage. Wäre doch toll, so ein abendlicher Spaziergang ganz ohne Menschen.«

Herr Beck beziehungsweise sein Geruch verschwindet.

Dieser Kater. Das wird doch nie im Leben was. Und so langweilig, dass ich hier Kopf und Kragen riskiere, ist mir dann auch wieder nicht. Andererseits – mal allein nachts im Park rumzustromern, ist natürlich auch ein reizvoller Gedanke. Ich seufze innerlich, dann trotte ich ins Schlafzimmer.

Tatsächlich, dic Balkontür ist gekippt. Allerdings beginnt der Spalt erst weit oberhalb meines Kopfes, richtig breit zu werden. In diesem Moment springt Herr Beck von der mit Efeu bewachsenen Hauswand auf unseren Balkon.

»Na, das sieht doch gut aus!«, ruft er mir fröhlich zu.

»Was, bitte, sieht daran gut aus?«

»Die Tür steht auf kipp. Ist doch prima.«

»Ja, aber hier unten passe ich noch nicht durch und weiter oben komme ich nicht ran. Das können wir vergessen.«

»Kannst du da nicht hochspringen?«

»Ne, wie denn?«

»Und wenn du dich am Vorhang hochhangelst?«

»Herr Beck, du machst dir eindeutig die falschen Vorstellungen über meine Krallen. Mit denen kann ich mich nirgendwo dranhaken, wie du das machst. Dafür sind die viel zu gerade und zu glatt.«

»Tja, dann wird´s schwierig.«

»Sag ich ja.«

Eine Weile sitzen wir da und gucken uns durch die Balkontür an. Dann kommt zur Abwechslung mal mir eine gute Idee. Ich sehe mich kurz im Zimmer um und wirklich: In der Ecke steht der Stuhl, auf den Carolin abends immer ihre Klamotten legt, wenn sie ins Bett geht. Er ist ziemlich massiv und hat auch eine hohe Lehne – wenn ich den als Leiter nehme, dann könnte es vielleicht klappen. Ich trabe zu dem Stuhl und versuche, ihn zur Balkontür zu schieben. Puh, ist der schwer!

»Schaffst du es oder soll ich reinkommen?«

»Bleib lieber, wo du bist. Entweder ich kriege es allein hin, oder wir vergessen die Sache mit dem gemeinsamen Ausflug.«

Ich lehne mich mit meinem ganzen Gewicht gegen den Stuhl. Endlich bewegt er sich ein Stück. Ich lehne mich noch einmal gegen das linke Bein, er rückt weiter. Dann rechts, dann wieder links – Stückchen für Stückchen schiebe ich den Stuhl mit meiner Brust durch das Zimmer. Eine sehr mühsame Angelegenheit, aber schließlich ist es geschafft. Der Stuhl steht genau vor dem Spalt der Balkontür.

Ich hüpfe auf die Sitzfläche. Tatsächlich. Von hier oben sieht die Sache doch schon sehr vielversprechend aus. Eigentlich müsste ich schon fast durchpassen.

»Los! Worauf wartest du?«, drängelt Beck.

»Keinen Stress! Ich muss mich konzentrieren.«

Ohne einen kleinen Sprung wird es nicht gehen – schließlich will ich nicht stecken bleiben. Aber um zu springen, brauche ich ein bisschen Anlauf, und das ist auf dem Stuhl unmöglich. Mist, ich müsste einfach noch ein Stück höher sein, dann wäre es deutlich einfacher.

»Herkules, schau mal, ob du mit der Schnauze an den Griff kommst. Vielleicht kannst du die Tür ganz öffnen, wenn du den Griff mit den Zähnen zu packen kriegst. Dann musst du ihn nur noch nach unten ziehen.«

Was heißt denn hier *nur noch*? Sind wir hier im Zirkus? Das Öffnen von versperrten Türen durch kleine Dackel fällt doch wohl eindeutig unter *technische Kunststücke*.

»Probier´s einfach mal, das kann doch nicht so schwer sein!«

Der hat gut reden, wie er da auf seinem dicken Hintern sitzt. Andererseits – vielleicht ist die Idee nicht so schlecht. Auf alle Fälle besser, als bei einem Sprung in dem Spalt stecken zu bleiben. Ich mache also Männchen, bekomme tatsächlich den Griff der Tür zu fassen, schnappe zu und lasse mich dann wieder auf die Sitzfläche fallen. Mit einem Ruck bewegt sich der Griff nach unten – und die Tür schwingt auf! Sensationell! Ich, Carl-Leopold von Eschersbach, habe soeben eine Balkontür geöffnet!

Meine Euphorie währt allerdings nur einen kurzen Augenblick. Denn zwei Sekunden später stehe ich zwar neben Herrn Beck auf dem Balkon, aber schnell wird mir klar, dass unser Spitzenplan nicht bis zu Ende gedacht war. Wie, zum Geier, komme ich von diesem Balkon herunter?

NEUNZEHN

Ich bin ein Held, ein Supermann, ein Superdackel!

»Hast du diesen Satz gesehen? War das nicht phänomenal? Geradezu eine Sensation?«

»Ja, war ganz gut.«

»Ganz gut? Es war PERFEKT! Ich habe es einfach drauf, mein Lieber.« Herr Beck scheint nicht ganz zu begreifen, dass dies gerade eine athletische Jahrhundertleistung war. »Ich meine, hast du schon mal einen anderen Dackel gesehen, der aus dem ersten Stock gesprungen ist? Ich würde sagen, ich gehe mittlerweile als Katze durch.«

Beck schüttelt den Kopf. »Also, wie ich schon sagte: Es war okay. Aber erstens ist das eher Hochparterre und zweitens bist du in den Wäschekorb der alten Meyer gesprungen. Wenn ich den nicht gefunden hätte, würdest du immer noch vor dem Balkongeländer hocken und weinen.«

Ist es denn die Möglichkeit? Dieser fette Kater! Mir ist kein anderer Dackel bekannt, der jemals so ein waghalsiges Manöver ausgeführt hätte. Allein die Meisterleistung, sich durch die Stäbe des Balkongeländers zu zwängen, dem sicheren Abgrund entgegen. Und dann der Sprung selbst: zielsicher in den Wäschekorb mit Handtüchern von Frau Meyer. Und das im Dunkeln! Gut, wenn die Meyer den Korb nicht draußen hätte stehen lassen, wäre es in der Tat ein wenig komplizierter geworden. Aber mutig war die Aktion allemal. Ich hätte schließlich auch unglücklich neben dem Korb landen und mir alle Pfoten brechen können.

»So, wenn du dich von deiner Heldentat ausreichend erholt hast, können wir doch mal los, oder?«

Böse funkele ich Beck an, was der leider nicht sehen kann, weil es schon dunkel ist. Andererseits ist es auch langweilig, hier weiter zwischen den Handtüchern zu hocken. Und so beschließe ich in einem Akt wahrer Größe, Herrn Beck zu verzeihen, obwohl er sich nicht entschuldigt hat.

Ich hüpfe aus dem Korb und trabe hinter Beck her, der schon Richtung Gartenpforte strebt. Ein leichter Wind weht mir um die Nase, es riecht schon ein bisschen nach Abenteuer. Auch wenn Herr Beck eine blöde Katze ist, in einem hat er natürlich völlig Recht: So ein Spaziergang ohne Carolin ist die beste Gelegenheit, endlich einmal auf die Jagd zu gehen. Sofort spüre ich dieses angenehme Kribbeln in der Nase, und meine Rute wippt automatisch nach oben. Nehmt euch in Acht, ihr Kaninchen! Carl-Leopold von Eschersbach will euch an den Kragen – und er wird euch kriegen.

Im Park angekommen, ist von Kaninchen erst einmal nichts zu sehen und zu riechen. Ob die schon alle im Bau liegen und schlafen? Egal, ich werde sie schon aufstöbern. Herr Beck ist eher auf Vögel spezialisiert, da kommen wir uns schon mal nicht ins Gehege. Mit der Nase dicht über dem Boden laufe ich den Kiesweg entlang. Nach ein paar Metern ein sehr vielversprechender Geruch: Hier muss vor kurzem noch ein Kaninchen entlanggehoppelt sein, wahrscheinlich auf dem Weg in seinen Bau. Ich bin ganz aufgeregt! In einem Kaninchenbau sind bestimmt gleich ein paar Kollegen, da werde ich den ein oder anderen schon erwischen. Tatsächlich wird der Geruch immer stärker. Ich verlasse den Weg und trabe auf die Wiese, in Richtung einiger großer Büsche.

Genau hier muss es sein! Ich wühle mit meiner Nase durch das Gras, immer auf der Suche nach der Bauöffnung. Endlich gibt ein Grasbüschel direkt vor mir nach, dahinter liegt ein tiefes Loch. Der Geruch ist jetzt ganz intensiv, ich kann mir einen lauten Freudenjauchzer nicht verkneifen. Hurra!

»He, alles in Ordnung bei dir, Herkules?«

Herr Beck steht auf einmal neben mir.

»Alles bestens! Ich habe soeben den ersten Kaninchenbau meiner Jagdhundkarriere aufgestöbert!«

»Du weißt aber schon, dass so ein Kaninchenbau ganz schön eng ist, oder?«

Was für eine saublöde Frage.

»Natürlich weiß ich das. Und jetzt entschuldige mich, ich muss arbeiten.«

Anstatt mich in Ruhe in den Bau zu lassen, setzt sich Herr Beck nun direkt vor mich. Nervig!

»Dir ist hoffentlich bei allem Jagdtrieb klar, dass du kein Dackel bist.«

Ich schnaufe tief durch. »Na und? Da siehst du mal, wie falsch von Eschersbach lag: Ich bin zwar nicht reinrassig, aber habe sofort den Bau gefunden. Alle Vorbehalte mir gegenüber sind also völlig aus der Luft gegriffen. Ich bin eben ein Jagdhund durch und durch. Würdest du jetzt bitte zur Seite gehen?«

»Entschuldige, du verstehst mich falsch. Ich wollte mit dir nicht in deine Stammbaumdiskussion einsteigen. Was ich sagen wollte ist lediglich, dass du doch ein Stück größer als ein Dackel bist. Nicht, dass du gleich in dem Bau stecken bleibst. Ich wüsste nämlich nicht, wie ich dich da wieder rauskriegen soll. Und um diese Zeit sind auch nicht gerade viele andere Helfer hier unterwegs.«

»So ein Quatsch. Stecken bleiben – was meinst du, wozu

ich meine Krallen habe? Ich kann mich damit vielleicht nicht durch das Efeu hangeln, aber graben geht damit ganz hervorragend. Mach dir also um mich keine Sorgen. Und jetzt muss ich mal loslegen, sonst sind die Kaninchen wieder weg, und wir diskutieren hier immer noch.«

Ich stecke meine Nase tief in das Loch und beginne, den Eingang in den Bau etwas breiter zu buddeln. Es ist ein tolles Gefühl! Endlich habe ich meine wahre Bestimmung gefunden. Schade nur, dass ich nicht mit einem leidenschaftlichen Jäger unterwegs bin, sondern nur mit dem bedenkenträgerischen Herrn Beck.

Nach ein paar Minuten bin ich schon fast komplett unter der Erde. Der Kaninchengeruch ist mittlerweile so stark, dass sich meine Nase ganz gespannt und doppelt so groß wie sonst anfühlt. Das Kribbeln hat sich in meinem ganzen Körper ausgebreitet, und ich bin so aufgeregt, dass mein Herz richtig rast. Noch ein kleines Stück, dann habe ich sie! Ich bilde mir ein, dass ich die Kaninchen sogar schon hören kann. Wahrscheinlich sitzen sie starr vor Schreck in ihrer Höhle und denken gar nicht an die Flucht. Fast ein bisschen einfach, das Ganze. Ich drücke ganz kräftig mit meinen Pfoten und der Nase in Richtung der vermuteten Höhle – da gibt die Erde vor mir nach, und ich hänge plötzlich mit meiner gesamten vorderen Hälfte in einem Loch. Horrido! Ich bin in der Höhle!

Dann die große Enttäuschung: Es ist zwar stockfinster, aber meine Nase verrät mir sofort, dass die Kaninchen doch schon auf und davon sind. Der Geruch ist nicht mehr ganz so deutlich, wie noch vor ein paar Minuten. So ein Mist, ich muss sie ganz knapp verpasst haben! Das ist alles Becks Schuld! Hätte ich gleich angefangen zu graben, dann hätte ich die Kameraden hier unten bestimmt noch gekriegt. So hatten sie natürlich genug Zeit, sich ein neues Loch zu buddeln und zu flüchten. Ärgerlich. Es bleibt mir also nichts anderes übrig, als nach einem anderen Bau zu suchen.

Ich lege den Rückwärtsgang ein. Besser gesagt: Ich versuche, den Rückwärtsgang einzulegen. Denn tatsächlich ist das gar nicht so einfach, wenn man mit den Vorderläufen in der Luft baumelt, wie ich es gerade tue. Ich versuche, mich mit den Hinterläufen zurückzuziehen, um so auch vorne wieder Halt zu finden. Aber so sehr ich mich auch hinten in die Erde stemme – es tut sich gar nichts. Ich stecke wie in einem Flaschenhals und komme weder vor noch zurück. Ein paar Mal versuche ich es noch, dann muss ich eine Pause machen, weil mir schon so warm ist. Verdammt stickig ist es hier unten außerdem. Meine Nase beginnt wieder zu kribbeln. Allerdings nicht, weil nun das ein oder andere Kaninchen zurückgekommen wäre. Nein, was ich jetzt fühle, ist: Angst. Wie zum Teufel komme ich hier wieder raus?

Hoffentlich steht Herr Beck noch oben. Ich belle, so gut und so laut ich unter den gegebenen Umständen kann. Ob er mich überhaupt hören kann? Er sagt selbst, dass er nicht mehr so gut sieht. Vielleicht hört er auch nicht mehr so gut. Das wäre allerdings eine Katastrophe. Mir wird immer heißer, es ist schon fast unerträglich. Bleib ruhig, Carl-Leopold! Keine Panik! Immerhin weiß jemand, wo du bist. Herr Beck wird sich schließlich wundern, wenn du nicht wieder hochkommst. Der wird schon nicht ohne dich nach Hause gehen. Und wenn ich ihn eben so vergrätzt habe, dass er doch schon weg ist? Mit meinem albernen Jagdhundgefasel habe ich ihn bestimmt ganz schön genervt. Ich belle weiter. Lieber, lieber Herr Beck, alles Blöde, was ich jemals zu dir gesagt habe, war garantiert nicht so gemeint. Du bist ein sehr lieber Freund von mir. Im Grunde mein einziger. Hilfe!

»Herkules? Alles klar da unten!«

Hallelujah! Er hört mich!

»Nein! Ich stecke fest!«

»Wie bitte? Ich kann dich kaum verstehen.«

»ICH STECKE FEST!«

Hustenreiz, ich muss würgen. Los, Herr Beck, tu was!

»Mist. Ich hab´s ja geahnt. Diese Kaninchennummer war eine echte Schwachsinnsidee. Wie kriegen wir dich da jetzt bloß raus?« Er schweigt. »Bist du sehr tief unten?«

»Nein, geht so. Der Tunnel verläuft relativ weit oben.«

»Ich schaue mal, ob ich irgendwo Hilfe finde.«

»Nein, bitte lass mich nicht allein! Ich habe Angst!«

»Ich muss jemanden suchen, der dich ausgraben kann. Am besten einen Menschen. Anders wird's nicht gehen, ich selbst schaffe das garantiert nicht. Bleib ganz ruhig, sonst verbrauchst du zu viel Luft. Und versuch dich zu entspannen.«

Entspannen? Sehr witzig. Da möchte ich mal sehen, wie entspannt Herr Beck an meiner Stelle wäre. Aber er hat natürlich Recht. Wir brauchen Hilfe.

»Okay, aber beeil dich!«

»Klar, ich mach so schnell ich kann. Halte durch!«

Wahrscheinlich ist Herr Beck erst seit ein paar Minuten unterwegs, aber es fühlt sich an wie eine Ewigkeit. Es ist ganz still hier unten, totenstill. Ich habe furchtbare Angst, versuche aber, Becks Rat zu befolgen und ruhig zu bleiben. Wieso war ich nur so blöd und habe mich in diese Lage gebracht? Beck hatte völlig Recht. Und ich bin ein Idiot. Für die Jagd jedenfalls komplett ungeeignet. Wie Opili immer sagte: Leidenschaft ist ein sehr schlechter Ratgeber. Und falscher Stolz auch. Wieso beschränke ich mich nicht darauf, ein niedliches Haustier zu sein? Ab und zu mal ein Zipfel Fleischwurst. Vielleicht mal einer Taube hinterherjagen. Nichts Gefährliches. Lieber Dackelgott, falls es dich gibt, bitte mach, dass Herr Beck jemanden findet, der mir hilft. Ich verspreche, ich werde fortan immer an der Leine gehen, nie mehr nachts aus der Wohnung ausbüchsen und überhaupt der bravste Hund der Welt werden. Und keinem Kaninchen mehr nach dem Leben trachten.

Direkt über mir höre ich auf einmal ein dumpfes Dröhnen. Menschliche Schritte! Das muss einfach die Rettung sein! Mein Gebet an den Dackelgott wurde offenbar erhört, und Herr Beck hat jemanden gefunden.

»Hey, Herkules! Du glaubst nicht, wenn ich mitgebracht habe!«

Dies ist definitiv nicht der Moment für Rätselspiele, aber ich verkneife mir diese Bemerkung und bin eigentlich auch schon zu schwach, um noch laut zu rufen.

»Willi. Ich habe Willi gefunden. Er hat zwar ziemlich auf uns beide geschimpft, aber trotzdem ist er noch einmal mitgekommen. Belle noch einmal, damit er kapiert, was wir von ihm wollen.«

Ich nehme all meine Kraft zusammen und belle, so laut ich kann.

»Ach so!«, höre ich Willis tiefe Stimme von oben brummen. »Dein kleiner Freund steckt da unten fest, richtig?«

Ich kann zwar nicht sehen, was Herr Beck jetzt macht, aber ich hoffe doch sehr, er bestärkt Willi irgendwie in dieser Annahme.

»Dann will ich mal versuchen, ihn da auszugraben. Hoffe, er ist nicht zu tief, ohne Schaufel, nur mit bloßen Händen wird das schwierig.«

Es wummert noch mal ordentlich über mir, Willi scheint sich hingekniet zu haben. Erst höre ich eine ganze Weile nichts mehr, dann beginnt die Erde über mir wieder zu beben. Willi gräbt. Dackelgott sei Dank!

Ich höre Willi ächzen und stöhnen, das Graben scheint für Menschen ziemlich anstrengend zu sein. Kein Wunder, so ohne Krallen ist es bestimmt nicht leicht, die Erde zur Seite zu schaffen. Aber das Beben kommt immer näher und ab und zu fällt jetzt auch ein wenig Erde von der Höhlendecke auf meine Nase.

»Mensch, da haste dir ja ein prima Plätzchen für deinen Ausflug unter Tage ausgesucht! Die Erde hier ist so was von lehmig – richtig anstrengend ist das!«, flucht Willi. Dann sagt er nichts mehr, sondern gräbt still weiter.

»Geht´s noch, Herkules?«, will Herr Beck wissen.

»Ja!«, rufe ich knapp, denn inzwischen bekomme ich kaum noch richtig Luft.

»Du kannst echt froh sein, dass Willi auf seinem Stammplatz saß und noch nicht allzu viel Bier intus hatte. Hat gar nicht so lange gedauert, ihm klarzumachen, was ich will.«

Gerade als ich Herrn Beck antworten will, dass es bei aller Schnelligkeit für mich trotzdem langsam eng wird, spüre ich einen Luftzug an meiner Rute.

»Endlich!«, ruft Willi. »Ich habe den Tunnel. So, gleich ist es geschafft!«

Ich kann zwar noch nichts sehen, aber Willi ist bereits an meinem Hinterteil angelangt. Ich höre sein Schnaufen und Prusten fast direkt hinter meinem Nacken. Jetzt hat er meine Hinterläufe komplett freigelegt und streicht mir über den Rücken.

»Mönsch, mein Lieber, du machst Sachen. Jetzt grabe ich noch vorsichtig dein Köpfchen frei, dann hast du es geschafft.«

Immer mehr Erde fällt auf meine Nase, aber weil ich weiß,

dass das an Willi liegt, der direkt neben meiner Schnauze gräbt, bleibe ich ruhig. Da! Willi hebt die Decke von der Höhle, und ich bin endlich befreit. Ich schüttle mich und schaue nach oben. Oha! Ich sitze doch in einer ziemlich tiefen Grube. Vorsichtig hebt mich Willi hoch und setzt mich an den Rand des großen Loches, das er für mich gebuddelt hat. Dann klettert er selbst raus und setzt sich neben mich.

»So, Willi braucht mal eine Verschnaufpause. Mir ist direkt ein bisschen schwindelig von der ganzen Anstrengung. Bin ja nichts mehr gewohnt in meinem Alter, ha, ha!«

Herr Beck kommt zu uns rübergetrabt, und so hocken wir zu dritt unter dem funzeligen Licht der etwas entfernt stehenden Parklaterne.

»Da hast du Glück gehabt, dass dein Kumpel mich gefunden hat, mein Freund. So wärst du nicht mehr rausgekommen. Puh, bin ich schlapp. Bisschen schlecht ist mir. Na ja, kein Wunder, untrainiert wie ich bin.« Willi streicht sich mit einer Hand durch sein wirres Haar. Dann holt er tief Luft und starrt in die Ferne. »Aber jetzt wird´s doch komisch. Und schlecht ist mir auf einmal. Ich fühle mich so …« Er lässt den letzten Satz in der Luft hängen – und kippt zur Seite ins Gras. Dort bleibt er liegen. Ach du Schreck! Nicht auch noch das!

»Was ist los mit ihm?«

»Was auch immer es ist, es sieht nicht gut aus.« Herr Beck geht näher an Willi heran und stupst ihn mit der Pfote im Gesicht an. Der regt sich nicht. »Mist, Willi, mach nicht solche Sachen!«

Ich laufe ebenfalls herum, überlege kurz und springe dann auf Willis Oberkörper. Wenn er darauf nicht reagiert, ist es ernst.

Es ist ernst: Selbst als ich nach vorne laufe und Willi übers

Gesicht schlecke, rührt er sich nicht. Dafür atmet er ganz schnell und unregelmäßig. Ich merke, dass ich panisch werde.

»Beck, ich glaube, Willi geht es sehr schlecht. Was machen wir jetzt bloß?«

»Scheiße!«, entfährt es Beck. »Das ist alles deine Schuld! Wärst du nicht in den blöden Bau, und hätte Willi dich nicht ausgraben müssen, dann läge er nicht hier. Das war offenbar zu viel für ihn. Wir brauchen dringend Hilfe!«

Ich lasse die Ohren hängen. Beck hat Recht. Es ist alles meine Schuld. Und weit und breit ist niemand zu sehen.

»Waren da eben noch andere Menschen?«, frage ich Herrn Beck, doch der schüttelt nur den Kopf.

»Keine Menschenseele. Nicht mal Liebespärchen. Einfach niemand.«

Willi gibt ein klägliches Stöhnen von sich. *Denk nach, Carl-Leopold, denk nach. Wer kann jetzt helfen?* Dann endlich der Geistesblitz.

»Ich hab´s!«, belle ich aufgeregt. »Ich habe Willi in diese Lage gebracht – ich hole ihn auch wieder raus. Du bleibst neben ihm, damit er nicht so allein ist. Bis gleich!«

Und bevor Herr Beck noch etwas sagen kann, sause ich auch schon los.

ZWANZIG

Aus dem Park heraus, die kleine Straße ganz bis zum Ende. Dann links herüber, zu dem großen Baum an der Ecke, der so eindrucksvoll nach dem schwarzen Dobermann riecht, den ich schon oft aus der Ferne bewundert habe. Eine größere Straße überquert, um diese Zeit ohne Autos. Ich laufe, so schnell ich kann, ohne die Orientierung zu verlieren. An der nächsten Ecke bin ich erst unsicher, aber dann nehme ich den Geruch der Bäckerei auf, an der ich auch mit Daniel und Carolin vorbeigekommen bin. Genau, hier bin ich noch richtig. Diese Straße ist ziemlich lang, ich muss ihr bis zu einer scharfen Kurve folgen. Als sie endlich kommt, hängt mir die Zunge schon aus dem Hals.

Und endlich rieche ich den fast vertrauten Gestank einer Reinigung. Ich bin am Ziel – schräg gegenüber ist die Praxis von Wagner. Deren Fenster sind natürlich dunkel – aber die Wohnung im Stockwerk darüber ist zum Glück hell erleuchtet. Dr. Wagner scheint da und wach zu sein. Ohne zu zögern, hocke ich mich auf den Bürgersteig vor dem Haus und beginne, laut zu bellen. Ununterbrochen. Irgendwann wird mich schon jemand hören. Jetzt nicht aufgeben. Das bin ich Willi einfach schuldig.

Es dauert nicht einmal sonderlich lang: Bald geht ein Fenster auf, leider im zweiten Stock, und eine Frau schaut heraus.

»Was ist denn das für ein gottverdammter Lärm! Blöder Köter, scher dich gefälligst weg!«

Unbeeindruckt belle ich weiter, langsam schon etwas heiser.

»Hau ab, oder ich rufe die Polizei!«

Mir doch egal. Zur Abwechslung heule ich nun ein bisschen. Die Frau macht das Fenster wieder zu. Eine Weile passiert nichts. Egal. Durchhalten, Carl-Leopold, durchhalten. Es geht um Willi!

Da klappert es, und die Haustür öffnet sich. Die Frau kommt auf die Straße – und sie hat Dr. Wagner dabei! Sie sprechen miteinander, während sie auf mich zugehen.

»Ich weiß zwar nicht, wie Sie darauf kommen, dass das ein Patient von mir sein könnte, aber ich gucke mal, wo das Problem ist.«

»Na ja, warum sonst sollte sich ein Hund hier so aufführen? Also danke, dass Sie mal schauen.«

Die beiden bleiben vor mir stehen. Wagner starrt mich an. Ich starre zurück. Hoffentlich erkennt er mich. Sonst rufen sie wohlmöglich wirklich noch die Polizei.

»Tatsächlich. Ich kenne das Tier. Es gehört einer Freundin von mir.«

Na, also das stimmt so nun gar nicht. Carolin ist nicht deine Freundin! Aber in dieser Situation will ich mal nicht so sein. Stattdessen springe ich an Wagner hoch und begrüße ihn schwanzwedelnd. Wagner streichelt mich kurz und guckt mich dann nachdenklich an.

»Was ist denn wieder los bei euch, Herkules?«

Wenn ich das einfach erzählen könnte, müsste ich hier nicht so einen Zinnober veranstalten. Ich springe noch einmal an ihm hoch und zerre dabei an seinem Ärmel. Die Frau, die eben noch auf hundertachtzig war, schaut amüsiert.

»Sieht so aus, als sollten Sie mitkommen.«

»Ja, könnte man glauben, nicht? Ist etwas mit Carolin?«

Ich springe auf und ab. Gut, das ist zwar gelogen, aber Hauptsache, er kommt erst einmal mit. Und da locke ich ihn mit Carolin wahrscheinlich eher. Dass es nicht um eine hübsche junge Frau, sondern um einen wohl eher hässlichen alten Mann geht, wird er noch früh genug selbst sehen.

»Wo ist Carolin denn? Zu Hause?«

Ich laufe drei Schritte vor, dann drehe ich mich wieder zu Wagner um und wedele mit dem Schwanz. Wagner schüttelt staunend den Kopf, dann zieht er ein Handy aus seiner Hosentasche und tippt eine Nummer ein. Er hält das Handy an sein Ohr und lauscht hinein. Nach einer Weile nimmt er es wieder herunter und steckt es zurück in die Tasche. »Hm, ich erreiche sie nicht, geht nur der Anrufbeantworter ran. Okay, Herkules, dann muss ich dir wohl folgen. Warte einen Moment, ich hole kurz meine Jacke.«

Die Frau schaut Wagner völlig perplex an.»He, das war eben ein Scherz! Sie glauben doch wohl nicht im Ernst, dass der Hund Sie gerade bittet, ihn zu begleiten?«

»Doch, das glaube ich, Frau Loretti. Dieser Hund scherzt nicht. Der meint es bitterernst.«

Dann dreht er sich um und geht wieder ins Haus. Ich bin begeistert. Wagner mag ein Idiot sein. Aber mit Hunden kennt er sich einfach aus.

Einen Augenblick später steht er wieder neben mir.

»Gut, Herkules. Ich bin wirklich sehr gespannt, was der Grund für deinen bühnenreifen Auftritt ist.«

Ich wedele wieder mit dem Schwanz und trabe los, ein kurzer Blick über die Schulter: Wagner kommt brav hinterher. Auf dem Rückweg muss ich nicht mehr überlegen, wo ich eigentlich hinwill, das erleichtert die Sache enorm. Schon bald kommen wir an Carolins Haus vorbei, und Dr. Wagner will in Richtung Hauseingang abbiegen. Ich belle kurz – nix da!

»Aha, da also nicht. Sondern?« Wagner schaut mich fragend an, ich laufe weiter Richtung Park. Jetzt nicht schlappmachen, wir haben es gleich geschafft. Schließlich steure ich direkt auf Herrn Beck zu, der auftragsgemäß neben Willi sitzt. Willi liegt immer noch so im Gras, wie ich ihn verlassen hatte. Herr Beck starrt mich an.

»Du meine Güte, das ist wirklich eine brillante Idee: Du hast den Tierarzt geholt.«

Nun kommt auch Wagner auf uns zu. »Was ist denn hier passiert? Habt ihr den Mann hier gefunden? Und mich als Hilfe geholt? Das ist einfach unglaublich.« Er kniet sich neben Willi. »Hallo? Können Sie mich hören? Hallo?«

Willi reagiert nicht. Wagner schiebt seinen Pullover hoch und legt sein Ohr auf Willis Brust. Dann beginnt er, ihn zu massieren. Nein, eigentlich eher, auf ihn einzuschlagen. Das sieht ziemlich brutal aus. Ich hoffe, Wagner weiß, was er tut! Nach einer ganzen Weile voll massieren und schlagen legt Wagner wieder sein Ohr auf die Brust. Offenbar scheint irgendetwas wieder besser zu funktionieren, denn jetzt lächelt Wagner zufrieden. Er setzt sich auf und kramt sein Handy hervor. Dann tippt er eine Nummer ein.

»Hallo, hier ist Marc Wagner. Ich habe soeben im Helvetia-Park eine bewusstlose männliche Person gefunden, Alter zwischen fünfzig und sechzig Jahre. Eine genauere Untersuchung ist schwierig, aber ich schätze, es könnte ein Herzinfarkt sein. Herzschlag war jedenfalls sehr unregelmäßig, scheint nach Herzmassage jetzt besser zu sein.«

Er lauscht wieder. Jemand am anderen Ende der Leitung scheint ihn etwas zu fragen.

»Na, nicht so direkt. Ich bin Tierarzt. Ich habe ihn jetzt in die stabile Seitenlage gebracht, Herzmassage ist wohl nicht mehr nötig. Sie finden uns rechts von dem Kinderspielplatz. Bis gleich!«

Wagner legt auf, dann guckt er Herrn Beck und mich ernst an. »Ich glaube, dieser Mann hatte einen Herzinfarkt. Auf alle Fälle scheint es etwas Ernstes zu sein. Es ist gut, dass ihr Hilfe geholt habt.« Er streichelt erst mich, dann Herrn Beck über den Kopf. »Gut gemacht!« Er schweigt einen Moment. »Obwohl ich mir ziemlich sicher bin, dass mir niemand diese abgefahrene Geschichte glauben wird. Wahrscheinlich am wenigsten dein Frauchen, Herkules. Wo steckt die eigentlich? Und warum rennst du nachts allein im Park herum?« Er mustert mich nachdenklich. »Schade, dass du nicht sprechen kannst.«

Er nimmt wieder das Handy und tippt eine Nummer ein. »Hallo, Nina, hier ist Marc. Sag mal, hast du vielleicht die Handynummer deiner Freundin Carolin? Hm. Ja.«

Wie schlau von Wagner – er hat offensichtlich Nina angerufen.

»Nein, ich wollte ihr lediglich etwas erzählen, was eventuell von Interesse für sie sein könnte. Also, wenn du mir den Gefallen tun würdest …«, wieder Schweigen. »Ach hallo, Carolin! So ein Zufall – du bist bei Nina. Tja, das klingt jetzt erst mal seltsam, aber ich sitze hier mit Herkules im Helvetia-Park. Willst du vielleicht vorbeikommen?«

Die Rettungssanitäter wuchten Willi auf eine Trage. Wagner unterhält sich noch kurz mit dem Menschenarzt, der Willi gerade untersucht hat.

»Ich denke auch, dass es ein Herzinfarkt war. Hat echt Glück gehabt, dass Sie vorbeigekommen sind, Herr Kollege.«

»Tja, normalerweise sind meine Patienten ja sehr viel

kleiner oder sehr viel größer und meist sehr behaart, aber im Notfall geht's auch mal ohne Fell.« Die beiden lachen.

»So, wir bringen den Herrn jetzt in die Uniklinik. Also, tschüss!«

Marc Wagner nickt kurz, dann dreht er sich zu Carolin und Nina um, die mittlerweile neben uns stehen. »Einen schönen guten Abend, die Damen!«

Carolin sagt erst mal nichts, sondern nimmt mich auf den Arm. »Herkules! Was machst du hier? Was um Gottes willen ist passiert?«

Wagner lächelt ein bisschen schief. »Also, ich habe es mir wie folgt zusammengereimt: Herkules war mit dem Kater im Park unterwegs, und dabei haben sie diesen Obdachlosen gefunden. Schlaue Viecher, die sie nun mal sind, haben sie erkannt, dass ein Notfall vorliegt. Und dann hat Herkules den einzigen Arzt geholt, den er kennt: nämlich mich.«

Nina lacht laut auf. »Entschuldige, Marc, aber merkst du eigentlich, wie bescheuert das klingt, was du hier gerade erzählst? Der Dackel und der Kater wollen einen Penner retten und deswegen holen sie dich? Hast du was getrunken?«

Was für eine Frechheit! Und wieso klingt das bescheuert? Das ist so ziemlich genau die Wahrheit! Komisch, Nina scheint regelrecht sauer auf Wagner zu sein – sie klingt jedenfalls sehr gereizt. Ich frage mich nur, warum.

Wagner verteidigt sich. »Warum so heftig, Nina? Was glaubst du denn? Dass ich Herkules aus Carolins Wohnung entführt, den Kater mitgenommen und anschließend diesen armen, alten Mann überfallen habe? Oder dass unsere zwei Freunde hier den Mann angefallen haben? Ich kann nur erzählen, was ich selbst gesehen habe. Und selbst gesehen habe ich, dass Herkules vor meiner Praxis aufgekreuzt ist und so lange gebellt hat, bis ich rausgekommen bin. Dann hat er mich hierhergelotst, und da lag schon dieser Mann, augenscheinlich bewacht von der Katze. Wie die beiden allerdings aus Carolins Haus in den Park gekommen sind, und was dem Mann passiert ist – keine Ahnung. Ich schätze, er hatte einen Herzanfall. Betrunken scheint er jedenfalls nicht zu sein, ich konnte keinen Alkoholgeruch feststellen. Oh, und ich bin es übrigens auch nicht.«

Nina schnappt hörbar nach Luft, Carolin drückt mich fest an sich.

»Ich kann mir zwar überhaupt nicht erklären, wie Herkules aus der Wohnung gekommen ist, aber zum Glück hat er zu dir gefunden. Ich kenne den kranken Mann – er stand eines Tages bei uns vor dem Haus und schien ein bisschen verwirrt zu sein. Danke, dass du ihm geholfen hast. Wer weiß, was sonst passiert wäre.«

Nina guckt die beiden an und kichert – etwas bösartig, wie mir scheint. »Warum? Was sollte denn schon passieren? Den Notarzt hätte auch jeder andere rufen können. Ich bezweifle, dass Marc sein veterinärmedizinisches Studium dabei sehr geholfen hat.«

Marc Wagner lächelt noch breiter. »Liebe Nina, wenn du dereinst bewusstlos im Park liegst, wirst du auch hoffen, dass dich wenigstens ein Tierarzt findet.«

Genau! Besser als eine Psychologin, würde ich denken. Auch wenn ich gar nicht genau weiß, was das ist.

»So, die Damen. Das Wesentliche wäre ja gesagt, ich gehe dann mal wieder. Einen schönen Abend noch.«

Er nickt Nina und Carolin freundlich zu und geht in Richtung Parkausgang. Als er fünf Schritte entfernt ist, dreht er sich aber noch einmal um.

»Ach so, Carolin – Mittwochabend, halb sieben? Ich hole dich ab, okay? Bis dann!«

Carolin nickt und winkt ihm kurz zum Abschied. Nina sagt nichts. Jedenfalls nicht, solange wir noch im Park stehen. Auf dem Weg nach Hause redet sie dafür umso mehr.

»Du bist verabredet? Mit Marc? Warum hast du mir das nicht erzählt?«

»Das wollte ich ja, aber ...«

»Ich meine, da kommst du extra noch vorbei und schwafelst mich zu von deinem tollen Tag an der Elbe mit Jens und wie romantisch das war und wie gut ihr euch verstanden habt und dein Date mit Marc erwähnst du mit keinem Wort?«

»Ja, aber ...«, setzt Carolin noch einmal an, doch Nina lässt sie nicht ausreden.

»Und ich dachte wirklich, deinem blöden Köter würde es schlechtgehen. Dabei wolltest du nur Marcs Nummer! Hast du dich eigentlich mal gefragt, wie ich mich fühle, wenn ich so davon erfahre? Echt Scheiße, das kann ich dir sagen – echt Scheiße!«

»Ich wollte es dir sagen. Deswegen bin ich heute Abend extra noch zu dir gefahren. Aber dann rief Marc an, und ich bin nicht dazu gekommen.«

»Wer´s glaubt wird selig. Wir haben ja auch erst eine Stunde gequatscht. Das ist natürlich viel zu kurz, um so etwas Unwichtiges loszuwerden.«

»Wieso, du hast doch gleich nach Jens gefragt – etwas anderes hat dich doch gar nicht interessiert.«

»Natürlich nicht. Woher sollte ich auch wissen, dass es noch etwas anderes zu berichten gibt.«

»Er hat mich in ein Konzert eingeladen, mehr nicht.«

»Ach, das ist ja schön. Und wie kunstsinnig.«

»Außerdem hast du gesagt, dass er doch nicht so dein Fall ist. Ich konnte ja nicht ahnen, dass das nicht stimmt.«

»Richtig. Ahnen konntest du es nicht. Aber wissen hättest

du es können, wenn du mich einmal in letzter Zeit gefragt hättest, wie es mir eigentlich geht. Aber stattdessen reden wir ja nur über dich. Und deinen Liebeskummer. Und als ich neulich bei dir vorbeigekommen bin und echt mal eine Freundin gebraucht hätte, da ist dir ein blödes Kochen mit Kumpel Daniel auf einmal unglaublich wichtig, und ich fühle mich sogar, als würde ich stören. Schöne Freundin, vielen Dank. Ich werde dich daran erinnern, wenn du das nächste Mal jemanden zum Quatschen brauchst.« Sie dreht sich um und stapft weg.

Carolin bleibt mit mir zurück. »O Mist. Ich habe ja geahnt, dass das Ärger gibt. Ist wohl doch noch nicht alles gegessen mit dem Herrn Doktor.« Sie seufzt. »Na, lass uns mal nach Hause gehen, Süßer. Da kannst du mir mal ganz genau erklären, wie du überhaupt hierhergekommen bist.«

Das mache ich doch gerne. Aber könnte mir im Gegenzug jemand erklären, was genau gerade zwischen Nina und Carolin passiert ist? Nina fand den Tierarzt doch inzwischen genauso doof, wie ich ihn ursprünglich fand. Und warum ist sie dann sauer? Und davon mal ganz abgesehen: Was ist jetzt eigentlich mit Jens? War doch ein toller Tag mit ihm. Weiß Carolin eigentlich, was sie will? Ich vermute mal: nein.

In der Wohnung angekommen, laufe ich ganz schuldbewusst ins Schlafzimmer und hocke mich vor Stuhl und geöffnete Balkontür. Carolin schaut mit großen Augen zwischen mir und Beweisstück A und B hin und her.

»Du willst mir nicht sagen, dass du diese Türe von allein aufbekommen hast, oder? Das ist unglaublich. Damit kannst du im Zirkus auftreten. Aber wie um alles in der Welt bist du dann vom Balkon gekommen? Bist du etwa gesprungen?« Ich gucke sie sehr treuherzig an und mache Männchen. »Herkules! Bist du verrückt? Du bist doch keine Katze! Neun Leben hast du auf keinen Fall!«

Hä? Neun Leben? Hat die Katze neun Leben? Das würde natürlich einiges am Verhalten von Herrn Beck erklären. Oder ist das wieder nur so ein Menschensprichwort?

Carolin schließt die Balkontür und zieht den Vorhang zu. »Ich bin saumüde, mein Süßer. Und ein bisschen traurig. Wegen Nina und Marc. Und ein bisschen glücklich. Wegen Marc und Jens. Was für ein Durcheinander! Hoffentlich bringe ich da wieder Ordnung rein. Was meinst du? Aber jetzt gehe ich erst einmal ins Bett. Heute bekomme ich das Problem sowieso nicht mehr gelöst. Gute Nacht, Herkules!«

Ich laufe zu meinem Körbchen und rolle mich in meiner Kuscheldecke zusammen. Müde bin ich auch. Aber gleichzeitig schwirrt mir der Kopf. Erst Daniel, dann Jens. Oder vielleicht Doktor Wagner? Wie kann es bloß sein, dass es hier vor ein paar Wochen noch gar keinen Kandidaten für mein zukünftiges Herrchen gab und jetzt gleich drei? Und keinen davon habe ich selbst ausgesucht, obwohl ich doch so einen tollen Plan hatte.

In meinem müden Hundehirn macht sich eine ernüchternde Erkenntnis breit: der Männergeschmack von jungen Frauen und kleinen Dackeln scheint doch sehr weit auseinander zu liegen.

EINUNDZWANZIG

Als wir durch die Tür kommen, richtet sich Willi überrascht im Bett auf.

»Mönsch, ihr besucht mich! Das ist ja toll!«

»Tja, ich hoffe, es strengt Sie nicht zu sehr an, aber die Schwester meinte, es sei okay.«

»Nein, ich freu mich. Damit hatte ich gar nicht gerechnet. Sie sind doch die junge Frau mit der Geigenwerkstatt, oder?«

»Richtig. Ich heiße Carolin Neumann.« Sie reicht Willi die Hand, der sie kurz drückt.

»Sehr angenehm. Wilhelm Schamoni mein Name, aber alle nennen mich Willi. Und wie heißt Ihr kleiner Freund da unten?« Er zeigt auf mich.

»Das ist Herkules.«

Carolin zieht sich einen Stuhl neben Willis Bett, setzt sich und nimmt mich auf den Schoß. Willi streckt seinen Arm aus und streichelt mich. Puh! Offensichtlich ist er nicht böse auf mich. Ich bin erleichtert.

»Du büsch ja´n ganz Süßer! Und nu hast du den Willi noch gerettet, nech?«

Carolin zieht die Augenbrauen hoch. »Ach, woher wissen Sie das denn? Haben Sie gesehen, wie Herkules mit Dr. Wagner angekommen ist?«

»Nein«, ertönt eine Stimme hinter uns, »ich habe es Willi gerade erzählt.«

Carolins Kopf fährt herum. Im Türrahmen lehnt Marc Wagner und grinst uns an. »Da sind wir wohl beide auf die gleiche Idee gekommen. Ich dachte auch, dass ein bisschen Besuch jetzt genau das Richtige für Willi wäre.«

»Oh, hallo, Marc.«

Komisch, Carolin klingt wenig euphorisch. Ich dachte, sie mag ihn. Egal, ich für meinen Teil versuche, gute Stimmung zu verbreiten, indem ich mit dem Schwanz wedele.

»Na, freust du dich, mich zu sehen?« Marc streichelt mir über den Kopf. »Du bist unser kleiner Heldenhund, nicht wahr?«

Na ja, *Heldenhund* – das ist mir nun doch ein bisschen zu dick. Ich bin schon froh, dass Willi nicht findet, dass ich an allem schuld bin. Aber Willi lächelt tatsächlich noch ganz gut gelaunt.

»Ein verrückter Tag – gestern haben Herkules und ich uns wohl gegenseitig gerettet: Bevor ich nämlich den Herzanfall bekam, habe ich Herkules aus einem Kaninchenbau befreit. Er steckte fest und kam nicht mehr raus. Gemerkt habe ich das aber nur, weil auf einmal der fette Kater neben meiner Parkbank auftauchte. Ich habe mich zwar erst gefragt, ob wohl langsam mit meinem Kopf etwas nicht in Ordnung ist. Schließlich ist es ja schon das zweite Mal, dass ich das Gefühl hatte, der Kater will mich irgendwohin bringen. Aber es hat ja gestimmt. Toll, oder? Ich meine, wie sich Tiere gegenseitig helfen. Das scheinen echte Kumpels zu sein.«

Marc Wagner nickt. »Ja, viele Menschen unterschätzen Tiere. Und ich gebe zu, dass ich gestern auch überrascht war. Hatte fast etwas von *Lassie*.«

Lassie? Wer oder was ist das? Carolin und Marc lachen, und selbst Willi wiehert schwach, aber fröhlich. Muss ja komisch sein.

Die Tür klappt auf, und eine Frau mit weißem Kittel kommt herein.

»So, Herr Schamoni, jetzt muss ich Ihren Besuch leider nach draußen bitten. Ich werde Sie gleich noch einmal untersuchen, und außerdem brauchen Sie auch viel Ruhe.« Sie wendet sich an uns – und ihr strenger Blick bleibt an mir kleben. »Tiere sind hier nicht erlaubt! Bitte bringen Sie den Hund nicht mehr mit.«

Carolin schaut schuldbewusst. »Oh, das tut mir leid, wir gehen auch gleich. Aber Herkules hat Herrn Schamoni gestern entdeckt, deswegen dachte ich ausnahmsweise …«

Die Frau schüttelt den Kopf. »Nein, keine Ausnahmen. Sie können gerne morgen wiederkommen, allerdings ohne den Hund.«

Carolin setzt mich auf den Boden und steht auf. »Also, Willi, dann wünsche ich Ihnen gute Besserung! Vielleicht schaue ich wirklich noch einmal vorbei.«

»Ja, das würde mich riesig freuen!« Er drückt noch einmal Carolins Hand zum Abschied.

Auch Marc Wagner reicht ihm die Hand. »Tschüss, Willi, gute Besserung!«

»Vielen Dank noch mal für den Besuch, lasst euch mal wieder blicken.«

Willi winkt kurz, dann stehen wir wieder auf dem Krankenhausflur.

»Wollen wir noch einen Kaffee trinken gehen?«

Carolin zögert. »Hm, weiß nicht, mit Hund ist man auf dem Krankenhausgelände nicht gerade gern gesehen.«

»Dann lass uns doch zum Hauptausgang gehen. Zwei Ecken weiter gibt es doch schon das erste Café.«

Und so kommt es, dass die beiden kurze Zeit später an einem gemütlichen Holztisch sitzen, während ich mich unter der dazugehörigen Bank zusammenrolle. Erst plaudern sie über irgendwelche Belanglosigkeiten, dann bekommt Carolins Stimme einen seltsam düsteren Klang.

»Marc, ich würde unser Treffen am Mittwoch gerne absagen.«

O nein! Das ist mit Sicherheit kein gutes Zeichen – und gerade jetzt, wo ich beginne, mich an den Tierarzt zu gewöhnen! Mist. Auch Marc ist nicht eben erbaut über diese Wendung.

»Aber warum denn? Ich denke, du hast dich schon auf das Konzert gefreut.«

»Ja, habe ich ja auch.«

»Es ist wegen Nina, oder?«

»Nein. Das heißt, ein bisschen vielleicht. Also eigentlich ja.«

Marc schüttelt den Kopf. »Ich habe mir schon so etwas gedacht nach ihrem Auftritt im Park gestern. Ganz verstanden habe ich den aber nicht. Da war doch gar nichts zwischen Nina und mir. Gut, wir waren ein paar Mal aus – aber mehr nicht.«

»Das sieht Nina offenbar anders.«

»Ich hab's gemerkt. Warum, ist mir allerdings ein Rätsel. Ehrlich gesagt war unsere letzte Verabredung eher ein Desaster, danach hat sie sich nie mehr gemeldet.« Marc greift nach Carolins Hand. »Bitte, sag nicht ab. Ich möchte dich einfach mal privat kennenlernen. Nicht immer nur, wenn irgendein Notfall uns zusammenbringt. Ich finde dich wirklich sehr nett, und ich verspreche dir auch, mich höchst vorbildlich und wie ein Gentleman zu benehmen. Es wird keinen Grund zur Beanstandung geben.« Er hebt eine Hand in die Luft. »Großes Indianerehrenwort!«

Carolin lächelt, zieht aber ihre Hand aus seiner. »Wirklich, Marc. Ich habe mich über deine Einladung gefreut. Aber mein Leben war in letzter Zeit sehr anstrengend und kompliziert, und ich möchte nicht gleich in das nächste Problem schlittern. Nina ist meine beste Freundin, sie hat mir geholfen, als es mir sehr schlechtging – und das ist noch nicht allzu lange her. Ich finde dich auch sehr nett, aber vielleicht ist momentan nicht der richtige Zeitpunkt, um sich besser kennenzulernen.«

Jaul! Die blöde Nina! Es laufen noch genug andere Männer in der Stadt herum. Und Herr Beck hat doch schon festgestellt, dass Nina bisher nie Schwierigkeiten hatte, eine ganze Menge von ihnen kennenzulernen. Wieso muss sie uns also gerade hier in die Quere kommen? Marc sieht das offenbar genauso. Er guckt so gequält, als ob ihm der alte von Eschersbach gerade eins mit der Hundepeitsche übergezogen hätte.

»Und da kann ich gar nichts machen? Ich könnte doch mal mit Nina reden.«

Carolin schüttelt heftig den Kopf. »Nein, bitte mach das auf keinen Fall. Es ist ja nicht nur Nina. Ich habe die ganze Nacht nicht geschlafen, so viele Gedanken gingen durch meinen Kopf. Und dann, so gegen vier Uhr morgens, war mir klar: Ich muss mehr Ruhe in mein Leben bringen. Und erst mal herausfinden, was für mich wichtig ist. Herausfinden, wer ich eigentlich bin. Bitte sei mir nicht böse, ich kann nicht anders.«

Marc guckt traurig, aber sagt nichts mehr. Eine Weile sitzen die beiden schweigend nebeneinander, dann verabschiedet sich Carolin, und wir lassen den armen Wagner allein im Café sitzen.

»Sie sagt, sie muss herausfinden, wer sie eigentlich ist. Kann man´s denn fassen?« Wieder zu Hause angekommen, klage ich Herrn Beck mein Leid.

»Hast du so einen Quatsch schon mal gehört? Sie ist Carolin Neumann, wer sonst? Sie hat doch bestimmt auch so eine Art Stammbaum, da wird es doch wohl drinstehen, ich meine, mit Namen und allem drum und dran. Oder haben die Menschen das nicht?«

Ich bin wirklich fassungslos. Und das von Carolin – das hätte ich nie gedacht.

»So, jetzt beruhig dich mal, Kleiner. Du hast das falsch verstanden. Natürlich weiß Carolin noch, wie sie heißt.«

Der hält mich wohl auch für blöd. Ich weiß doch, was ich gehört habe!

»Nein, nein, nein! Sie hat wörtlich gesagt: *Ich muss herausfinden, wer ich eigentlich bin.* Wörtlich, Herr Beck, wörtlich! Ich hab´s doch nicht auf den Ohren.«

Da kommt mir plötzlich ein ganz neuer Gedanke: Vielleicht geht es der armen Carolin ja wie mir? Und sie ist auch irgendwie nicht so wirklich reinrassig? Oder wie auch immer das bei Menschen heißt, wenn man seinen Vater nicht kennt? Vor dem Hintergrund ist es natürlich einleuchtend, dass sie bei der Partnerwahl nun extrem vorsichtig ist. Sie kann dann ja gar nicht genau wissen, wer besonders gut zu ihr passen würde. Aber als ich Beck diese neue Theorie erläutere, lässt der sich japsend vor Lachen zu Boden fallen.

»Herkules, du bist einmalig! Nu sieh doch endlich mal ein, dass es ein paar grundlegende Unterschiede zwischen Menschen und Hunden gibt. Menschen sind denkende Wesen!«

Na, schönen Dank auch! Als ob ich nicht denken würde! Ich knurre ein bisschen.

»War klar, dass du das wieder in den falschen Hals kriegst und beleidigt bist. Natürlich denken wir auch. Aber der Mensch – oder besser: der ein oder andere Mensch – ist selbstreflektiert. Will heißen: Er denkt ständig über sich selbst nach. Wer bin ich? Woher komme ich? Wohin gehe ich?«

»Also, das klingt jetzt noch nicht so besonders, muss ich dir sagen.«

»Ich meine doch im übertragenen Sinne! Carolin will wissen, was sie als Mensch ausmacht. Was sie von anderen unterscheidet. Was für sie selbst wichtig ist. Solche Sachen eben.«

Herrje, ich komme immer wieder auf meine Ausgangsthese zurück: nämlich, dass der aufrechte Gang nicht gut für das Gehirn ist.

»Wie schade, dass ich nicht mit Menschen sprechen kann. Sonst würde ich Carolin einfach sagen, was das Besondere an ihr ist, und sie müsste nicht länger darüber nachdenken. Es liegt doch auf der Hand: Sie ist ein lieber Mensch. Sie macht sich Gedanken um die anderen Menschen in ihrer Umgebung, um Nina und Daniel, sogar um Marc. Und um Tiere macht sie sich auch Gedanken, sonst hätte sie mich nicht aus dem Heim geholt. Also, ich finde, das reicht. Mehr muss sie doch nicht über sich wissen, um sich gut zu fühlen. Jetzt braucht sie dann nur noch den richtigen Mann, und alles ist gut. Wenn sie da allerdings so weitermacht, sind wir bald alle Kandidaten los und können von vorne anfangen. Diesmal denke ich mir dann aber eine andere Masche aus.«

Herr Beck seufzt. »Ne, glaube mir, Herkules. Solange Carolin das Gefühl hat, sich selbst finden zu müssen, können wir die tollsten Typen anschleppen – es wird nichts nützen. Offenbar können manche Menschen nur gut zu zweit sein, wenn sie auch gut allein sein können. Und dafür braucht Carolin wahrscheinlich wirklich Zeit. Fassen wir uns also in Geduld.«

»Ich hoffe, du hast zur Abwechslung mal Unrecht. Aber eine Chance gibt es noch: Jens. Zumindest war unser Ausflug an den Fluss einfach wunderschön, vielleicht wird es doch etwas mit den beiden.«

»Ja, vielleicht.« Herr Beck nickt bedächtig – aber sein Blick verrät, dass er nicht daran glaubt.

ZWEIUNDZWANZIG

»Kannst du mir mal einen vernünftigen Grund nennen, warum du mir das nicht erzählt hast?« Daniel klingt sauer. »Ich verstehe dich nicht, Carolin. Wir haben hier neulich gesessen, und ich war ganz ehrlich zu dir. Da hätte ich wohl von dir das Gleiche erwarten können, findest du nicht?« Er ist *richtig* sauer.

Dabei hat der heutige Tag eigentlich ganz harmlos begonnen. Als wir nach unten in die Werkstatt kommen, steht dort ein großer Blumenstrauß auf Carolins Werkbank. Carolin freut sich – bis sie Daniel sieht, der mit mürrischem Gesicht an seinem eigenen Tisch steht. Und dann geht es ganz schnell: Denn es stellt sich heraus, dass der Strauß von Jens stammt. Und das Daniel eifersüchtig ist. Sehr eifersüchtig.

»Ich wollte dich eben nicht verletzen.«

»Na, Glückwunsch. War 'ne super Idee. Falls es dich interessiert: Jetzt hast du mich richtig verletzt. Wenn du mir damals gleich gesagt hättest, dass du dich für jemand anderen interessierst, dann wäre es für mich viel leichter gewesen. Aber nun fühle ich mich wie der Riesendepp.«

Carolin schluckt. »Aber warum denn? Ich hab doch nur …«

»Weil ich mir einen abgebrochen hab von wegen *ist vielleicht keine so gute Idee mit uns* und *ist vielleicht besser so*. Hab den Verständnisvollen gegeben. Mann, was bin ich blöd! Ich darf gar nicht daran denken, da wird mir schlecht.«

»Also nun beruhige dich mal wieder – ganz so war das schließlich nicht. Ich fand unser Kochen auch schön. Und dass ich mir mehr nicht vorstellen konnte, hat überhaupt nichts mit Jens zu tun. Den hatte ich da genau einmal gesehen. Was hätte ich dir denn da groß erzählen sollen? Da war doch überhaupt nichts.«

»Nun tu doch nicht so, du weißt genau, was ich meine. Ich hatte keine Chance. Und das hätte ich gerne gewusst. Ich dachte, wir sind Freunde.«

Auf Carolins Wangen bilden sich kleine rote Flecken. »Natürlich sind wir Freunde! Und ich kann mir auch vorstellen, dass die Situation für dich schwer ist. Aber für mich ist sie es auch, und ich finde nicht, dass ich hier die Böse bin!«

»Das habe ich auch nicht behauptet.«

»Hast du nicht? Finde ich aber doch.«

»O Mann, was für eine Scheiße!« Daniel haut mit seiner Faust so laut auf den Tisch, dass ich vor Schreck einen Satz unter die Werkbank mache. Dann rennt er von seinem Tisch weg, aus dem Raum hinaus und knallt hinter sich die Türe zu. Carolin und ich bleiben zurück. Sie beugt sich zu mir und holt mich unter der Werkbank hervor.

»Ganz schön laut, nicht?« Sie streichelt mich. »Tja, sieht so aus, als wären langsam alle meine Freunde sauer auf mich. Gut, dass ich dich noch habe.«

Ich schaue Carolin mit großen Augen an. Es ehrt mich natürlich, dass ich ihr als Freund genauso wichtig bin wie Daniel und Nina. Trotzdem hoffe ich, dass sich hier schnell alles wieder einrenkt. Ich bin doch eher für Harmonie zu haben. Carolin scheint meine Gedanken lesen zu können.

»Mach dir keine Sorgen. Ich verspreche dir, dass wir uns alle wieder vertragen werden. Und damit das möglichst schnell passiert, rufe ich jetzt auch mal die Nina an und verabrede mich mit ihr. Was meinst du, guter Plan?« Ich wedele mit dem Schwanz. »Aha. Guter Plan. Sehr schön, dann wird's so gemacht.«

Offensichtlich hat Nina auch das dringende Bedürfnis, mit Carolin zu sprechen. Denn kaum hat Carolin sie angerufen, da sind wir schon unterwegs in unser Stammcafé um die Ecke. Als wir eintrudeln, ist Nina schon da und winkt uns zu. Recht freundlich, wie ich mir einbilde.

»Hallo, Nina! Schön, dass es so spontan klappt«, begrüßt Carolin sie.

»Ja, glückliche Fügung. Mir waren auch gerade zwei Patienten ausgefallen. Als du anriefst, dachte ich mir: Das Schicksal will, dass wir endlich miteinander reden.«

Beide lachen. Na, das sieht doch wirklich nach einer Versöhnung aus. Die Kellnerin kommt an unseren Tisch.

»Ich weiß nicht, wie es dir geht. Aber ich finde, unser Treffen verlangt nach zwei Gläsern Sekt.«

Nina nickt. »Genau. Besondere Situationen erfordern besondere Maßnahmen. Bringen Sie uns bitte zwei Gläser?«

Mir bitte auch eins!, würde ich gerne sagen. Denn wenn das etwas Besonderes ist, hätte ich es auch gerne probiert. Aber so bleibt mir gleich lediglich ein Gang zum Hundetrinknapf, den es in diesem Café netterweise gleich an der Tür gibt.

Zwei Gläser mit einer hellen Flüssigkeit kommen, die Damen greifen gleich zu.

»So, meine Liebe, auf uns!« Nina prostet Carolin zu.

»Ja, auf uns!«

Die beiden trinken einen großen Schluck.

»Ehrlich, ich bin froh, dass du endlich angerufen hast. Langsam wurde es unheimlich. Aber morgen hätte ich auch zum Hörer gegriffen. Ich kann immer noch nicht fassen, dass wir uns im Grunde wegen eines Typen gestritten haben. Ts, ts.« Sie schüttelt den Kopf.

Carolin lächelt. »Ja, aber was mir am meisten leidtut, ist, dass ich dich in letzter Zeit tatsächlich immer mit meinem Unglück zugetextet habe. Damit hast du Recht. Und das tut mir auch leid. Ich werde mich bessern!« Sie hebt ihre rechte Hand. »Versprochen!«

»Na ja, aber so im Nachhinein muss ich sagen, dass ich auch ziemlich zickig reagiert habe. Immerhin hatte ich dir ja wirklich gesagt, dass Marc nichts für mich ist. Ich weiß auch nicht, warum ich neulich im Park so ausgeflippt bin. War bestimmt auch eine Menge gekränkter Stolz mit dabei.«

»Ehrlich, Nina, wenn ich gewusst hätte, dass Marc dir noch so viel bedeutet, dann hätte ich sowieso die Finger von der ganzen Sache gelassen. Und falls es dich beruhigt: Ich habe die Verabredung mit ihm abgesagt.«

»Oh!« Nina klingt, als ob sie sich erschreckt hat. »Aber das solltest du nicht! Jedenfalls nicht wegen mir. Ich gebe zu, ich war sauer, aber wenn es bei euch richtig gefunkt hat, dann kann ich damit leben. Das ist dann höhere Gewalt.«

»Nein, an dir liegt es nicht. Jedenfalls nicht nur. Natürlich habe ich nach dem Streit mit dir schon ziemlich viel über Marc nachgedacht. Und dann hatte ich auf einmal das Gefühl, dass mir alles zu viel wird. Dass ich erst mal zur Ruhe kommen muss nach dem Chaos der letzten Wochen. Ein neuer Mann hat da eigentlich momentan gar keinen Platz. Auch ein so toller wie Marc nicht.«

Was soll ich sagen: Herr Beck hat´s einfach raus. Es ist immer wieder erschreckend, wie gut der fette Kater die Situation einschätzen kann.

Nina guckt nachdenklich. »Normalerweise würde ich dir jetzt Recht geben. Aber vielleicht solltest du es dir doch noch einmal überlegen. Mit tollen Männern kann man leider nicht die Straße pflastern, das sage ich dir. Die sind echt Mangelware.«

»Momentan habe ich aber eher ein gegenteiliges Problem: zu viele interessante Männer. Und deswegen mach ich jetzt eine Pause, bis ich weiß, was ich wirklich will.«

»Aha. Interessantes Konzept. Nicht, dass sie dann alle weg sind. Wer sind denn die anderen. Gut, Jens. Der ist echt rattenscharf. Aber sonst?«

»Weißt du, der Abend, an dem ich mit Daniel kochen wollte – das war eigentlich schon eher romantisch gedacht. Ich habe es dir bisher nicht erzählt, weil ich dachte, dass du mich auslachst. Aber es hat in letzter Zeit ein bisschen geknistert zwischen Daniel und mir. Und da dachte ich mir, ich sollte es einfach mal ausprobieren.«

Nina reißt die Augen weit auf. »Du wolltest etwas mit Daniel anfangen?«

»Also, sooo absurd ist der Gedanke nun auch wieder nicht. Daniel ist ein attraktiver Mann, er ist witzig, nett und gefühlvoll …«

»Und du kennst ihn seit ungefähr hundert Jahren! Ne, das ist es doch nicht. Und stell dir mal vor, was passieren würde, wenn das schiefgeht.«

Carolin nickt. »Tja, einen kleinen Vorgeschmack davon habe ich heute schon bekommen. Daniel hat mitbekommen, dass ich mich mit Jens treffe. Also, ich habe es ihm selbst erzählt, weil Jens mir Rosen in die Werkstatt geschickt hat. Na ja, Daniel war alles andere als begeistert.«

Aha! Jetzt verstehe ich das. Heute Morgen war ich doch etwas verwirrt. Aber offenbar gehört das Überbringen von Geschenken wie Hundewurst oder Blumen in größeren Mengen zum menschlichen Balzritual.

»Das wundert mich nicht. Dass Daniel in dich verliebt ist, war mir schon immer klar. Aber dass du ernsthaft überlegt hast … also ne! Seien wir ehrlich, Daniel ist einfach viel zu nett!«

Eines steht fest – sollte Herr Beck jemals ein neues Herrchen beziehungsweise Frauchen brauchen, Nina wäre die perfekte Frau für ihn. Selten habe ich erlebt, dass Mensch und Tier so oft einer Meinung sind wie die beiden. Schade nur, dass man Nina nicht ernsthaft als Tierfreundin bezeichnen kann. So wird wohl nichts aus diesem Dreamteam.

»Du bist gemein. Der arme Daniel.«

»Quatsch. Daniel muss mal aus dem Quark kommen. So wird es auch bei allen anderen Frauen nichts. Aber was ich viel spannender finde: Triffst du dich denn jetzt noch einmal mit Jens – oder fällt der auch unter den Bannstrahl deiner Selbstfindung?«

Carolin seufzt. »Na ja, heute Abend bin ich mit ihm verabredet, dann werde ich ihm wohl sagen, dass ich ihn nicht weiter treffen will.«

Nina schnappt nach Luft. »Bist du des Wahnsinns? Dieser tolle Typ? Nach eurem romantischen Tag an der Elbe? Lass dir bitte mal den Puls fühlen, da kann etwas nicht stimmen.«

»Wieso denn? Ich habe dir doch erklärt, was das Problem ist. Natürlich war der Ausflug schön, und es war auch sehr romantisch und prickelnd. Aber ich habe vor allem die Situation genossen. Ob ich mich in Jens ernsthaft verlieben könnte, weiß ich nicht.«

Nina schüttelt den Kopf. »Also, dann gib ihm wenigstens meine Telefonnummer, wenn du ihm heute die schlechte Nachricht überbringst. Ich hätte ja jetzt wieder Verwendung.« Die beiden lachen.

»Apropos: Eines interessiert mich aber doch.« Carolin

mustert Nina über den Rand ihres Glases. »Woran genau hat es denn bei Marc gehapert?«

»Ach, das ist eine blöde Geschichte. Ich hab´s verbockt, würde ich sagen.« Nina holt tief Luft. »Also, eigentlich habe ich schon beim zweiten Treffen gemerkt, dass Marc zwar sehr charmant und lustig ist, aber dass der Funke bei ihm nicht so richtig überzuspringen scheint. Das hat mich ziemlich frustriert. Na ja, und bei unserem letzten Date haben wir uns dann auch noch in die Wolle bekommen, wegen einer dummen Bemerkung von mir.«

»Echt? Das hast du gar nicht erzählt.«

»Ich wollte es dir an dem Abend erzählen, als wir mit Daniel gekocht haben. Aber dann war Daniel nur so kurz mit dem Hund draußen, dass ich nicht genug ›Anlauf‹ hatte. Es ist mir auch immer noch ein bisschen unangenehm.«

»Das klingt ja sehr geheimnisvoll. Also, raus mit der Sprache!«

»Wir waren an dem Tag auch an der Elbe. Das Wetter war so schön, also wollten wir den Tag in der Strandperle verbringen – du weißt schon, dieser kleine Strandimbiss direkt am Wasser.«

Carolin nickt. »Klar, den kennt doch jeder.«

»Na ja, jedenfalls war ich schon nur so mittel gelaunt, weil eben auch unser letztes Treffen nicht so war, wie ich mir das vorgestellt hatte. Ich war unsicher. Und dann bin ich immer gerne ein bisschen biestig.«

»Ja, ich weiß. Ich kenne dich schon ein paar Tage.«

»Na, jedenfalls saßen wir auf unserer Decke, und Marc hatte im Imbiss Bockwürstchen und Kartoffelsalat für uns geholt. Da hat sich eine Familie direkt neben uns hingesetzt, mit so zwei kleinen Rotzlöffeln. Ein Baby, das die ganze Zeit schrie, und ein kleiner Hosenscheißer, vielleicht so zwei oder drei Jahre. Der lief immer zwischen den Leuten hin und her und wirbelte jede Menge Sand auf. Also ein Traum.«

Carolin lacht. »Ich ahne schon, was kommt. Ich weiß ja, wie gerne du Kinder magst.«

»Ja, du bist da anders, du hast Kinder gern, ich weiß. Aber es verfällt nun mal nicht jeder gleich in Verzückung beim Anblick zweier kleiner Blagen. Ich meine, wir konnten uns kaum unterhalten, weil das Baby so laut war. Und dann stolperte das andere Gör noch und schaufelte dabei jede Menge Sand auf meinen Kartoffelsalat. Tja, und da bin ich echt mal deutlich geworden und habe den Erziehungsversagern auf der Nachbardecke erzählt, was ich von ihren Kindern halte. Gut, vielleicht war ich da ein bisschen laut. Aber meine Nerven waren echt runter.«

»Und Marc war nicht ganz mit deiner Reaktion einverstanden, richtig?«

Nina nickt. »Das kann man so sagen. Er war regelrecht geschockt und hat mich angeblafft, dass ich mich mal beruhigen soll. Das seien schließlich kleine Kinder, und es sei ja keine Absicht gewesen. Vor den anderen Leuten hat er mir das gesagt. Es war ein sehr peinlicher Moment. Ich bin aufgestanden und habe Marc mit dem ganzen sandigen Kartoffelsalat einfach sitzenlassen. Oben an der Straße habe ich den nächsten Bus genommen. Tja. Und das ist im Wesentlichen auch schon die ganze Geschichte. Seitdem habe ich erst wieder etwas von Marc gehört, als er mich neulich abends auf der Suche nach dir anrief.«

»Auweia! Das ist wirklich eine furchtbare Geschichte! Und er hat sich nicht mehr gemeldet?«

Nina schüttelt den Kopf. »Nein. Und ich mich auch nicht. Gut, ich wäre vielleicht dran gewesen, aber ich konnte nicht. Und dann treffe ich ihn wieder, und es stellt sich heraus, dass er sich mit dir verabredet hat. Das war ein bisschen viel für mich.«

»Das glaube ich, und es tut mir leid. Ich hatte echt keine Ahnung.«

Die Kellnerin kommt noch einmal an den Tisch. »Darf's bei Ihnen noch etwas sein?«

Carolin und Nina schauen sich an und kichern. Dann antworten beide wie aus einem Mund: »Ja, bitte noch zwei Glas Sekt!«

DREIUNDZWANZIG

Ich bin mir nicht sicher, ob man das als Hund überhaupt sein kann. ABER: Falls dieses Gefühl nicht ausschließlich für Zweibeiner reserviert ist, dann bin ich frustriert. Und zwar völlig.

Ich liege auf meinem Lieblingsplatz im Garten, das Wetter ist schön, und die Vögel zwitschern. Gerade gab es etwas Leckeres zu essen, und spazieren war Carolin mit mir heute auch schon. Es herrscht auch einigermaßen Harmonie in der Werkstatt: Daniel und Carolin reden jedenfalls wieder miteinander. Und trotzdem ist mir zum Heulen zumute. Was ich jetzt auch mache. Von meinem Gejaule aufgeschreckt leistet mir Herr Beck Gesellschaft.

»Was ist denn los mit dir?«, will er wissen. »Schmerzen?«

»Ja. Seelische Schmerzen.«

»Warum denn das?«

»Nichts klappt. Ich habe mir so viel Mühe gegeben, einen Mann für Carolin zu finden. Und sie macht alles kaputt. Jetzt wird sie auch noch Jens einen Korb geben. Dann sind wir wieder am Anfang.«

Herr Beck setzt sich neben mich. »Na ja, aber sieh es doch mal so: Du wolltest einen Mann für Carolin, weil sie als Single so unglücklich war. Nun hat sie sich aber überlegt, es erst mal allein zu versuchen. Also ist sie doch gar nicht mehr unglücklich. Und du brauchst nicht mehr suchen. Passt doch.«

»Nein! Passt überhaupt nicht. Denn *ich* bin unglücklich.

Ich will ein Herrchen. Weißt du, der Tag an der Elbe mit Jens und Carolin war unglaublich schön. *So* müsste es sein: als Hund bei einem glücklichen Paar. Und seitdem ich das weiß, habe ich einfach gehofft, dass sich Carolin bald richtig verliebt. Muss nicht mal Jens sein. Aber kann ruhig. Weißt du, ich glaube, ich will eine richtige Familie. Ein Rudel.«

Herr Beck seufzt. »Ihr Hunde lernt es aber auch nicht! Warum hängt ihr euer Herz immer an Menschen? Das gibt nur Ärger! Ein Mensch kann doch niemals deine Familie sein, Herkules. Das ist Unsinn, sieh es endlich ein!«

»Aber ich wünsche es mir so!«

»Dann sei ruhig weiter frustriert. Es wird nicht dein letztes Frusterlebnis mit den Menschen bleiben, das garantiere ich dir.« Mit diesen Worten dreht sich Herr Beck um und wandert wieder davon.

Soll er ruhig. Ein großer Trost war er sowieso nicht.

Ich setze mich auf und beschließe, Herrn Becks weise Ratschläge einfach zu ignorieren. Natürlich kann ein Hund Teil einer menschlichen Familie sein. Ich bin mir sogar sehr sicher, dass eine Katze das auch könnte, sie müsste nur wollen. Das bringt mich aber wieder zu meiner Ausgangsüberlegung: Wie komme ich selbst an eine Familie? Aber vielleicht ist es ja für Jens und Carolin noch nicht zu spät. Immerhin sind sie heute Abend verabredet. Vielleicht kann ich da irgendwie für gute Stimmung sorgen? Immerhin hat Carolin selbst gesagt, dass sie den Tag mit Jens toll fand. Auf alle Fälle muss ich mich irgendwie in diese Verabredung mit reinmogeln, komme, was da wolle! Den restlichen Nachmittag verbringe ich also damit, mich auf die Lauer zu legen. Nicht, dass Carolin noch ohne mich das Haus verlässt.

Tatsächlich macht sie heute etwas früher Schluss als sonst und geht hoch, um sich umzuziehen. Ich hefte mich an ihre

Fersen und weiche auch nicht von ihr, als sie noch einmal ins Badezimmer verschwindet.

»He, Herkules! Was ist denn heute los mit dir? Du bist so anhänglich.« Sie scheucht mich vor die Badezimmertür und schließt ab.

Nun gut, wenn sie wieder rauskommt, muss sie an mir vorbei, es sei denn, sie klettert aus dem Fenster.

Tut sie natürlich nicht – nach einer ganzen Weile taucht sie wieder auf und hat jetzt das schwarze, kurze Kleid an, über das wir neulich Abend schon einmal diskutiert haben. Außerdem hat sie ihre Haare auf ihrem Kopf zu einem kleinen Berg aufgetürmt. Ich schöpfe Hoffnung – wenn Carolin so viel Arbeit auf ihr Aussehen verwendet, will sie sich das mit Jens vielleicht doch noch mal überlegen.

Es klingelt, und kurz darauf steht Jens vor unserer Tür. Carolin begrüßt ihn mit einem Küsschen auf die Wange, dann beugt sie sich zu mir herunter.

»So, Herkules, du bleibst heute hier. Also sei schön brav und spring vor allem nicht wieder vom Balkon!«

Nix da! Ich will nicht hierbleiben. Ich laufe herüber zu Jens und mache Männchen. Der lacht amüsiert.

»Scheint so, als wolle uns dein Kumpel unbedingt begleiten. Hat mich wohl seit der Wurstaktion ins Herz geschlossen.«

»Das kommt gar nicht infrage. Der bleibt schön hier.«

Pfui! Wie herzlos von dir! Aber ganz so einfach lasse ich das nicht mit mir machen. Als Carolin die Wohnungstüre öffnet, renne ich einfach los und an ihr vorbei ins Treppenhaus. Unten angekommen, habe ich Glück: Die Wellensittich-Meyer kommt gerade ins Haus, und ich kann an ihr vorbei ins Freie. Dort steht auch schon das Auto ohne Dach und lächelt mich einladend an. Wenn ich nicht so kurze Beine hätte, könnte ich gleich reinspringen, so muss ich noch auf Jens und Carolin warten.

»Sag mal, du ungezogener Hund!« Carolin kommt auf mich zu und schimpft. »Wenn ich sage, du bleibst hier, dann bleibst du auch hier!«

Sie greift nach mir, aber bevor sie mich am Halsband packen kann, laufe ich zu Jens und reibe mich schwanzwedelnd an seinen Beinen. Dazu versuche ich, möglichst freundlich zu bellen. Jens bückt sich und hebt mich hoch.

»Tja, mein Kleiner, ich würde dich ja mitnehmen, aber dein Frauchen ist heute ganz streng. Ich habe fast ein bisschen Angst vor ihr.«

Carolin lacht. »Gegen zwei Männer, die sich einig sind, komme ich wohl nicht an. Dann nimm ihn von mir aus mit.«

»Siehst du, Kumpel, Glück gehabt. Dann wollen wir mal los.«

Er setzt mich in den Fußraum der Beifahrerseite, dann steigen beide ein, und wir fahren los. Hartnäckigkeit lohnt sich eben doch!

Als wir im Restaurant ankommen, frage ich mich, warum Carolin mich nicht mitnehmen wollte. Schließlich handelt es sich um ein Gartenlokal, und schon auf den ersten Blick sehe ich zwei Hunde unter anderen Tischen liegen: einen alten Boxer und eine sehr hübsche Retriever-Dame, die mir huldvoll zunickt, als wir am Nachbartisch Platz nehmen. Ich lege mich so hin, dass ich sie gut sehen kann. Vielleicht sollte ich nicht immer nur an Carolins Herz denken, sondern zur Abwechslung auch mal an mein eigenes. Andererseits muss ich gerade heute natürlich die Öhrchen spitzen, wenn ich mitbekommen will, was Carolin so erzählt. Ich will schließlich eingreifen, wenn sie wieder mit ihrem Ich-muss-mich-selbst-finden-Murks anfängt.

Noch kreist das Gespräch aber unverdächtig um die Auswahl der Speisen und Getränke. Carolin bestellt sich ein Wasser, Jens lacht.

»Ich dachte eigentlich, wir bestellen zur Feier des schönen Abends etwas, das ein bisschen prickelt. Und damit meine ich nicht die Kohlensäure in deinem Mineralwasser.«

»Du wirst es nicht glauben, aber ich habe heute Morgen schon zwei Glas Sekt mit Nina getrunken. Quasi ein Versöhnungsritual, wir hatten nämlich ein bisschen Stress. Deswegen bleibe ich erst mal bei nichtalkoholischen Getränken.«

»Wie du meinst. Ich will dich zu nichts überreden. Warum hattet ihr denn Streit?«

»Ach, eine blöde Geschichte. Ich hatte mich mehr oder weniger aus Versehen mit jemandem verabredet, den sie sehr mag. Das fand sie blöd.«

»Mehr oder weniger aus Versehen? Das klingt ja interessant. Wie macht man das denn?«

»Na, es war nicht wirklich als Date geplant. Sondern eher … ach, ich weiß auch nicht. Jedenfalls war Nina sauer.«

»So, so, ein ungeplantes Date. Mir war gleich klar, dass du eine begehrte Frau bist.«

Er lacht und greift nach Carolins Hand. Sie zögert, aber bevor sie die Hand richtig offensichtlich wegziehen kann, springe ich auf und fange einfach mal an zu bellen. Carolin beugt sich zu mir.

»Pst, Herkules, was hast du denn?«

»Vielleicht ein anderer Hund?«

»Hm, eigentlich ist Herkules kein Kläffer. Hat ihn bestimmt irgendetwas erschreckt.«

Ja, klar hat mich etwas erschreckt. Nämlich die Aussicht, dass Carolin hier gleich den nächsten Mann vergrault. Immerhin habe ich diese Situation zwar brachial, aber wirkungsvoll umschifft. Hoffe nur, dass das nicht den ganzen Abend so weitergeht.

Es geht den ganzen Abend so weiter. Immer, wenn ich das Gefühl habe, Carolin steuert das falsche Thema an, werde ich unruhig. Und das ist so alle zehn Minuten der Fall. Carolin ist schon schwer genervt.

»Sag mal, was ist eigentlich los mit dir?«, zischt sie mich an. »Ich wollte ja, dass du zu Hause bleibst, und das wäre auch besser gewesen. Du bist unglaublich ungezogen! Wenn du so weitermachst, sperren wir dich gleich ins Auto ein.«

Okay, das wäre schlecht. Vielleicht muss ich mal ein bisschen vom Gas gehen. Ich lege mich wieder ganz brav unter Carolins Stuhl. Die Retriever-Hündin am Nachbartisch mustert mich interessiert.

»Sag mal, Kleiner, hast du eine Blasenschwäche?«

»Nö, ich? Wieso?«

»Weil du die ganze Zeit so rumhampelst.«

Wie peinlich. Diese schöne Frau denkt, ich sei inkontinent. Das kann ich natürlich nicht auf mir sitzen lassen.

»Also, ich bin so unruhig, weil ich mein Frauchen gerade vor einem großen Fehler bewahren will.«

»Wie, vor dem Typen da? Der sieht doch gar nicht so schlimm aus. Hat eine nette Stimme.«

»Das finde ich auch. Wir haben aber das umgekehrte Problem. Ich fürchte, sie will ihn loswerden.«

»Aha. Na, sie wird ihre Gründe haben.«

»Finde ich nicht. Sie mag ihn, aber sie will erst sich selbst finden. Das ist völlig gaga, oder?«

»Kleiner, darf ich dir einen Rat geben?«

»Gerne.«

Von einer attraktiven Frau verspreche ich mir gerade in

dieser Angelegenheit einen guten Tipp. Wahrscheinlich war sie schon einmal in der gleichen Situation wie Carolin.

»Halt dich aus den Menschensachen raus. Das gibt nur Ärger. Und sieht auch ziemlich albern aus, die Show, die du gerade abziehst.«

Rums. Das hat gesessen. Man könnte fast meinen, die Dame sei von Herrn Beck gebrieft worden. Beleidigt trolle ich mich wieder unter Carolins Stuhl. Dann eben nicht! Dann macht doch alle, was ihr wollt. Aber sagt hinterher nicht, ich hätte euch nicht gewarnt.

Den restlichen Abend verbringe ich so gut wie stumm unter Carolins Stuhl. Allerdings macht Carolin auch keine weiteren Anläufe, Jens die schlechte Nachricht zu überbringen. Ob sie es sich wohl anders überlegt hat? Als die beiden schließlich aufstehen, um zu gehen, macht Jens einen Vorschlag, der mir besonders gut gefällt.

»Was hältst du davon, wenn wir noch ein bisschen mit Herkules spazieren gehen? Das letzte Mal waren wir an der Elbe, jetzt könnten wir ihm doch mal die Alster zeigen, oder? Und immerhin war er die letzte Stunde bemerkenswert ruhig. Deine kleine Gardinenpredigt schien also gewirkt zu haben. Das sollten wir belohnen. So von wegen *positiver Verstärkung*. Was meinst du?«

»Ja, warum nicht? Eine gute Idee.«

Mein Herz schlägt schneller. Bestimmt hat es sich Carolin anders überlegt, da bin ich mir nun ganz sicher. Sonst hätte sie bestimmt dankend abgelehnt.

Der See, der sich Alster nennt, liegt direkt neben dem Lokal. Wir schlendern auf dem breiten Weg direkt am Ufer entlang. Normalerweise würde ich mal eben losrennen und die Gegend erkunden, aber natürlich will ich auch hören, worüber die beiden sich unterhalten. Also bleibe ich erst mal da. Und dann – legt Jens seinen Arm um Carolin! Mittlerweile rast mein Herz richtig, so aufgeregt bin ich. Wie wird Carolin reagieren?

Sie macht erst einmal nichts. Ein gutes Zeichen. Die beiden schlendern weiter, ich immer hinterher.

»Weißt du«, setzt Carolin an, etwas zu sagen, verstummt dann aber wieder. Oh, oh! Doch kein gutes Zeichen?

»Was denn?« Jens bleibt stehen. Die beiden gucken sich nun direkt an, und er nimmt ihre Hände.

»Also, ich finde dich sehr nett, Jens. Aber ich glaube, ich bin noch nicht so weit. Und ich habe Angst, dir falsche Hoffnungen zu machen.«

»Wie meinst du das?«

»Na ja, wir hatten einen sehr romantischen Tag an der Elbe, und der heutige Abend war bis auf die Herkules'schen Ausfälle auch sehr schön. Aber ich denke, dass du dir jetzt vielleicht mehr erhoffst, als ich momentan geben kann. Und ich will dich nicht enttäuschen. Deswegen finde ich es besser, gleich Klartext zu reden. Ich glaube, ich kann mich gerade nicht verlieben. Bevor ich wieder über eine Beziehung nachdenke, muss ich erst einmal ein paar Sachen über mich selbst herausfinden.«

Jens lässt ihre Hände los. »Aha.«

Mehr sagt er nicht. Auweia. Am liebsten würde ich mich unter irgendeinem Busch verstecken, so unangenehm ist mir die Situation.

»Bist du jetzt sauer?«

»Nein. Ich bin nur erstaunt.«

»Ja, das glaube ich. Das hätte mir natürlich auch eher einfallen können.«

»Nein, so meine ich das gar nicht. Ich bin erstaunt, dass du hier allen Ernstes über eine Beziehung nachgedacht hast und dir Sorgen machst, dass ich eine solche will.«

»Ja, willst du denn nicht?«

Jens lacht. »Ne, natürlich nicht. Ich habe schließlich schon eine Freundin.«

WIE BITTE? Vor uns steht offensichtlich Thomas Nr. 2.

»Ja … aber … das wusste ich nicht.« Carolin klingt völlig fassungslos. Zu Recht.

»Na hör mal, Mädchen, liest du etwa nie die *Gala*? Oder die *Bunte*?«

»Nein, offen gestanden nicht.«

»Gut«, sagt Jens in gönnerhaftem Ton, »dann eben nicht. Aber wenn du sie lesen würdest, wüsstest du, dass ich seit vier Jahren mit Alexa von Schöning zusammen bin, einem sehr erfolgreichen Model.«

»Ja, aber … was wolltest du denn von mir? Warum hast du dich mit mir überhaupt getroffen?«

»Weil ich dich super niedlich finde. Und weil ich gerne etwas Spaß habe. Alexa weiß das, es ist okay für sie. Ich dachte natürlich, du wüsstest das auch.«

Gut, dass ich nicht sprechen kann. Denn mir fehlen die Worte. Der ist ja schlimmer als Thomas! Der hat ja nicht mal ein schlechtes Gewissen. Carolin hat es auch die Sprache verschlagen.

»Du sagst ja gar nichts mehr. Ich meine, jetzt, wo du weißt, dass ich in festen Händen bin, spricht doch nichts gegen ein bisschen Spaß, oder? Musst dir doch gar keine Sorgen machen, dass ich was Ernstes will. Das müsste dir doch sehr entgegenkommen.« Carolin sagt nichts, sondern starrt ihn nur an.

»He, Carolin, lach mal!« Jens gibt ihr einen Stupps. Ich knurre ihn an. Finger weg von dieser Frau, und zwar sofort!

»O Mann, jetzt nervt der Köter aber echt. Was hat der bloß heute? Ich dachte, der mag mich.«

»Ja«, sagt Carolin fast tonlos, »ich dachte auch, ich mag dich. So kann man sich täuschen. Ich würde jetzt gerne nach Hause fahren.«

»Okay, dann machen wir das. Ich weiß allerdings nicht, warum du jetzt beleidigt bist. Ich meine, ist doch noch gar nichts passiert. Was allerdings sehr schade ist.« Jens grinst, Carolin guckt ihn sehr böse an.

Wir fahren im offenen Wagen zurück. Meine Ohren wehen im Wind, was ein sehr schönes Gefühl ist. Ansonsten fühlt sich gerade gar nichts gut an. Ich komme mir wie ein Riesenidiot vor. Mit diesem Mann wollte ich Carolin verkuppeln. Unfassbar! Ich habe anscheinend überhaupt keine Menschenkenntnis. Gut, Carolin auch nicht, aber das ist nur ein schwacher Trost.

Vor dem Haus hält Jens an. Carolin will sich gerade verabschieden, da beugt sich Jens nach vorne und rückt ihr ziemlich nah auf die Pelle.

»Carolin, jetzt mal im Ernst. Du und ich – das knistert doch richtig. Lass es uns doch wenigstens mal versuchen. Ich will ehrlich sein – ich habe richtig Lust auf dich. Dass du dich jetzt ein bisschen sträubst, macht die Sache nur noch interessanter.«

Carolin sagt nichts und greift nach dem Türgriff. Da packt sie Jens auf einmal, drückt sie wieder in den Sitz und fängt an, sie auf den Mund zu küssen. Carolin schreit auf und will ihn wegstoßen, aber Jens hält sie an den Händen fest und küsst sie weiter.

Ich bin völlig geschockt – das darf doch nicht wahr sein.

Der Schreck hält aber nicht lange an: Ich springe aus dem Fußraum hoch zu den beiden und beiße Jens in genau die Stelle, die schon beim letzten Mal Wunder bewirkt hat. Er brüllt und versucht, nach mir zu schlagen. Dabei muss er

Carolin natürlich loslassen. Die nutzt den Moment, reißt die Tür auf, greift mich und springt aus dem Auto. Jens krümmt sich vor Schmerzen. Carolin schmeißt die Beifahrertür zu und läuft Richtung Haus, dann überlegt sie es sich aber anders und dreht sich noch einmal zum Auto.

»Einen schönen Gruß an Alexa. Sie soll sich keine Sorgen machen. Eine Tetanusimpfung hält meines Wissens locker zehn Jahre.«

VIERUNDZWANZIG

Ah, da ist der Heldenhund!« Nina kommt auf mich zu, bückt sich und überreicht mir mit großer Geste ein Stück Fleischwurst. »Das hast du richtig gemacht, und ich hoffe, der Herr Uhland muss noch sehr, sehr lange an dich denken. Brav!«

Ich muss zugeben, dass ich diese Reaktion durchaus angemessen finde. Auch die Tatsache, dass ich letzte Nacht in Carolins Bett schlafen durfte, erscheint mir die passende Belohnung für einen mutigen Dackel wie mich. Zufrieden kaue ich auf der Wurst herum, während sich Nina noch einmal alle Details des Vorabends schildern lässt. Ab und zu stößt sie ein *»Unfassbar!«* oder *»Gibt's doch nicht«* aus, und immer wieder streichelt mich eine der beiden. Mittlerweile liege ich nämlich zwischen Carolin und Nina auf Carolins Sofa und habe alle viere von mir gestreckt. Herrlich! Ich liebe es, am Bauch gekrault zu werden! Das Leben kann so schön sein. Wahrscheinlich brauchen wir doch keinen Mann.

»Hast du das auch schon Daniel erzählt?«

»Nein, und ich glaube, das mache ich auch nicht. Wir haben uns zwar wieder vertragen, und er sagt, es sei okay. Aber trotzdem ist die Stimmung irgendwie angespannt. Da muss ich ihn nicht noch mit einer Schilderung meines grandios verunglückten Rendezvous behelligen.«

»Hm, stimmt. Aber das wird sich schon wieder einrenken, ganz sicher.«

In diesem Moment klingelt es an der Wohnungstür.

»Erwartest du noch Besuch?«

»Ne, ich hatte nur dich eingeladen. Komisch.«

»Vielleicht Fleurop mit einem Entschuldigungsstrauß von Herrn Uhland?«

»Um neun Uhr abends? Eher unwahrscheinlich. Außerdem hat der Typ mit Sicherheit kein Unrechtsbewusstsein.«

Es klingelt noch einmal. Carolin steht auf und geht zu dem Telefon, mit dem man hören kann, wer unten vor dem Haus steht.

»Hallo?«

Jetzt klopft es auch noch.

»Ich bin´s, Daniel. Ich stehe schon vor deiner Tür.«

Carolin wirft Nina, die mittlerweile auch in den Flur gekommen ist, einen fragenden Blick zu, dann öffnet sie. Tatsächlich. Daniel. Allerdings sieht er irgendwie anders aus als sonst. Irgendwie – traurig. Und entschlossen.

»Hallo, Carolin. Entschuldige die späte Störung, aber ich muss unbedingt mit dir sprechen.«

Jetzt erst sieht er Nina. »Oh, hallo!«

»Hallo, Daniel! Alles in Ordnung bei dir?«

»Ja, klar. Ich muss allerdings etwas Wichtiges mit Carolin besprechen. Würde es dir etwas ausmachen, uns allein zu lassen? Ich weiß, das ist nicht gerade höflich, aber es ist wirklich wichtig.«

Ich merke, wie meine Nackenhaare anfangen, sich zu sträuben. Der Ton in Daniels Stimme verheißt nichts Gutes. Ähnliches scheint auch Nina zu denken. Sie schaut fragend zu Carolin.

»Ist schon okay, Nina.«

»Na gut, dann räume ich das Feld. Tschüss ihr beiden, bis bald.«

Als sie gegangen ist, hängt Daniel seine Jacke an die Garderobe und setzt sich auf das Sofa. Carolin folgt ihm, setzt sich aber in den Sessel gegenüber.

»Was gibt es denn so Wichtiges?«, will sie wissen.

»Ich will nicht lange darum herum reden: Ich werde im nächsten Monat für ein Vierteljahr verschwinden.«

»Was?«

»Ja. Aurora hatte mich schon vor einiger Zeit gefragt, ob ich sie auf einer Konzertreise begleiten würde. Ich soll dabei gleichzeitig Geigen prüfen, die ihr angeboten werden.«

»Du willst drei Monate mit Aurora verreisen? Das ist nicht dein Ernst!«

»Doch. Ich muss mal raus. Weißt du, ich habe gedacht, ich würde das schon hinkriegen. Das mit dir und mir. Aber ich habe mich geirrt. Ich schaffe es nicht, es tut mir zu weh, dich jeden Tag zu sehen. Und deshalb brauche ich Abstand.«

Carolin schluckt. »Das tut mir leid. Ich wusste nicht, dass es so schlimm ist.«

»Es muss dir nicht leidtun, ich wusste es ja auch nicht. Außerdem kannst du nichts dafür, dass du nicht so verliebt in mich bist wie ich in dich. So ist es nun einmal.«

»Wirst du wiederkommen? Ich meine, nach den drei Monaten?«

»Ehrlich gesagt: Ich weiß es noch nicht. Aber darüber will ich mir jetzt noch keine Gedanken machen. Ich zahle natürlich meinen Werkstattanteil weiter, mach dir darüber keine Sorgen.«

Carolin steht auf und setzt sich neben Daniel. Dann nimmt sie seine Hand und drückt sie fest. »Daniel, das ist nun wirklich das Letzte, worüber ich mir gerade Gedanken mache. Ich bin traurig, dass es so kommt, denn du bist mein engster Freund.«

»Ich weiß. Aber gerade jetzt kann ich nur schwer ertragen, dein Kumpel zu sein.«

Ich schlafe schon tief und fest, als jemand an meinem Körbchen rüttelt. Ich blicke nach oben. Es ist der alte von Eschersbach! Böse funkelt er mich an.

»Los, aufstehen, Nichtsnutz! Du hast es dir hier lang genug bequem gemacht. Ich habe beschlossen, dass Carolin Abstand braucht von dir. Mindestens drei Monate. Also nimm deinen Kauknochen und raus mit dir!«

Mein Herz fängt an zu rasen. Ich will mich verstecken. Aber wo? Von Eschersbach greift nach mir, es gibt kein Entkommen. Ängstlich jaule ich auf und versuche, mich unter meine Kuscheldecke zu ducken, aber da hat er mich schon am Schlafittchen. O nein! Ich werde wieder im Tierheim landen!

»Herkules, wach auf! Du träumst!«

Vorsichtig schaue ich hoch – und blicke in die Augen von Carolin, die mich verwundert anschaut. »Meine Güte, du machst so einen Lärm. Träumst du wieder von der Kaninchenjagd?«

Kaninchenjagd? Wenn die wüsste. Ich hüpfe aus meinem Körbchen und kauere mich ganz eng an Carolin.

»Du zitterst ja, du Armer. Ist wohl eher ein Alptraum gewesen, was? Aber tröste dich. Ich kann auch nicht richtig gut schlafen. Das mit Daniel nimmt mich doch ziemlich mit. Warum muss bloß alles immer so kompliziert sein?« Sie seufzt. Ich auch. Dass bei Menschen immer alles kompliziert ist, habe ich schließlich auch schon festgestellt. Zum Trost schlecke ich ihr die nackten Zehen ab. Sie kichert. »Das kitzelt, Herkules!«

Mit einem Griff unter mein Bäuchlein nimmt sie mich auf den Arm. »Ich habe eine sehr gute Idee, wie wir beide den

Rest der Nacht etwas ruhiger verbringen können. Du darfst heute noch einmal bei mir schlafen. Mir ist jetzt auch nicht so nach allein sein. Wahrscheinlich verziehe ich dich total, aber das ist mir jetzt wurscht.«

Genau. Wurscht ist immer gut!

In Carolins Bett angekommen, kuschle ich mich gleich in eines der Kissen. Carolin legt sich auch wieder hin und streichelt mich.

»Weißt du, vielleicht war das auch alles Unsinn mit meiner Selbstfindung. Ich meine, es fühlte sich ungefähr einen Tag gut an, aber jetzt bin ich nicht mehr so sicher, ob das richtig war. Gut, Jens war ein Totalausfall. Aber Daniel ist erst mal weg. War das falsch? Ich meine, ihn gehen zu lassen? Ich wünschte, du könntest sprechen, Herkules. Deine Meinung wüsste ich nur zu gerne. Andererseits: Was hätte ich anders machen können? Das, was sich Daniel wünscht, ist einfach nicht drin. Ich bin nicht verliebt in ihn. Ich hatte selbst gehofft, ich könnte es sein. Aber es funktioniert nicht.«

Eine Weile ist sie ganz still, so dass ich schon denke, dass sie eingeschlafen ist. Aber dann redet sie weiter.

»Und bei Marc brauche ich mich wahrscheinlich auch nicht mehr zu melden. O Mann, ich glaube, ich hab´s total versaut. Dabei fand ich ihn schon sehr spannend. Warum habe ich ihm bloß gesagt, dass ich ihn nicht mehr sehen will?«

Ja. In der Tat. Warum eigentlich? Kein geschickter Schachzug. Ich hab´s ja gleich gesagt bzw. hätte, wenn ich denn sprechen könnte. Aber auf mich hört doch sowieso kein Mensch.

»Der Marc ist schon nett, oder?« Ich schlecke wie zur Bestätigung einmal an ihrer Wange. »Iieh, Herkules! Ich glaube dir auch so, dass du ihn magst. Ich mag ihn ja auch. Ehrlich gesagt hatte mich vor allem diese Sache mit Nina gestört. Sie ist eben meine beste Freundin. Und das Gefühl zu haben, dass sie noch so in ihn verknallt ist, war nicht gerade schön. Verstehst du das?«

Plötzlich schöpfe ich wieder Hoffnung für meinen Plan vom glücklichen Familienleben. Möglicherweise kommen wir doch noch ans Ziel. Wie genau, weiß ich zwar nicht, aber das ist erst mal zweitrangig. Auf alle Fälle kann es nicht schaden, mich als Frauenversteher zu positionieren. So erzählt Carolin vielleicht noch ein bisschen über Marc. Ich gebe mir also Mühe, Carolin möglichst treu ins Auge zu blicken.

»Herrje, das ist ja ein richtiger Dackelblick. Du findest, das mit Marc war ein Fehler, nicht? Na ja, aber bei Nina hat er echt ein bisschen überreagiert. Die Arme. Gut, sie ist nicht die kinderfreundlichste, aber sie vor allen abzukanzeln? Auch nicht okay, oder?« Ich blinzele wieder und schnüffele an ihr. »Das macht ihn doch irgendwie etwas unsympathisch.«

Brrr, auf keinen Fall! Ich schüttle den Kopf und knurre ein bisschen.

»Gut, dann sind wir da eben nicht einer Meinung. Ich finde schon, dass es ihn ein wenig unsympathisch macht. Insofern war es vielleicht doch die richtige Entscheidung. Ich meine, nach Thomas ist mein Bedarf an Cholerikern echt gedeckt.«

Wuff! Was redet sie sich da bloß wieder ein? Wer weiß schon, was genau Marc zu Nina und vor allem Nina zu Marc gesagt hat. Wenn ich es recht bedenke, passt Marc von allen mit Abstand am besten zu uns. Wenn es also nach mir geht, dann sollte Carolin ihn schleunigst anrufen und die Sache mit der Selbstfindung erst einmal auf Eis legen. Das kann sie doch hinterher immer noch machen. Ich stupse sie noch einmal in die Seite. Keine Reaktion. Unglaublich. Carolin ist tatsächlich eingeschlafen. Mitten in unserem interessanten Gespräch.

Aber ich kann nicht einschlafen. Noch nicht. In meinem

Kopf rattern die Gedanken. Was sagen mir die Dinge, die ich über Menschen in den letzten Wochen gelernt habe, über Carolin und die Männer? Erstens: Sie findet Marc nett. Zweitens: Sie will aber nicht mit ihm sprechen, weil ihr das Gespräch im Café mittlerweile unangenehm ist. Und drittens: Deswegen redet sie sich ein, dass es sowieso nichts geworden wäre. Genau, so muss es sein! Daraus folgt viertens: Ich muss Marc dazu bringen, mit ihr zu sprechen. Aber wie mache ich das? Wie mache ich das bloß?

FÜNFUNDZWANZIG

Also, deine Theorie ist, dass Marc doch der richtige Mann für Carolin ist und sie es nur nicht zugeben will. Denn dann müsste sie ihn ja ansprechen, und das ist ihr peinlich. Und deswegen hat sie sich etwas zurechtkonstruiert, was angeblich an ihm nicht passt. Hm.« Herr Beck schaut sehr nachdenklich. »Donnerwetter. Du hast viel gelernt. Was allerdings kein Wunder ist, denn du hattest einen exzellenten Lehrmeister.«

»Ja, du bist toll. Aber was denkst du, sollte ich jetzt tun? Immerhin ist die Sache sehr kompliziert. Ich kann leider nicht einfach zu Marc marschieren und sagen *He, ruf endlich an!* Andererseits fürchte ich, wenn er nicht auftaucht, dann wird das nie etwas mit den beiden.«

Herr Beck nickt. »Tja. Kompliziert. Wirklich.«

Wir schweigen. Dann setzt Beck wieder an: »Im Grunde genommen kannst du nur eines machen: Lauf zur Praxis und hoffe, dass Marc das als Zeichen nimmt.«

»Als Zeichen? Für was denn? Dass ihn ein Dackel verfolgt?«

Herr Beck kichert. »Siehst du! Alles hast du dann doch noch nicht über die Menschen gelernt. Also: Wenn Menschen sich etwas sehr wünschen, neigen sie dazu, in allem ein Zeichen zu erblicken. Was es meistens gar nicht ist. Also, nehmen wir mal an, der Mensch möchte gerne Kinder haben. Dann wird er mit Sicherheit bald über einen Kinderwagen stolpern. Und es für ein Zeichen halten, dass eigener Nachwuchs angezeigt ist. In Wirklichkeit ist es natürlich nur ein Zeichen dafür, dass ihm jemand einen Kinderwagen in den Weg gestellt hat.«

»Aha.«

Irgendwie verstehe ich Herrn Beck nicht ganz. Was hat denn jetzt ein Kinderwagen mit Marc und Carolin zu tun? Offensichtlich gucke ich belämmert, denn Herr Beck schüttelt den Kopf und wird gönnerhaft.

»Es ist doch ganz einfach, Herkules: Wenn Marc sich nach Carolin sehnt und dann dich sieht, wird er es für ein Zeichen halten, dass er Kontakt mit ihr suchen sollte.«

»Ja, aber so ist es doch von mir auch gemeint. Das wäre doch Absicht.«

Herr Beck schnaubt ungeduldig. »Sicher. Aber das weiß doch Marc nicht. Der kommt nicht auf die Idee, dass ein Dackel einen Plan hat. Der sieht in dir doch nur ein einfältiges Tier. Und deswegen wird er glauben, es sei ein Zeichen. Verstanden?«

Ehrlich gesagt nein, aber das traue ich mich nicht zuzugeben.

»Also laufe ich jetzt zu Marc und hoffe, dass er mich irgendwie sieht?«

»Genau. So machst du es.«

Vor der Praxis angekommen, wird mir klar, dass unser Plan einen entscheidenden Schönheitsfehler hat: Um diese Zeit ist die Straße hier ziemlich laut, einen bellenden Hund wird Marc wahrscheinlich gar nicht hören. Außerdem wird er kaum zu Hause sein, sondern vielmehr in der Praxis arbeiten. Selbst wenn ich da reinkomme, werde ich mich wohl nicht an der Frau am Tresen vorbeimogeln können. Und ohne begleitenden Hundebesitzer schmeißt die mich wahrscheinlich gleich raus. Seit meiner Jagd auf Bobo und Schneeweißchen genieße ich bei ihr bestimmt einen zweifelhaften Ruf.

Ich sitze also eine Weile auf dem Bürgersteig vor dem Hauseingang und denke nach. Wieder nach Hause? Beck zur Hilfe holen? Nein, meine einzige Chance ist, in das Wartezimmer zu kommen und dort von Marc gesehen zu werden.

Als eine Frau mit einer Katze auf dem Arm den Hauseingang ansteuert, mache ich mich startbereit. Sie klingelt, die Tür geht auf, und ich schlüpfe hinter den beiden her. Die Katze beobachtet mich amüsiert. »Na, Kleiner? Heimlich zum Tierarzt? Will Frauchen nicht glauben, dass du krank bist?«

Ich schüttle den Kopf. »Ne, ich bin quasi in geheimer Mission unterwegs. Und wenn man überhaupt von Krankheit sprechen kann, dann würde ich sagen: herzkrank. Aber nicht ich, sondern mein Frauchen. Und der Herr Doktor auch.«

»So, so. Verliebt ist er also. Die Nachricht wird in dieser Praxis ja einschlagen wie eine Bombe. Schätze, die Hälfte der Patienten hier wird nur angeschleppt, weil Frauchen sich mit dem Tierarzt unterhalten will. Ich zum Beispiel werde auch deutlich häufiger entwurmt, seit Wagner die Praxis von seinem Vater übernommen hat.«

Das freut mich natürlich. Schließlich ist das Beste respektive der Beste für Carolin gerade gut genug, und man will sich ja keinen Ladenhüter einhandeln. Es verdeutlicht mir aber auch, dass ich schnell handeln muss. Die Konkurrenz steht schon in den Startlöchern.

Vor dem Tresen macht die Katzenbesitzerin schließlich Halt, um ihren Liebling anzumelden. Die junge Frau dahinter guckt erst zur Katze, dann zu mir.

»Oh, haben Sie jetzt auch einen Hund, Frau Urbanczik?«

Die schüttelt den Kopf. »Nein, warum?«

»Das kleine Kerlchen hier ist doch mit Ihnen hereingekommen.« Sie deutet auf mich.

»Ach, den habe ich gar nicht bemerkt, der muss mir einfach hinterhergelaufen sein. Aber das ist nicht mein Hund.«

Die junge Frau im Kittel schaut in den Warteraum. »Gehört irgendjemand dieser Hund?«

Auf den aufgereihten Plastikstühlen sitzen drei Menschen, sie alle schütteln wortlos den Kopf. So, wenn Wagner nicht gleich auftaucht, ist mein Plan gescheitert. Denn die Helferin wird mich bestimmt gleich rausschmeißen. Ich setze meinen mitleidigsten Blick auf.

»Hm, irgendwie kommt mir der Hund bekannt vor. Aber ohne Besitzer kann ich die meisten Tiere gar nicht zuordnen.« Sie überlegt. »Was machen wir denn jetzt mit dir? Ich will dich auch nicht einfach vor die Tür setzen. Wenn du allerdings ganz allein bist, sollten wir dich vielleicht ins Tierheim bringen, bis sich dein Herrchen findet.«

WUFF! Tierheim? Auf keinen Fall! Mist, ich habe mich offensichtlich gerade selbst ans Messer geliefert. Auweia, wie komme ich hier wieder raus? Und wo bleibt eigentlich Dr. Wagner? In diesem Moment geht die Tür des Sprechzimmers auf. Ich will schon meinem Schöpfer danken, doch statt Marc Wagner kommt ein kleines Mädchen durch die Türe. Heute klappt aber auch nichts. Das kleine Mädchen guckt mich an. Es hat ganz große blaue Augen, braune lockige Haare und viele kleine braune Punkte auf der Nase.

»Na, bist du der Nächste? Wie heißt du denn?«

»Wir wissen gar nicht, wie er heißt. Er scheint einfach so hereingekommen zu sein«, erklärt die Helferin dem Mädchen. »Ich werde gleich mal beim Tierheim anrufen.«

»Och nö!«, ruft das Mädchen. »Der ist doch so süß!« Sie

bückt sich zu mir und krault mich hinter den Ohren. »Dann will ich ihn behalten. Warte, ich frage gleich mal Papa!«

Die Helferin lächelt. »Aber, Luisa, so einfach geht das nicht. Ich bin mir sicher, dass der Kleine schon längst ein Herrchen oder Frauchen hat, die ihn wahrscheinlich bald vermissen werden. Das Tierheim passt nur auf, bis sich die Besitzer melden.«

Das Mädchen, das Luisa heißt, verzieht den Mund. »Er ist so niedlich. Ich will ihn behalten!« Spricht´s und stampft davon in Richtung Sprechzimmer. Durch die halb geöffnete Tür hört man sie mit jemandem sprechen.

»Papa, draußen sitzt ein niedlicher Hund, der ganz allein ist. Guck doch mal, ich glaube, der braucht unsere Hilfe. Können wir ihn nicht behalten? Frau Warnke will ihn ins Tierheim bringen.«

Papa? Mit wem spricht das Kind da bloß?

Die Tür zum Sprechzimmer schwingt jetzt wieder ganz auf und heraus kommen Luisa – und Marc Wagner! Wagner ist »Papa«? Heißt das etwa, Wagner hat ein Kind? Und demnach auch eine Frau? Völlig verwirrt lasse ich mich auf den Po plumpsen.

»Herkules! Was machst du denn hier?«

»Sie kennen das Tier?«

»Ja, Frau Warnke. Das ist der Hund von Frau Neumann. Ist er wirklich allein hier?«

»Ja, er ist eben mit reingekommen, als Frau Urbanczik ihre Katze anmelden wollte. Ich dachte schon, ich müsste das Tierheim anrufen. Aber wenn Sie den Hund kennen, dann rufe ich jetzt einfach die Besitzerin an.«

Marc Wagner überlegt kurz. »Warten Sie damit noch einen Augenblick. Und du kommst mal mit rein, Herkules.«

»Ich will auch mit!«, ruft Luisa und läuft hinter Wagner

her. Als wir alle im Sprechzimmer sind, schließt Wagner die Tür hinter uns. Dann hebt er mich auf den Untersuchungstisch und mustert mich.

»So, Herkules. Dann erzähl mal. Wieder jemand in Not?«

Luisa kichert. »Aber, Papa, Hunde können doch nicht sprechen.«

»Du wirst dich wundern, mein Schatz. Dieser schon!«

Genau! Zur Bestätigung belle ich einmal kurz. Luisa macht große Augen.

»Also, weiß Carolin, dass du hier bist?«

Ich schüttle den Kopf, so gut ich kann. Dann packe ich mit meinem Fang vorsichtig einen Ärmel von Wagners Kittel und ziehe daran.

»Ich soll mitkommen? Zu Carolin?«

Ich kläffe zweimal. Ich weiß zwar nicht, ob man als Zeichen so direkt sein darf, aber Herrn Beck kann ich schlecht fragen.

»Also, Herkules, ich weiß nicht, ob das so eine gute Idee ist.«

Aha. Er hat nämlich schon eine Frau. Wahrscheinlich ist es das. Ich lasse deprimiert den Kopf sinken.

»Ach komm, sei nicht traurig. Ich würde liebend gerne mitkommen. Aber dein Frauchen hat eindeutig gesagt, dass sie mich nicht mehr treffen will. Glaube mir, dagegen zu verstoßen, kommt bei Frauen gar nicht gut an.«

Doch keine andere Frau? Sondern Taktik? Ich bin einigermaßen verwirrt, beschließe aber, mich davon nicht ablenken zu lassen. Offenbar hat Wagner nach wie vor Interesse an Carolin, das soll mir reichen. Vielleicht gibt es auch für alles eine gute Erklärung.

»Ich habe eine viel bessere Idee. Dafür musst du jetzt aber mal ehrlich zu mir sein. Weißt du noch, als ich dich nach deinem Anfall neulich untersucht habe?«

Wie könnte ich das vergessen? Ich versuche also wieder zu nicken.

»Sehr gut. Ich hatte damals offen gestanden den Eindruck, dass es dir ganz hervorragend geht. Ist es denkbar, dass dieser Anfall Ausdruck deines enormen schauspielerischen Könnens war?«

Ertappt. Wie peinlich.

»Also, Papa, jetzt verstehe ich gar nichts mehr.«

»Warte mal ab, Luisa. So, Herkules, komm: Mach den Anfall!«

Bitte, soll das etwa ein Kommando sein?

»Mach den Anfall, los!«

Na, wenn er meint. Das kann er haben. Ich lasse mich auf die linke Seite kippen und fange an, mit Vorder- und Hinterläufen gleichzeitig zu zucken. Winde mich, schäume, jaule – und achte gleichzeitig darauf, nicht vom Untersuchungstisch zu fallen. Ich finde, es ist eine ziemlich beeindruckende Vorstellung. Luisa reißt die Augen noch ein Stück weiter auf, Wagner grinst.

»Donnerwetter. Unser Dackel ist ein Staatsschauspieler. Ich hab´s ja gewusst. So, braver Hund, kannst aufhören.«

Ich bleibe ruhig liegen, Luisa krault mich am Bauch.

»Das war ja wie im Zirkus, Papa!«

»Richtig.«

»Und was passiert jetzt?«

»Jetzt soll der liebe Herkules mal wieder nach Hause laufen. Und dort, Herkules, wirst du diesen schönen Anfall noch mal deinem Frauchen vorführen. Es sollte mich sehr wundern, wenn sie sich darauf nicht bei mir meldet. Und dann erscheine ich als Retter in der Not. Alles klar?«

Alles klar! Ein Spitzenplan. Er könnte glatt von mir und Herrn Beck sein. Ich springe wieder auf und belle einmal kurz. Dann hebt mich Wagner vom Tisch und bringt mich nach draußen.

»So, du weißt, was du zu tun hast. Ich warte auf Carolins Anruf!«

Ich winde mich in furchtbaren Krämpfen. Dies muss einfach die überzeugendste Darstellung sein, die ich jemals abgeliefert habe. Kaum war Daniel heute weg, schon habe ich mich noch in der Werkstatt praktisch direkt vor Carolins Füße geworfen. Die scheint mir den Anfall abzukaufen, sie ist vor Schreck ganz weiß um die Nase. Ich hoffe, sie reagiert so, wie Wagner es vorausgesagt hat.

Tatsächlich – sie holt das Telefon!

»Neumann hier. Ist Dr. Wagner zu sprechen? Danke.« Sie wartet kurz. »Hallo, Marc, hier ist Carolin. Es tut mir leid, dich zu stören, aber Herkules hat gerade wieder einen ganz furchtbaren Anfall. Viel schlimmer als beim letzten Mal. Ja? Du kommst gleich vorbei? Vielen Dank, das ist furchtbar nett von dir. Wir sind in der Werkstatt.«

Ziel erreicht! Ich kann meinen Anfall also langsam ausklingen lassen. Wurde auch ein bisschen anstrengend. Ruhig liege ich auf dem Rücken und mime den völlig Erschöpften. Carolin setzt sich neben mich auf den Boden und krault mich.

»Armer Herkules. Du tust mir so leid. Aber gleich kommt Dr. Wagner, und dann wird alles gut. Bestimmt.«

Kurz darauf klingelt es schon an der Tür. Wagner muss sofort losgestürmt sein. Er kommt rein und stellt seinen Arztkoffer neben mir ab. Dann untersucht er mich genau so wie beim letzten Mal, macht ab und zu *hm, hm* und setzt sich dann neben Carolin.

»Also, ich kann eine Epilepsie nun tatsächlich nicht mehr ausschließen. Ich mache dir deswegen folgenden Vorschlag:

Ich bin morgen Vormittag sowieso auf Schloss Eschersbach. Was hältst du davon, wenn ich euch beide morgen früh einsammle und wir fahren zusammen. Dann werden wir schnell herausfinden, ob Herkules wirklich ein gebürtiger *von Eschersbach* ist und ob es erbliche Epilepsie sein könnte.«

»Ja«, sagt Carolin leise, »das klingt nach einer sehr guten Idee. Ich komme gerne mit, vielen Dank.«

Schloss Eschersbach? Mit Carolin und Marc! Sensationell! Ich möchte am liebsten vor Freude hoch in die Luft springen, lasse es aber. Das sähe wahrscheinlich nicht sonderlich erschöpft aus.

Der Himmel ist strahlend blau. Ganz so, wie er an einem so wichtigen Tag sein muss. Und wichtig ist dieser Tag, daran habe ich keinen Zweifel. Ich werde Schloss Eschersbach und meine Familie wiedersehen. Und wenn Wagners Plan aufgeht, dann gibt es doch noch eine Chance für ihn und Carolin. Wie genau er sich das vorstellt, habe ich nicht verstanden. Aber ich verlasse mich mal darauf, dass er sich ausreichend Gedanken gemacht hat. Wie sagte Herr Beck so schön? Ein Typ, der einen Hund braucht, um die Frau seines Herzens zu gewinnen, der hat schlechte Karten. Also halte ich mich ab jetzt fein raus.

Ungeduldig warte ich darauf, dass Wagner endlich kommt. Carolin scheint auch nervös zu sein. Sie schaut immer wieder auf die Uhr. Da klopft es an die Fensterscheibe der Terrassentür. Wagner – und er hat Luisa mitgebracht.

Carolin öffnet die Tür.

»Hallo! Und? Bereit für unseren Ausflug?«

»Hallo, ja, ich bin schon fertig.« Sie schaut zu Luisa. Wagner folgt ihrem Blick.

»Ich habe heute jemanden mitgebracht, den ich dir gerne

vorstellen würde. Das ist Luisa, meine Tochter. Luisa, das ist Carolin.«

Na, wenn das mal eine gute Idee war. Der Nachwuchs von fremden Dackeldamen ist bei Hündinnen jedenfalls nicht gut gelitten. Hoffentlich ist das bei Menschen anders. Ein Blick auf Carolins Gesicht sagt mir, dass es in der Menschenwelt ähnliche Spannungsfelder gibt.

»Deine Tochter? Ich verstehe nicht ganz …«

»Ich war schon einmal verheiratet. Luisa ist meine Tochter. Sie lebt meistens bei Sabine, ihrer Mutter. Aber momentan sind Schulferien, und die verbringt Luisa immer bei mir.« Er holt tief Luft. Irgendetwas Bedeutsames muss er wohl noch sagen. »Tja, und weil ihr mir beide so wichtig seid, wollte ich, dass ihr euch kennt.«

»Du hast eine Tochter.« Carolin wiederholt es noch einmal, als hätte sie nicht richtig verstanden.

»Ja. Und was für eine. Ein tolles Mädchen.«

Luisa streckt Carolin die Hand entgegen. »Hallo!«

Jetzt lächelt Carolin. Von meinem Herzen fällt ein ziemlich großer Stein.

»Hallo, Luisa. Schön, dich kennenzulernen.«

»Darf ich mal in den Garten? Ich habe da eine Schaukel gesehen.«

»Natürlich, geh nur.«

Als Luisa gegangen ist, sagen beide erst einmal nichts. Dann räuspert sich Marc.

»Luisa ist so oft es geht bei mir. Ich möchte nämlich kein Wochenendpapa sein. Das wollte ich nie. Unter der Trennung sollte sie so wenig wie möglich leiden. Sabine und ich überlegen auch, ob Luisa demnächst ganz zu mir zieht. Sabine ist Stewardess und will jetzt wieder mehr arbeiten. Ehrlich gesagt, freue ich mich schon sehr darauf. Es wird zwar stressiger werden, aber ich möchte gerne den Alltag meines Kindes mit ihm teilen. Sie werden so schnell groß, und dann ist die Zeit vorbei und kommt nicht wieder.«

»Hast du dich deswegen so mit Nina gestritten? Weil sie dir gesagt hat, wie ätzend sie Kinder findet?«

Wagner nickt. »Auch. Aber es war nicht nur das. Schon beim zweiten Treffen war mir eigentlich klar, dass der Funke nicht so richtig überspringen will. Aber ihr Ausraster am Strand war dann schon ziemlich heftig. Ich hatte ihr noch nicht von Luisa erzählt, wollte es aber eigentlich gerade tun. Na ja. Du kennst ja die Geschichte. Für mich sind Kinder eben sehr wichtig. Mir war sofort klar, dass das keinen Sinn hat.«

»Ja, ich verstehe, dass dich das getroffen hat.«

»Tja, und als du sagtest, dass du mich erst mal nicht sehen willst, da hätte ich dir am liebsten die ganze Geschichte aus meiner Sicht erzählt. Aber du klangst so entschlossen, und ich wollte auch nicht schlecht über deine beste Freundin reden.«

Carolin greift nach seiner Hand und drückt sie. »Ich bin froh, dass du gekommen bist. Im Nachhinein habe ich mich über mich selbst geärgert. Denn eigentlich bin ich sehr gerne mit dir zusammen.«

Wagner lächelt. »Na, dann haben wir ja Glück im Unglück, dass Herkules so schwach bei Gesundheit ist.« Er zwinkert mir zu.

»Apropos Gesundheit: Meinst du, für Herkules ist es schlimm, wieder dorthin zu fahren? Ich meine, immerhin haben diese Leute ihn ins Tierheim gegeben?«

»Im Gegenteil. Er hat doch jetzt einen großen Auftritt.«

»Ach ja?«

»Na, immerhin ist er möglicherweise der angehende Hund des Tierarztes.«

Carolin schaut ihn an. »So, meinst du?«

»Ja. Möglicherweise.« Er zögert kurz. »Quatsch! Ich bin mir ganz sicher.«

Dann zieht Marc Carolin dicht an sich heran und küsst sie ganz sanft auf die Nase. In diesem Moment kommt Luisa wieder aus dem Garten zurück.

»Mensch, Papa! Du bist echt peinlich!«

Marc lässt Carolin los. »Ne, ich bin verliebt!«

Carolin stellt sich auf die Zehenspitzen und flüstert Marc etwas ins Ohr. Aber so leise kann sie gar nicht flüstern, dass ich es mit meinen hervorragenden Ohren nicht gehört hätte: *»Ich bin es auch.«*

Ich schaue mit dem Kopf aus dem offenen Wagenfenster, und meine Ohren wehen im Wind. Heute ist wirklich ein ganz hervorragender Tag. Carl-Leopold von Eschersbach darf auf Schloss Eschersbach zurückkehren. Ich horche kurz in mich hinein. Nein. Es ist in Wirklichkeit ganz anders, viel schöner: Herkules Neumann erweist Schloss Eschersbach die Ehre seines Besuchs.

DANK AN:

Bernd, Wiebke, Flora, Iris, Steffi, Sanne, Dagmar,
Bettina und Anja.
Die Geigenbauer Schellong Osann in Hamburg.
Und natürlich an Alex und Fiete.

EINS

Mein Leben ist schön. Und es wird täglich schöner. Zufrieden räkle ich mich auf dem kleinen Rasenstückchen unseres Vorgartens und beobachte drei Männer dabei, wie sie schwere Kartons aus unserem Haus heraustragen und in dem großen Lastwagen verstauen, der auf der Straße davor parkt.

Ein tiefes Seufzen neben mir erinnert mich daran, dass nicht alle mit dem heutigen Tag so glücklich sind wie ich. Ich schaue über meine Schulter und sehe meinen Freund, den Kater Herrn Beck, der langsam auf mich zugeschlichen kommt.

»So. Und das soll nun also das vielbeschworene Happy End sein. Na ja.« Becks negative Ausstrahlung macht mich noch wahnsinnig! Warum kann er sich nicht einfach mal mit mir freuen?

»Ja, das ist das Happy End, Punkt!«

»Meiner Erfahrung nach gibt es das bei Menschen gar nicht. Glückliche Enden, meine ich. Die finden immer ein Haar in der Suppe.«

»Okay, von mir aus. Auf alle Fälle ist es MEIN Happy End.« Beck seufzt und schüttelt den Kopf. Das sieht bei einem dicken schwarzen Kater immer sehr fatalistisch aus. »Also dann wird es jetzt ernst, oder?« Er setzt sich neben mich.

»Ja, ich schätze mal noch zehn Kartons, dann sind sie fertig.« Beck nickt und schweigt. Vielsagend, wie mir scheint.

»Nun komm schon! Für uns wird sich gar nichts ändern.

Wir bleiben weiterhin die besten Freunde.« Beck sagt nichts. »Okay, ich verstehe ja, dass es für dich netter wäre, wenn wir weiterhin im gleichen Haus wohnen würden. Aber ich habe mir immer eine richtige Familie gewünscht. Und dazu gehören für mich eben mehrere Menschen. Und Kinder. Ich bin so froh, dass Carolin glücklich mit Marc ist, ich wäre mit ihr auch sonst wohin gezogen. Und jetzt ist es doch nur die andere Seite des Parks.« Beck sagt immer noch nichts. Ich unternehme einen letzten Anlauf. »Außerdem bin ich tagsüber immer noch da. Ihre Werkstatt behält Carolin schließlich hier im Haus. Es geht doch nur um die Wohnung.« Becks Schwanzspitze zuckt.

»Lass gut sein, Kumpel. Ich hatte mich eben doch mehr an dich gewöhnt, als ich es selbst für möglich gehalten hätte. An einen Dackel! Das muss man sich mal vorstellen. Hätte man mir das vor einem Jahr geweissagt, ich hätte es mit Abscheu und Empörung von mir gewiesen. Offensichtlich werde ich altersmilde.«

»Nee, ich würde sagen, du bist einfach schlauer geworden und hast erkannt, dass der Hund nicht nur der beste Freund des Menschen, sondern auch des Katers ist. Ist doch nicht das Schlechteste.« Für diese Bemerkung ernte ich einen weiteren abgrundtiefen Seufzer. Gut, das hat wohl keinen Sinn. Dann soll er eben weiter hier rumhängen und Trübsal blasen. Das ist für mich an diesem aufregenden Tag natürlich keine Alternative, und ich beschließe nachzuschauen, wie weit Carolin schon mit dem ganzen Krimskrams ist, der nicht in Kartons gepackt wurde. Vielleicht kann ich noch irgendwas aus dem Kühlschrank abstauben? Ich bilde mir ein, dass der heute Morgen noch gut gefüllt war. Zumindest roch es ganz vielversprechend, als Carolin ihn öffnete, um eine Tüte Milch herauszunehmen.

Die Wohnung – unsere Wohnung! – sieht ganz seltsam aus: Das Sofa, auf dem Carolin und ich so oft zusammen gekuschelt haben, fehlt, ebenso alle anderen Möbel. Nur das kleine Tischchen mit dem Telefon steht noch im Wohnzimmer, einsam und verlassen. Ansonsten wirkt der Raum nun wie eine Halle. Ich gebe es ungern zu, aber bei diesem Anblick wird mir doch ein bisschen mulmig, und ich hoffe, dass Becks Bemerkung über Menschen und das Fehlen von glücklichen Enden nur sein übliches Geunke war. Carolin und Marc werden sich das schon gründlich überlegt haben.

In diesem Moment packen mich zwei riesige Hände und wuchten mich nach oben. Autsch! Nicht so grob!

»Na, Kleiner? Was stromerst du denn noch hier rum?« Ich blicke direkt in die Augen eines dunkelhaarigen Mannes, den ich noch nie zuvor gesehen habe. Er gehört offensichtlich zu den Menschen, die gerade die Wohnung ausräumen, jedenfalls trägt er die gleichen Arbeitsklamotten wie die anderen und riecht nach Schweiß. Jetzt wiegt er mich ein wenig hin und her, als würde er überlegen, was er mit mir anstellen soll. *Sofort runterlassen!*, möchte ich am liebsten laut rufen, ich bin schließlich kein Möbelstück. In Ermangelung einer menschlichen Stimme muss ich mich aber leider darauf beschränken, den Typen anzuknurren. Der zieht die Augenbrauen hoch.

»Nanu? Wirste etwa frech?«

Bitte? Wer rückt denn hier wem auf die Pelle? Ich knurre noch lauter. Vorsicht! Normalerweise beiße ich nicht, aber wenn es gar nicht anders geht …

»Also gut, du hast es nicht anders gewollt.«

Mit diesen Worten setzt mich Herr Grobian in den Umzugskarton, der noch neben dem Telefontischchen steht. Bevor ich auch nur daran denken kann herauszuhüpfen, schließt er den Deckel. Um mich herum wird es dunkel, und der Geruch von Pappe und Staub steigt in meine Nase. Sofort schwappt eine Woge der Erinnerung über mich hinweg: Schloss Eschersbach, mein Geburtsort, und der alte von Eschersbach, der mich in einen ebensolchen Karton hebt. Mich, den Dackelmischling Carl-Leopold, den er in seiner Zucht nicht duldet. Mein Erstaunen, als ich beim Verlassen des Kartons feststelle, dass ich nicht mehr zu Hause, sondern an einem Ort namens Tierheim bin. Und mein Entsetzen, als sich dieser Ort als wahrer Alptraum herausstellt, aus dem mich Carolin allerdings schon nach einem Tag rettet. Und mich fortan Herkules nennt. Ich beginne zu winseln.

»He, Sie! Haben Sie da etwa gerade meinen Hund in einen Karton gesteckt?«

Durch die Pappe klingt Carolins Stimme ganz dumpf, trotzdem erkenne ich sie natürlich sofort. Der Deckel wird wieder aufgeklappt, Carolins Gesicht erscheint am oberen Rand, mit ihren großen, hellen Augen schaut sie mich mitleidig an.

»Du Armer! Kein Wunder, dass du weinst! Ganz allein in diesem dunklen, engen Karton!«

Sie hebt mich heraus und streichelt mir über den Kopf.

»Alles wieder gut, Herkules. Und Sie merken sich mal eines«, faucht sie den Mann an, »Finger weg von meinem Hund, sonst gibt es gleich richtig Ärger!«

Der guckt sie so blöd an, wie es tatsächlich nur Menschen können. Natürlich – wenn denkende Wesen dem Stumpfsinn anheimfallen, ist es eben viel dramatischer, als wenn beispielsweise ein Goldfisch komplett unterbelichtet ist.

»Is ja gut, is ja gut – ich wollte dem Kleinen doch nichts tun. Nur ein bisschen mit ihm spielen!«

Aha, der wollte nur spielen. Unter Hundebesitzern ja angeblich eine beliebte Ausrede für verzogene Vierbeiner. Dass jetzt schon Zweibeiner darauf zurückgreifen, sagt so einiges über den Zustand aus, in dem sich die Menschheit befindet. Carolin setzt mich wieder auf den Boden, und ich überlege kurz, ob ich an dem Idioten mein Bein heben soll – verwerfe den Gedanken aber als niveaulos. Ein Carl-Leopold von Eschersbach pinkelt nicht aufs Parkett.

Der Mann verzieht sich, und Carolin kniet sich neben mich und streicht sich eine Strähne ihres langen blonden Haares aus dem Gesicht.

»So, Herkules, den sind wir erst mal los. Aber vielleicht gehst du trotzdem wieder in den Garten? Nicht, dass dir gleich der Nächste auf die Pfoten tritt.«

Auf keinen Fall! Meine Mission lautet schließlich Kühlschrank! Ich laufe also Richtung Küche. Dort angekommen, warte ich, bis Carolin mir gefolgt ist, setze mich auf meinen Po und gucke sie so treuherzig an, wie es mir als Dackel nur möglich ist. Zur Unterstreichung meiner Bedürftigkeit fiepe ich noch ein bisschen und hebe eine Vorderpfote. Carolin lacht.

»Aha, daher weht der Wind! Monsieur hat Hunger. Na gut, ein kleiner Snack ist wohl okay.« Sie öffnet die Kühlschranktür und nimmt ein Schälchen heraus. Hm, obwohl die Portion kalt ist, breitet sich ein verführerischer Geruch in der Küche aus. Lecker! Herz!

»Also, die Mikrowelle ist schon verpackt, die Töpfe auch. Frisst du es auch kalt?«

Klaro! Immer her damit! Sie stellt mir das Schälchen vor die Füße, und ich mache mich gleich darüber her.

»Ach, hier steckst du!« Marc steckt seinen Kopf durch die Küchentür. Carolin dreht sich zu ihm herum und strahlt ihn an.

»Herkules hatte ein bisschen Hunger, und den Kühlschrank muss ich sowieso noch ausräumen. Hast du auch Appetit auf irgendetwas?«

Marc stellt sich neben sie.

»Hm, lass mal überlegen. Ja, es gibt tatsächlich etwas, worauf ich richtig Appetit habe.« Blitzschnell packt er Carolin, zieht sie in seine Arme und gibt ihr einen langen Kuss. Mir wird ganz warm und wohlig. Von wegen *»kein Happy End«* – die beiden sind glücklich miteinander, das sieht ein Blinder mit Krückstock. Selbst, wenn er ein Kater ist.

Carolin kichert und strampelt sich los.

»He, so werden wir hier nicht fertig! Also, möchtest du nun noch einen Joghurt oder vielleicht ein Stück Salami?«

Marc schüttelt den Kopf.

»Nein, danke! Ich wollte eigentlich nur schauen, wie weit ihr hier seid. Meinst du, ihr schafft den Rest in einer halben Stunde? Oder brauchen die Jungs noch länger? Denn dann würde ich jetzt schon mal Luisa von der Schule abholen. Sie war heute Morgen ziemlich aufgeregt, ich habe ihr versprochen, dass sie heute nicht in den Hort zu gehen braucht.«

Carolin nickt.

»Ja, das ist eine gute Idee, mach mal. Wenn sie auch nur ansatzweise so aufgeregt ist wie ich, braucht sie bestimmt ein bisschen väterlichen Beistand. Und ich glaube, wir kommen in der nächsten Stunde auch ohne dich aus.«

»Alles klar, dann düse ich mal los.« Er dreht sich, um zu gehen, überlegt es sich dann aber anders und nimmt Carolin wieder in den Arm.

»Glaub mir, ich bin auch verdammt aufgeregt. Aber auch verdammt glücklich.« Dann küsst er sie noch einmal und verschwindet aus der Küche. Carolin schaut ihm eine ganze Weile versonnen hinterher, dann schüttelt sie kurz den Kopf.

»So, Herkules. Genug geträumt! Wenn wir in einer Stunde

fertig sein wollen, gibt es noch einiges zu tun.« Sie öffnet wieder die Kühlschranktür und beginnt, diverse Flaschen und Schalen herauszuräumen. Einige verstaut sie in einem Karton, der neben ihr auf dem Boden steht, andere wirft sie in den großen Müllsack neben der Küchentür.

Gut, etwas zu fressen scheint es also nicht mehr zu geben, dann kann ich eigentlich auch wieder in den Garten. Menschen beim Aufräumen zuzusehen ist nicht wirklich interessant.

Unten angekommen, halte ich kurz Ausschau nach Herrn Beck, sehe ihn aber nirgends. Dafür komme ich an Marc vorbei, der offenbar noch nicht losgefahren ist, sondern zwei Möbelpackern irgendwelche Anweisungen gibt. Als er mich sieht, beugt er sich zu mir herunter.

»Sag mal, Herkules, hast du vielleicht Lust mitzukommen, wenn ich Luisa abhole? Ich glaube, sie würde sich freuen, dich zu sehen.«

Ich wedele mit dem Schwanz – natürlich habe ich dazu Lust! Luisa ist ein wirklich nettes Mädchen, und seitdem Carolin und ich so viel Zeit bei Marc verbringen, habe ich seine Tochter schon richtig ins Herz geschlossen. Schließlich hat sie auch noch Lust, mit mir spazieren zu gehen, wenn alle anderen Menschen längst streiken.

»Gut, Kumpel, dann mal ab ins Auto, die Schule ist gleich aus.«

Kurze Zeit später hält Marc vor einem großen Gebäude, das wie ein riesiger Schuhkarton mit Fenstern aussieht. Nein, eigentlich eher wie vier riesige Schuhkartons, von denen man zwei aufeinandergestapelt und die beiden anderen links und rechts davon platziert hat. Marc steigt aus und öffnet mir die Tür, ich hüpfe direkt auf den Bürgersteig. Wir laufen los und kommen auf eine große Wiese, die direkt vor dem Schuhkarton-Haus liegt. Ein paar Kinder spielen hier mit einem Ball, die Sonne scheint, eine Mutter sitzt mit ihrem Baby auf dem Arm auf einer Bank. Ein friedliches Bild. Das Leben mit Kindern muss einfach schön sein.

Keine drei Sekunden später ist es mit der Ruhe vorbei. Erst ertönt eine Klingel, und dann bricht ein wahrer Höllenlärm los: Durch die gläserne Eingangstür des Hauses kann ich sehen, wie Kinder geradezu rudelweise auf den Flur stürzen und sich ihren Weg Richtung Ausgang bahnen. Die Glastür schwingt auf, die Kinder schubsen und drängeln nach draußen, sie lachen und singen – und das alles in einer ohrenbetäubenden Lautstärke.

Das ist nun wirklich überhaupt nicht mein Fall, Dackelohren sind schließlich sehr empfindlich. Aber gerade, als ich überlege, schon mal allein zum Auto zurückzulaufen, kommt Luisa aus dem Gebäude. Sie sieht uns sofort und kommt herübergelaufen.

»Papa! Herkules!« Marc bekommt einen schnellen Kuss, dann beugt sich Luisa sofort zu mir herunter und krault mich unter der Schnauze.

»Herkules, mein Süßer! Das ist aber lieb, dass du mich abholst. Seid ihr denn schon fertig mit Packen?« Sie stellt sich wieder auf.

»Ich glaube, ein bisschen braucht Caro noch«, antwortet Marc, »aber heute Nachmittag sollte alles über die Bühne sein.« Luisa nickt, und ihre dunklen, lockigen Zöpfe wippen lustig hin und her.

»Dann können wir doch schnell nach Hause fahren. Ich habe eine Überraschung für Carolin gebastelt.«

Eine Überraschung? Das klingt gut. Aber warum eigentlich nur für Carolin? Schließlich zieht nicht nur sie bei Marc und Luisa ein – ich bin auch mit von der Partie.

»Was ist es denn für eine Überraschung?«, will Marc wissen.

»Das wird nicht verraten, Papa. Fahr uns einfach nach Hause, dann wirst du es gleich sehen.«

Marc lächelt.

»Na gut. Stets zu Diensten, meine Prinzessin.«

»Herr Dr. Wagner, da sind Sie ja endlich!« Die junge Frau, die Marc immer in seiner Tierarztpraxis hilft, stürzt sich gleich auf ihn, kaum dass wir das Haus betreten haben. »Frau Deithard hat schon dreimal angerufen, weil sie sich solche Sorgen um Caramel macht. Können Sie sie kurz zurückrufen?«

Marc rollt genervt mit den Augen.

»Ich habe doch gesagt, dass die Praxis heute geschlossen ist und Sie mir nur die absoluten Notfälle auf den Hals hetzen dürfen und sich ansonsten mal um die Buchhaltung kümmern sollen, Frau Warnke. Und wir wissen doch wohl beide, dass Caramel kein absoluter Notfall ist.«

Frau Warnke guckt schuldbewusst, aber nur circa drei Sekunden lang. Dann lächelt sie.

»Na ja. Aber wir wissen auch beide, dass immerhin Frau Deithard selbst ein absoluter Notfall ist. Ohne Sie, lieber Herr Doktor, ist diese Frau wirklich kreuzunglücklich. Also seien Sie nett und rufen Sie sie an.«

Böse Stimmen behaupten, dass einige Frauchen nur mit ihren Tieren in die Praxis kommen, weil Marc so gut aussieht. Und ganz offensichtlich ist auch diese Frau Deithard Marcs vollen, dunklen Haaren und blauen Augen verfallen. Aber nix da! Der gehört zu uns!

Luisa mischt sich ein.

»Nee, zuerst gehen wir nach oben in die Wohnung. Ich muss noch meine Überraschung auspacken, bevor Carolin kommt.«

»Sie hören es, Frau Warnke. Ich werde an anderer Stelle viel dringender benötigt. Denn falls hier nicht alles fertig ist, wenn der Möbelwagen meiner Freundin ankommt, dann habe ich gleich mit zwei Frauen Stress.«

Frau Warnke grinst.

»Aye, aye, Chef. Aber ich erinnere Sie später nochmal an Frau Deithard. Die bringt es nämlich sonst fertig und steht höchstpersönlich vor der Tür – geschlossene Praxis oder nicht. Und das wäre Ihnen dann bestimmt auch nicht recht.«

Marc seufzt.

»Okay, ich rufe sie nachher an. Versprochen. Und jetzt zeig mir mal, was es mit deiner Überraschung auf sich hat, Luisa.«

Im ersten Stock angekommen, stellt Luisa ihre Tasche in den Flur und nestelt am Verschluss. Neugierig komme ich etwas näher. Lustig, so eine große bunte Tasche mit Schlaufen. Ich schnüffele daran. Sie riecht ein bisschen nach Butterbrot und Apfelsaft – und ganz viel nach Luisa.

»Das ist mein Schulranzen, Herkules.«

Sie öffnet eine Klappe und holt etwas heraus, das wie eine Rolle Papier aussieht. Also ziemlich unspektakulär. Und das soll nun die große Überraschung sein? Ich bin enttäuscht. Ich hatte etwas erwartet, das mindestens auf der Stufe von Fleischwurst oder Kauknochen rangiert, was auch immer das für einen Menschen sein könnte. Sie gibt Marc das Papier, er rollt es auf. Es ist ziemlich lang, und Marc schaut es sich gründlich an. Leider kann ich von unten nicht sehen, was er sieht – aber es muss dann doch etwas Tolles sein. Jedenfalls fängt er auf einmal an zu lächeln, legt das Papier zur Seite und nimmt Luisa in den Arm.

»Vielen Dank, mein Schatz. Das bedeutet mir ganz viel. Und Carolin mit Sicherheit auch. Es ist auch wirklich sehr schön geworden.« Luisa nickt.

»Nicht wahr? Ich habe mir auch echt viel Mühe gegeben und die ganzen zwei Stunden Kunstunterricht dafür gebraucht. Eigentlich sollten wir einen Leuchtturm malen, aber als ich Frau Spengler erklärt habe, was ich machen will und wofür ich es brauche, war sie gleich einverstanden.«

Na toll. An mich denkt natürlich wieder keiner. Hallo, ihr beiden Menschen! Ich will endlich wissen, worüber ihr redet! Zeigt mir doch auch mal die Rolle! Vielleicht muss ich mir ein bisschen mehr Aufmerksamkeit verschaffen. Ich fange also an zu fiepen und springe an Marc hoch.

»Musst du mal raus, Herkules?«

Ignorant. Und du willst Tierarzt sein? Dann solltest du doch ein Mindestmaß an Einfühlungsvermögen für Vierbeiner besitzen. Aber wenigstens Luisa scheint zu haben, was ihrem Vater fehlt. Sie schnappt sich die Rolle und hält sie mir vor die Nase.

»Hier, guck mal, Herkules. Schön, oder?«

Das ganze Papier ist bunt bemalt und beklebt, außerdem glitzert es. Schaut hübsch aus, auch wenn ich als Dackel wirklich nicht der Farbenspezialist bin. Aber was genau soll das sein?

»Guck mal: hier steht *Herzlich Willkommen, Carolin! Schön, dass du da bist!* Und daneben habe ich uns alle gemalt, auch dich, Herkules.«

Stimmt. Ich erkenne eindeutig drei Figuren, die wohl ein Mann, eine Frau und ein Kind sein sollen – und daneben einen kleinen Hund mit langen Ohren. Über die Proportionen müssten wir uns nochmal unterhalten, aber natürlich fühle ich mich geschmeichelt, dass mich Luisa hier verewigt hat. Der Sinn der Rolle ist mir allerdings immer noch nicht ganz klar. Und warum sich Marc darüber so freut, auch nicht.

»So«, verkündet dieser, »dann wollen wir das Begrüßungsplakat mal an geeigneter Stelle aufhängen. Wo hättest du es denn gerne?«

Luisa überlegt kurz.

»Vielleicht gleich unten? Wenn man von der Praxis ins Treppenhaus kommt? Dann sieht es Carolin sofort, wenn sie reinkommt. Das wäre doch schön.«

Aha. Eine Begrüßung. Das ist natürlich nett. Wenn auch ein bisschen albern, schließlich sind Carolin und ich mittlerweile doch fast jeden Tag hier. Warum nun gerade jetzt dieses Plakat aufgehängt werden muss, verstehe ich nicht ganz.

»Gut. Ich glaube, ich habe noch irgendwo Teppichklebeband, damit müsste es gut halten.«

Gesagt, getan. Kurz darauf stehen wir zusammen mit Frau Warnke vor dem Aufgang zur Wohnung und bewundern Luisas Werk. Und keine Sekunde zu früh, denn in diesem Moment ertönt eine Hupe, die offensichtlich zu Carolins Möbelwagen gehört. Jedenfalls verschwinden Marc und Luisa sofort nach draußen, ich schließe mich den beiden an.

Tatsächlich. Der gelbe Lastwagen hält vor der Tür, und neben dem Fahrer, der sich als der Blödmann von heute Mittag herausstellt, springt auch Carolin heraus.

»So! Endlich fertig!«

»Dann mal *Welcome Home*, meine Liebe. Ich würde dich jetzt gerne über die Schwelle tragen, aber ich fürchte, ich habe mich heute Morgen an deinem Klavier verhoben.«

Carolin tätschelt Marcs Wange.

»Du Armer, man wird eben nicht jünger. Aber ich weiß den Gedanken zu schätzen.«

Jetzt zupft Luisa sie ungeduldig am Ärmel.

»Komm mal mit rein!«

Carolin lächelt und nickt, dann gehen die drei ins Haus. Bevor ich noch hinterherlaufen kann, höre ich schon Carolins Stimme.

»Oh, Luisa, wie schön! Das ist ja ein toller Empfang, vielen Dank!«

Ich biege um die Ecke und sehe, wie Marc Luisa und Carolin umarmt. Was er sagt, kann ich nicht hören, aber ich bin mir sicher, dass es irgendetwas ist, was Herrn Beck überhaupt nicht gefallen würde. Etwas Nettes eben. Hat einfach keine Ahnung, der blöde Kater. Natürlich ist das hier ein Happy End. Wir sind endlich eine richtige Familie. Ein Mann, eine Frau und ein Kind. Und ich. Ein kleiner Dackel.

ZWEI

Wirklich, Marc. Entweder du trennst dich endlich mal von ein paar dieser Uralt-Klamotten, oder wir brauchen einen neuen Kleiderschrank. Du hast selbst gesagt, du wolltest mal ausmisten.«

Carolin und Marc stehen vor dem großen Schrank im Schlafzimmer der neuen Wohnung. Vor Carolin liegt ein großer blauer Plastiksack, in den sie gerade ein paar von Marcs Sachen aus dem Schrank gelegt hat. Oder besser gesagt: legen wollte. Denn schon das erste Teil hat Marc umgehend wieder aus dem Sack gefischt.

»Dieses Hemd ist noch so gut wie neu. Guck mal, da ist sogar noch das Preisschild dran.«

»Marc, es sieht aus wie ein Küchenhandtuch. Blau-grün karierter Flanell, gekauft bei Tchibo. Das ist jetzt nicht dein Ernst.«

Das Teil wandert wieder in den Müllsack. Carolin greift erneut in den Schrank und holt etwas hervor, was mich von der Form entfernt an einen der Kittel erinnert, die Marc bei der Arbeit trägt. Es hat allerdings eine Art Blümchenmuster. Sehr ungewöhnlich.

»So. Was spricht für dieses Teil?«

Marc schnappt empört nach Luft.

»Hallo? Das ist ein echtes Designerstück. Habe ich mal von einem Kurztrip nach London mitgebracht.«

»Und? Schon mal getragen?«

»Äh, na ja …«

Der Blümchenkittel wandert in den Sack. Der nächste Kandidat ist eine Hose. Marc sieht sie und richtet sich spontan zu voller Größe auf.

»Also echt jetzt! Das ist meine absolute Lieblingshose! Und die sieht doch noch super aus!«

»Marc, wenn es deine *absolute Lieblingshose* ist, wieso habe ich sie dann noch nie an dir gesehen? Wir kennen uns jetzt ein Jahr, ich würde sagen, du hattest sie noch nie an. Und offen gestanden glaube ich, sie passt dir auch gar nicht mehr.«

»Entschuldige mal! Natürlich passt die mir noch!«

»Ja? Das will ich sehen.«

Carolin hält ihm die Hose unter die Nase. Marc seufzt und zieht seine aktuelle Hose aus. Er schlüpft in die andere, zieht sie hoch und lächelt triumphierend.

»Da siehst du's. Passt!«

Carolin verzieht keine Miene.

»Zumachen.«

»Bitte?«

»Du musst sie zumachen. Sonst zählt es nicht.«

Marc schüttelt unwillig den Kopf und macht sich daran, die vielen Knöpfe zu schließen. Gar nicht so einfach. Jedenfalls schnappt er auf einmal nach Luft und zieht den Bauch ein, dann erst ist die Hose endgültig zu. Ich bin wahrlich kein Experte für Hosen, aber es sieht relativ unbequem aus, so, als sei Marc in seiner eigenen Hose eingeklemmt. Jetzt lächelt Carolin.

»Also, wenn du damit leben kannst, den ganzen Tag keine Luft zu holen, dann sitzt die Hose in der Tat noch wie angegossen.«

Marc rollt mit den Augen, zieht die Hose wieder aus und

schleudert sie zur Seite. Dabei wirft er sie mir direkt auf die Nase, ich jaule überrascht auf und springe zurück.

»Ups, tschuldige, Herkules. Ich habe dich gar nicht gesehen. Aber du kommst gerade recht. Du kannst hier etwas lernen, was auch für dich als Haustier interessant sein dürfte: die Domestizierung des Mannes. Will sagen: vom Mann zum Milchbrötchen.«

Hä? Milchbrötchen? Wovon spricht Marc? Und was hat das mit Haustieren zu tun. Carolin holt Luft.

»Also echt, Marc. Was soll denn das? Wir waren uns einig, dass Nina meinen Kleiderschrank behalten sollte, weil in deinem angeblich genug Platz für uns beide sei und mein Schrank auch gar nicht in dieses Zimmer passt. Und wenn du schon dieses olle Teil, das dir noch dazu viel zu eng ist, behalten willst, dann sehe ich für den Rest wirklich schwarz.«

»Ist ja gut, ist ja gut. Reg dich nicht auf. Es ist eben nur so, dass ich mit dieser Hose viele Erinnerungen verbinde. Ich habe sie mir gleich im ersten Semester in München gekauft, und sie war damals schweineteuer und supersexy. Auf Partys kam ich damit sensationell an.«

»Tja, das war dann doch wohl eindeutig noch zu D-Mark-Zeiten. Ich finde, du solltest kleidungstechnisch langsam mal in der Eurozone ankommen. Aber ich habe auch gar keine Lust, mich hier mit dir über deine alten Hosen zu streiten. Ich schlage vor, ich gehe eine Runde mit Herkules einkaufen, und du sortierst deinen Schrank selbst neu. Und wenn es dann eben doch keinen Platz für meine Sachen gibt, dann fahre ich nachher zu Ikea und kaufe einen neuen Schrank für mich. Ich habe jedenfalls keine Lust, noch die ganze Woche aus dem Koffer zu leben.«

Spricht's, dreht sich um und geht aus dem Zimmer. Hoppla, das klang schärfer, als Carolin sonst mit Marc spricht. Offensichtlich scheint diese Kleiderschranknummer irgendwie wichtig zu sein. Ich folge Carolin, die sich ihre Jacke schnappt und Richtung Treppenhaus steuert. Marc guckt noch einmal aus dem Schlafzimmer.

»He, bist du jetzt sauer?«

Carolin bleibt stehen.

»Nein. Na ja. Vielleicht ein bisschen.«

Marc kommt uns hinterher, nimmt sie kurz in den Arm und küsst sie.

»Ich gelobe hiermit feierlich: Wenn ihr vom Einkaufen zurückkommt, hast du mindestens die Hälfte des Kleiderschranks für dich. Und wenn ich dafür alle Hosen, die ich vor 1975 gekauft habe, rituell verbrennen muss. Ehrenwort.«

Carolin kichert und erwidert seinen Kuss.

»Ich bin gespannt.«

Nach dem Einkaufen treffen wir einen alten Bekannten: Willi. Er steht direkt am Eingang vom Supermarkt und baut gerade einen Stapel mit Zeitungen neben sich auf. Willi ist ein älterer Herr, der auf einer Bank in unserem Park wohnt und mich einmal aus einem Kaninchenbau gerettet hat. In letzter Zeit habe ich ihn allerdings kaum noch gesehen, umso mehr freue ich mich, ihn hier zu treffen.

»Grüße Sie, Willi!« Auch Carolin scheint sich zu freuen.

»Hallo, Frau Neumann!«

»Wie geht es Ihnen denn?«

»Prächtig! Ich habe endlich wieder eine Wohnung – und auch einen Job! Sehen Sie mal«, er hält Caro eine Zeitung unter die Nase, »ich bin jetzt Zeitungsverkäufer. Ist ein Projekt extra für Obdachlose, von jedem verkauften Exemplar bekomme ich auch Geld.«

»Klasse, da kaufe ich Ihnen gleich mal eine ab.«

»Danke.« Dann beugt er sich zu mir hinunter. »Und du, Kleiner? Hast du mich schon vermisst?«

Ich wedele mit dem Schwanz. Na klar!

»Weißt du, dem Willi geht's jetzt wieder richtig gut. Deswegen bin ich so selten in eurer Ecke. Aber ich komm dich mal besuchen.«

Ich schlecke ihm die Hände ab, er lacht, und Caro verabschiedet sich. Sie will unserer alten Wohnung noch einen Besuch abstatten. Oder besser gesagt: Nina, die in Carolins Wohnung gezogen ist. Nina ist ihre beste Freundin und ganz anders als Carolin: Groß und dunkelhaarig – und während Carolin für mich die Sanftmut in Person darstellt, ist Nina meist sehr bestimmt und energisch.

Sie öffnet die Tür, sieht uns und strahlt.

»Mensch, das ist ja eine nette Überraschung! Komm rein, ich bin mal gespannt, wie es dir gefällt.«

Sie winkt uns ins Wohnzimmer, das nun mit Ninas Sofa und einem einzigen Bücherregal sehr mager bestückt und so kaum wiederzuerkennen ist. Nina und Carolin setzen sich, und ich lege mich auf mein ehemaliges Lieblingsfleckchen vors Sofa. Schon komisch, der Raum ist natürlich derselbe geblieben, aber er riecht schon ganz anders. Eben deutlich nach Nina, auch wenn ich noch eine leichte Note Carolin erschnuppere.

»Willst du vielleicht etwas trinken?«

Carolin schüttelt den Kopf.

»Nee, danke. Ich war einfach nur neugierig, wie meine Wohnung aussieht, wenn sie deine ist.«

»Tja, so richtig viel kann man noch nicht erkennen. Ich hatte zwar längst nicht so viele Kartons wie du, trotzdem habe ich sie noch nicht alle ausgepackt. Wahrscheinlich brauche ich auch noch jede Menge neuer Möbel, meine alte

Wohnung war deutlich kleiner als deine. Gut, dass ich deinen Kleiderschrank behalten konnte.«

Carolin lacht.

»Du wirst es nicht glauben. Über das Thema Kleiderschrank hatten wir eben unsere erste kleine Kabbelei.«

»Wirklich? Ich hoffe doch, nicht meinetwegen?«

»Nein, nein. Marc ist nur der Ansicht, dass er sämtliche Klamotten horten muss, die er seit seinem Eintritt in den Stimmbruch angeschafft hat. Also, da sind Sachen dabei – unglaublich. Aber wir haben im Schlafzimmer keinen Platz für einen weiteren Schrank, und deswegen muss er jetzt mal ausmisten, sonst passen meine Sachen da definitiv nicht rein.«

»Aha. Also zeigt Marc eindeutiges Revierverhalten.«

»Ist das die Diagnose der Psychologin?«

»Gewissermaßen.«

Revierverhalten. Das klingt für mich endlich mal nachvollziehbar, und jetzt verstehe ich auch, warum die Stimmung im Schlafzimmer eben so angespannt war. Sein Revier muss man natürlich verteidigen, das leuchtet jedem Hund sofort ein. Nicht umsonst habe ich vor noch nicht allzu langer Zeit als Welpe eifrig das Beinchenheben geübt. Das ist nämlich gar nicht so einfach, wie es aussieht. Aber sehr, sehr wichtig. Eine eindrucksvolle Duftmarke zu setzen ist eben die effektivste Methode, das eigene Revier zu kennzeichnen. So weit, so gut. Eine Sache gibt mir dennoch zu denken: Warum verteidigt Marc das gemeinsame Schlafzimmer gegen Carolin? Also gewissermaßen gegen sein eigenes Weibchen? Das macht aus Hundesicht nun überhaupt keinen Sinn. Es gilt zwar, das Revier von lästiger Konkurrenz freizuhalten, die Mitglieder des eigenen Rudels sind aber willkommen. Insbesondere die Weibchen. Im Grunde genommen veranstaltet der Rüde den ganzen Zirkus doch nur für die Hündin. Ob bei Menschen auch Paare miteinander konkurrieren können? Und falls ja, um was? Es ist und bleibt rätselhaft mit diesen Zweibeinern.

Während ich noch darüber sinniere, ob Marc Carolin demnächst auch den Zugang zum Kühlschrank erschweren könnte – denn schließlich geht es da ums Futter! –, gibt Nina ein paar praktische Tipps, um das Kleiderschrank-Problem aus der Welt zu räumen.

»Vielleicht schmeißt du seine Sachen einfach heimlich weg oder spendest sie der Kleiderkammer, wenn er in der Praxis ist?«

Für meinen Geschmack ein etwas simpler Plan. Dass Marc das nicht merkt, halte ich für geradezu ausgeschlossen. Auch Carolin scheint nicht überzeugt.

»Also, das klingt doch etwas rabiat. Ich setze lieber erst einmal auf Freiwilligkeit. Marc hat versprochen, radikal aufzuräumen, bis ich wieder zu Hause bin.«

»Dann lass dir lieber ein bisschen Zeit. Musst du heute nochmal in die Werkstatt?«

»Wo ich gerade hier bin, schau ich mal kurz nach der Post. Ansonsten hatte ich mir die Tage für den Umzug eigentlich freigehalten.«

Wenn Carolin in die Werkstatt möchte, kann ich bestimmt noch ein Weilchen im Garten verbringen. Nicht, dass sich da nun fremde Hunde aus dem Park breitmachen, Stichwort Revierverteidigung. Direkt an den Garten hinterm Haus grenzt nämlich ein Park, und manchmal verirrt sich der ein oder andere Artgenosse auf die falsche Seite des Tors, das unseren Garten vom Park trennt. Da kann ich gleich mal nach dem Rechten sehen und Besuchern nötigenfalls freundlich, aber bestimmt, klarmachen, wer hier Herr im Haus beziehungsweise Hund im Garten ist. Außerdem schwirrt Herr Beck bei dem schönen Wetter bestimmt auch irgendwo durch die Gegend, und mich würde interessieren, wie er die letzten beiden Tage so verbracht hat. Mit Sicherheit ist ihm ohne mich entsetzlich langweilig.

Von der Werkstatt aus führt eine Terrassentür direkt in den Garten, es sind nur drei Stufen nach oben, schon sitzt man im Gras. Das ist natürlich enorm praktisch, denn manchmal arbeitet Carolin stundenlang an einer Geige und hat keine Zeit, mit mir spazieren zu gehen. Meist ist mir das ganz recht, denn ohne Frauchen durch den Park zu stromern ist eindeutig spannender, als an der Leine hinter ihr herzulaufen. Ich erschnüffele Kaninchen, jage Eichhörnchen oder Amseln – kurz: Ich bin ganz ich. Eigentlich ist das total verboten, und wenn Carolin mich dabei erwischt, schimpft sie. Aber als Dackel bin ich nun einmal ein Jagdhund – geboren für das große Abenteuer, nicht für das Leben auf der Etage.

Im Garten riecht es wie immer im Sommer: nach Gras, den großen Blumen im Beet und eben nach mir. Der Duft von Herrn Beck schwebt über dem Rasen, allerdings nur so schwach, dass er wohl schon länger nicht mehr hier war. Komisch, normalerweise ist Herr Beck im Sommer fast immer hier unterwegs. Ich muss spontan daran denken, wie wir uns kennengelernt haben. Dieses denkwürdige Ereignis fand nämlich genau vor dem großen Baum direkt am Haus statt. Kaum zu glauben, dass der Kater und ich uns bei unserem ersten Treffen fast geprügelt hätten. Er hatte mich beim Pinkeln beobachtet und sich über mein noch relativ wackeliges Beinchenheben lustig gemacht. Was natürlich eine Frechheit war. Dass ich ihm dann *versehentlich* in den Schwanz biss, war natürlich auch nicht so nett. Schon erstaunlich, dass wir trotzdem noch die besten Freunde geworden sind. Aber wo steckt der fette Kater jetzt?

Ich suche hinter dem großen Blumenbeet, auf der Wiese vor dem Zaun zum Park, beim Komposthaufen, laufe in den Vorgarten – selbst die Nische mit den Mülltonnen lasse ich nicht aus. Aber nirgends eine Spur von Herrn Beck, ich kann überhaupt keine Witterung aufnehmen. Betrübt schleiche ich zurück und trolle mich mit hängenden Öhrchen in die Werkstatt. Schade, ich hätte Beck so gerne von meinem neuen Zuhause berichtet.

»Nanu, Herkules, was ist los? Keine Lust mehr auf Garten?«

Carolin hebt mich hoch und setzt mich auf den Tisch, vor dem sie gerade steht.

»Oder bekommst du Heimweh nach deinem alten Zuhause? Du guckst irgendwie so traurig. Aber mach dir nichts draus, ich fand es eben auch ein bisschen seltsam, in *meiner* Wohnung auf *Ninas* Couch zu sitzen. Ich denke, wir werden uns schon dran gewöhnen, oder?«

Ich lege mich hin und lasse den Kopf auf meine Vorderläufe sinken. Tja, werden wir uns daran gewöhnen? Vermutlich schon, auch wenn es sich gerade anders anfühlt. Schließlich haben wir uns wirklich nicht verschlechtert. Marcs Wohnung ist viel größer als die von Carolin, es gibt ebenfalls einen tollen Garten und, auch nicht ganz unwichtig: Da im Erdgeschoss gleichzeitig Marcs Tierarztpraxis ist, fühle ich mich seinen Patienten gegenüber wie der Chefdackel. Es ist ja nun auch mein Haus, und all die anderen Hunde, Katzen, Meerschweinchen und was sonst noch so zu Marc gekarrt wird, sind eindeutig nur von mir geduldete Gäste. Ein sehr erhabenes Gefühl.

Auch die ganze Hin- und Her-Schlepperei unseres halben Hausstands entfällt zukünftig. In den letzten Wochen und Monaten haben Carolin und ich zwar schon fast jede

Nacht bei Marc und Luisa geschlafen, aber meist hatten wir irgendwas in unserer eigentlichen Wohnung vergessen: Mal Carolins Haarspange, ein bestimmtes Buch oder – noch viel schlimmer – meinen neuen Kauknochen. Das kann nun nicht mehr passieren. Und es wohnt auch kein Fremder in unserer alten Wohnung, sondern Nina. Wir können also jederzeit zu Besuch kommen.

»Weißt du, ich bin hier gleich fertig, und dann machen wir etwas Schönes zusammen. Wir könnten zum Beispiel eine Runde durch den Park drehen. Wie findest du das?«

Natürlich großartig! Meine schlechte Laune ist sofort wie weggeblasen, ich springe auf und wedele mit dem Schwanz.

»Siehst du, wusste ich es doch. Also, abgemacht: Wir gehen spazieren, sobald ich alles auf meinem Tisch wegsortiert habe. Die Einkäufe lassen wir einfach hier, die können wir auch noch später nach Hause bringen.«

Sie kichert.

»Dann hat Marc auch wenigstens genug Zeit für das Projekt Kleiderschrank.«

Als wir am frühen Abend wieder nach Hause kommen, duftet es schon im Flur verführerisch nach Essen. Hm! Verheißungsvoll! Hoffentlich hat der Koch auch an mich gedacht. Es klappert hinter der Küchentür, und einen kurzen Moment später erscheint Luisa mit einem Stapel Teller in den Händen.

»Hallo ihr beiden! Papa hat euch schon vermisst. Wir haben nämlich für euch gekocht.«

Carolin lächelt und stellt die Einkaufstüten ab.

»Wie nett! Es riecht auch schon sehr lecker. Was gibt es denn?«

»Rahmgeschnetzeltes mit Reis. Ein Rezept von Oma. Das schmeckt immer.«

Das glaube ich nur zu gerne. Ob ich etwas davon abbekomme? Marc ist da leider immer ein wenig streng und behauptet, menschliches Essen sei für Dackel gänzlich ungeeignet.

»Wir haben sogar eine kleine Portion für Herkules zubereitet. Ohne Gewürze oder so. Zur Feier des Tages wollte Papa ihm auch etwas gönnen.«

Juchhu! Eine echte Spitzenidee vom Herrn Doktor! Der biegt in diesem Moment selbst um die Ecke.

»Hallo, Süße! Ihr wart ja ganz schön lange weg. Hattest du Angst, ich hätte sonst nicht genug Zeit zum Entrümpeln?« Er grinst.

»Nee, aber ich war noch in der Werkstatt und habe bei Nina vorbeigeschaut.«

»Aha. Schon Sehnsucht nach der alten Wohnung?«

»Tja, ein bisschen komisch war es schon. Ich hatte auch den Eindruck, dass Herkules etwas wehmütig war. Falls Tiere so etwas sein können.«

Marc nickt.

»Klar können sie das. Gerade Hunde binden sich meist sehr an den Ort, an dem sie leben. Es gibt immer wieder Berichte von Tieren, die erstaunliche Distanzen überwinden, um in ihre alte Heimat zurückzukehren. Aber nachdem Hunger ja bekanntlich schlimmer ist als Heimweh, haben Luisa und ich jetzt das perfekte Mittel gegen beides parat. Ich bin gespannt, wie es euch schmeckt.«

Im Esszimmer füllt Marc die Teller auf, Luisa stellt mir ein Schälchen mit besagtem Geschnetzelten neben den Tisch. Ich probiere und bin begeistert! Das Fleisch ist ganz zart und saftig, der Bratensaft ist längst nicht so salzig wie das, was Carolin immer in der Pfanne zaubert. Wenn Marc von nun an jeden Abend für mich kocht, ist die Sehnsucht nach unserer alten Heimat bestimmt schnell Geschichte. Oder ich lade Herrn Beck mal zum Essen ein? Vielleicht zieht er dann auch noch bei uns ein.

Auch Carolin scheint es zu schmecken.

»Hm, köstlich. Deine Mutter scheint ja eine gute Köchin zu sein.«

»Meine Mutter? Wie kommst du denn da drauf?«

»Luisa sagte, es sei ein Rezept deiner Mutter.«

Luisa lacht.

»Nee, nicht von Oma Hilde. Das ist ein Rezept von Oma Burgel.«

»Oma Burgel?«

Carolin schaut Marc fragend an.

»Äh, das ist ein Rezept von Burgel, Sabines Mutter. Also quasi meine Ex-Schwiegermutter. Und die kann in der Tat ausgezeichnet kochen. Sie hat mir das Rahmgeschnetzelte mal gezeigt, weil ich es so gerne bei ihr gegessen habe.«

»So, hast du das.«

Carolin wirft Marc einen Blick zu, den ich von hier unten nicht richtig deuten kann. Irgendetwas in Carolins Stimme aber sagt mir, dass er nicht allzu freundlich ausgefallen ist. Komisch, was spricht denn auf einmal gegen die Weitergabe von Kochrezepten? Scheint mir doch eine sehr sinnvolle Aktion zu sein.

Den Rest des Essens schweigen Marc und Carolin größtenteils, stattdessen erzählt Luisa von der Schule und von etwas namens Pyjamaparty, das sie dringend veranstalten möchte. Was das wohl sein mag?

»Ach bitte, Papa! Das ist sooo cool! Und wenn ich nicht bald mal selbst etwas mache, dann laden mich die anderen

Mädels nicht mehr ein. Bei Lenas Geburtstag war ich auch nicht dabei, das war voll doof! Die waren nämlich beim Ponyreiten, und ich hätte so gerne mitgemacht.«

Marc seufzt.

»Na gut. Wenn es unbedingt sein muss. Aber gib uns wenigstens noch zwei Wochen Zeit, um den Umzug zu bewältigen. Dann kann deine Party von mir aus steigen, oder, Carolin?«

Die nickt.

»Super, Papa! Vielen Dank! Dann werde ich gleich mal Einladungskarten basteln!«

»Gut, aber hilf uns zuerst, den Tisch abzuräumen.«

»Lass sie ruhig schon basteln, Marc. Schließlich habt ihr zusammen gekocht. Jetzt kann ich mich mal ums Aufräumen kümmern.«

Luisa ruft kurz: »Danke!«, und springt geradezu aus dem Zimmer. Carolin fängt an, die Teller zusammenzuräumen. Marc steht auf und stellt sich neben sie.

»Lass mal, die Küche können wir nachher auch noch saubermachen. Erst will ich dir etwas anderes zeigen. Könnte auch deine Laune verbessern.«

»Meine Laune ist gar nicht schlecht!«

Marc lächelt.

»Natürlich nicht.«

Dann geht er aus dem Zimmer, Carolin folgt ihm. Ich auch, denn ich bin schließlich neugierig, was Marc vorhat. Er geht Richtung Schlafzimmer.

Dort angekommen, schaltet er mit einem lauten »Tataa!« das Licht an.

Ich sehe den Kleiderschrank. Seine Türen sind geöffnet – und anders als heute Morgen ist die linke Seite tatsächlich komplett leer. Jedenfalls fast. Das Einzige, was sich noch darin befindet, ist eine ziemliche Menge Blumen. Dem Duft nach eindeutig Rosen. Pflanzen im Kleiderschrank? Was hat das nun wieder zu bedeuten? So passen da Carolins Sachen doch erst recht nicht rein. Also eine besonders perfide Art der Revierverteidigung?

Carolin scheint das aber nicht zu stören, denn sie fällt Marc um den Hals und küsst ihn.

»Danke, Marc!«

Er streicht ihr übers Haar und guckt sie ganz ernst an.

»Ich liebe dich. Schön, dass du da bist.«

He! Und was wird jetzt mit dem Blumenbeet? Über die naheliegenden Dinge denken Menschen einfach nicht nach. Typisch.